玉臺新詠珍本二種

〔南朝陳〕徐陵編

中華書局

圖書在版編目(CIP)數據

玉臺新詠:珍本二種/(南朝陳)徐陵編. —北京:中華書局,2018.8(2023.11 重印)
ISBN 978-7-101-13340-0

Ⅰ.玉… Ⅱ.徐… Ⅲ.古典詩歌-詩集-中國
Ⅳ.I222

中國版本圖書館 CIP 數據核字(2018)第 149104 號

責任編輯:聶麗娟
責任印製:管　斌

玉臺新詠珍本二種
〔南朝陳〕徐　陵 編

*

中 華 書 局 出 版 發 行
(北京市豐臺區太平橋西里 38 號　100073)
http://www.zhbc.com.cn
E-mail:zhbc@zhbc.com.cn
北京市白帆印務有限公司印刷

*

920×1250 毫米 1/32 · 17⅛印張 · 2 插頁
2018 年 8 月第 1 版　　2023 年 11 月第 2 次印刷
印數:901-1400 册　　定價:180.00 元

ISBN 978-7-101-13340-0

前言

一

《玉臺新詠》十卷，南朝陳徐陵編，因《詩經》在古代學術目録中歸爲經部，故本書應是現存最早的詩歌總集，它與同時代略早蕭統所編的《文選》同爲唐以前最爲珍貴的文學文獻，因此具有非常重要的文獻價值。

《玉臺新詠》最早著録于《隋書·經籍志》，署名徐陵撰，這與現存《玉臺新詠》署題一致。至於徐陵署陳銜，當如《四庫全書總目》所説「殆後人之所追改」。本書共十卷，收録漢代至南朝梁有關女性題材詩歌六百多首，内容豐富，種類多樣，許多優秀詩歌賴此書得以保存，如《古詩無名人爲焦仲卿妻作》（俗稱《孔雀東南飛》）。與詩文並收的《文選》相比，此書專收詩歌，且專收與女性有關的詩歌，既顯示其特色，也爲這一類詩歌作品的存世作出了貢獻。在編輯體例上，由於本書古今作品並收，所以執行兩種體例：古代（已故詩人）作品按作者的卒年先後編排，主要體現在前六卷中，時代則跨漢、魏、晉、宋、齊及梁，梁代是編者徐陵生活的時代，在體例中屬於今（當代），但徐陵編集時，有些入梁的詩人已經故去，所以也列入古代（已故），如第五卷的江淹、丘遲、沈約、何遜等，這些人的作品全部按照卒年先後排列。雖有身爲一代帝王的詩人，也不逾越這個體例。如第二卷的魏明帝，就排在曹植之後。又如第十卷中宋孝武帝，也排在謝靈運之後。第八第九兩卷收録當代作品，體例則按照爵位高低排序。如第七卷收録蕭氏父子作品，梁武帝自然排在首位，其次是蕭綱，因爲他當時是太子身份，所以題銜稱爲「皇太子」。又因蕭統以太子身份故世，謚昭明，世稱昭明太子，如果也收録他的作品，導致一個集子中有兩個太子，無論從政治層面，還是從閱讀層面看，都極不方便，所以本書未收蕭統作品。當然，蕭綱與蕭統的文學觀完全不同，蕭綱命徐陵編《玉臺新詠》，有與故太子蕭統抗衡的目的，這樣就更不能收録蕭統的作品了。再如蕭繹的身份爲藩王，是梁武帝第七子，所以排名就需在其兄邵陵王蕭綸之下。第九第十兩卷按文體編，第九卷收雜歌，第十卷收絶句，體例仍據前八卷，即屬於已故詩人的按卒年先後，見存的詩人按爵位高低。如第九卷自古歌辭至費昶，都是已故詩人；自皇太子蕭綱始，則爲見存詩人。徐陵編集後爲本書寫了一篇序，即列在卷首的《玉臺新詠集序》，徐陵在《序》中説明他編集的目的是選録「豔歌」及「當今巧製」，這説明了本書的特色，但本書是按照什麼體例編輯的，徐陵没有明説，我們以上解釋的體例是當代學者研究的結果〔一〕，這個研究結論經過驗證，完全可以成立。

徐陵爲什麽要編這部書呢？他在《序》中明確説是選録「豔歌」及「當今巧製」，但爲什麽要選録豔歌和當今巧製呢？徐陵没有説，唐人劉肅《大唐新語》爲之作了解釋説：「梁簡文帝爲太子，好作豔詩，境内化之，浸以成俗，謂之『宫體』。晚年改作，追之不及，乃令徐陵撰《玉臺集》，以大其體。」原來徐陵是奉了蕭綱之命所編，與蕭綱所推行的「宫體詩」有關。據劉肅的説法，蕭綱晚年對自己爲太子時好作豔詩，且流行朝野很後悔，故命徐陵編《玉臺新詠》，表明這個豔詩的寫作，自古就有，從而爲自己開脱。這個説法中關於蕭綱爲太子時命徐陵編《玉臺新詠》是可信的，但説是晚年就不可信了。蕭綱的晚年是什麽時候？蕭綱生於梁天監二年（五〇三），卒于梁大寶二年（五五一），不滿五十歲，且他自侯景之亂（五四九）就受困于侯景，其時徐陵已於前二年（太清二年，五四八）北使魏，直到蕭綱被侯景殺害也没回歸南方，所以徐陵只能在太清二年之前有可能幫蕭綱編《玉臺新詠》。因此，根據蕭綱的生平，並不存在「晚年」的説法。事實上，已有的研究表明，蕭綱命徐陵編《玉臺新詠》，時間在梁中大通六年（五三四）前後，下限

〔一〕參見興膳宏《〈玉臺新詠〉成書考》，載《中國古典文學叢考》，復旦大學出版社一九八五年；傅剛《論〈玉臺新詠〉的編輯體例》，載《國學研究》第十一輯，北京大學出版社二〇〇三年。

在大同元年（五三五），因此，《玉臺新詠》的編纂，不能用蕭綱晚年的説法。蕭綱在中大通六年爲什麽要命徐陵編《玉臺新詠》呢？這與他此時入宫繼其兄蕭統爲太子的政治形勢以及他的文學觀有關。蕭統是梁武帝蕭衍的長子，天監元年（五〇二）被立爲太子，中大通三年因病去世。他在太子期間，養德東宫，組織東宫學士做了很多與文學有關的工作，最著名的便是編纂了一部流傳至今的《文選》。蕭統的文學理想在《答湘東王求文集及詩苑英華書》中表達得非常清楚，他説：「夫文，典則累野，麗亦傷浮。能麗而不浮，典而不野，文質彬彬，有君子之致。」在他的引導下，梁天監、普通年間便形成了崇尚典雅平正的文學風尚〔一〕。這種風尚顯然與蕭綱的追求不同。蕭統爲太子的時候，蕭綱位爲藩王，歷任南兖、荆、江、雍等州刺史。他曾在自序中説自己七歲便有詩癖，但所好是豔體，長而不倦。他的這種愛好受到他老師徐摛的影響，《南史》本傳記徐摛屬文好爲新變，不拘舊體，他在蕭綱七歲時便作爲文學侍讀陪伴左右，因此蕭綱的寫作和文學觀都受到徐摛的影響。普通四年（五二三）至中大通二年的雍州刺史之任，是蕭綱豔體詩寫作的高峰期，《玉臺新詠》收録了不少寫於這一時期的作品。雍府時期的文學寫作形成了蕭綱比較成熟的文學觀，這種寫作和文學觀與在京城的蕭統所推行的典雅的、文質彬彬的文

〔一〕參見傅剛《試論梁代天監、普通年間文學思想與創作》，載《文學遺産》一九九八年第五期。

風大不相同。因此，當中大通三年蕭統病逝，蕭綱入宮繼位太子時，他顯然是躊躕滿志的。他在《與湘東王書》中充滿豪情地批評了當時京城流行的文風，説：「比見京師文體，懦鈍殊常。」顯然是針對蕭統所宣導的文風。因此，蕭綱入宮之後，就將他在雍府推行的豔體也帶到了京城，也就形成了所謂的宫體。不過，這種寫作引起了朝中群臣的反對，本來梁武帝選他爲太子就充滿了爭議，而他又推行豔體詩風，朝野的議論就更多了。侯景在軟禁了梁武帝蕭衍後，上書批評梁武帝政治之失，其中便有對蕭綱的指責：「皇太子珠玉是好，酒色是耽，吐言止於輕薄，賦詠不出《桑中》。」侯景這個批評應該是當時朝野的普遍意見。《梁書·徐摛傳》記載有梁武帝聽聞東宫寫作豔詩的事後大怒，遂召徐摛責問的事，雖然史書説徐摛應對得體，蕭衍没有進一步追究，但就在這件事發生後不久，徐摛便被外放爲新安太守，不能不説是受了這件事的影響。正是在這樣的背景下，説蕭綱命徐陵編撰這樣一部《玉臺新詠》，表明此體自古便有，以此挽回蕭衍對他的不利看法，應該大體不錯。

這樣一部雖然編輯目的是「大其體」的詩歌總集，但收集了自漢代以來有關女性題材的詩歌，流傳至今，當然是十分珍貴的了。除了第七第八兩卷所選基本以豔情題材爲主外，其餘作品内容大多健康，風格明快，多爲名篇佳作，不可一概以豔情而否定之。尤其當我們從文學文獻角度審視，其價值更無可估量。即使是第七第八兩卷的豔情詩，也是我們研究南朝文學非常寶貴的材料。而豔情詩中也不乏佳作，其聲色之美也具有較高的藝術水準。南朝詩人巧妙的構思和工麗的筆觸，也都在豔情詩裏得到很好的表現。《玉臺新詠》與《文選》一樣，作爲現存最早的兩部文學總集，保存漢魏六朝時期文學作品有功，其對後代搜集整理和研究這一時期的文學有重要的價值。

二

《玉臺新詠》編成于梁，編者徐陵由梁入陳，正是南朝最後兩個朝代。公元五八九年，陳被隋所滅，後人總結陳人滅亡的教訓，自南朝宋以來流行的華麗綺靡文風也被歸結爲原因之一。因此，作爲宮體詩代表的《玉臺新詠》一直受到批評，這也是《玉臺新詠》流傳不顯的原因。《玉臺新詠》的流傳有些不絕如縷，我們目前能夠見到最早的《玉臺新詠》版本，也就是明本。事實上，宋代已經刻印過，而在敦煌出土的卷子中，也有《玉臺新詠》殘卷〔一〕。而自隋唐以來的公私藏書目録亦著録不闕，但流至當代，竟然不見明以前版本，還是説明這部總集的尷尬地位，這與《文選》的盛行是不可同日而語的。傳世的明清《玉臺新詠》版本可歸爲兩大版本系統，一是明代通行的版本，主要有明嘉靖十九年鄭玄撫

〔一〕參見《鳴沙石室古籍叢殘》，羅振玉編，一九一七年珂羅版印本。

刻本、嘉靖間徐學謨刻本、嘉靖二十一年張世美刻本、萬曆七年茅元禎刻本、天啟二年沈逢春刻本，以及不明年代的陳垣芳刻本等；一是明五雲溪館活字本、明末趙均覆宋陳玉父本，以及清康熙五十三年馮鼇所刻二馮（馮舒、馮班）校本、康熙四十六年孟氏刻本，以及民國時期徐乃昌翻趙氏小宛堂本等。

明代通行本底本來源已不明，而趙均覆宋本的底本則明確爲宋陳玉父刻本。因此，《玉臺新詠》這兩個版本系統略可分爲明通行本系統和宋陳玉父本系統。五雲溪館本出現在趙均覆宋本之前，但在明代似乎流行不廣，所以没有多少影響，以致明人對五雲溪館本瞭解不多，所以儘管對明通行本的體例不理解，也没有引證五雲溪館本。宋陳玉父刻本是趙均的父親趙宧光得到的，當時即在學林引起震動，馮舒隨即帶人去趙均家裏鈔寫四天，後又細加校定，其校本後由其裔孫馮鰲刊刻印行。陳玉父本解決了明人對通行本的疑惑，趙均《玉臺新詠跋》説：「馮己倉（舒）未見舊本時，常病此書原始梁朝，何緣子山厠入北之詩，孝穆濫擘箋之詠？」是説本書編于梁朝，而明通行本却收了庾信入北和徐陵入陳的詩。關於《玉臺新詠》編于梁時還是編于陳時，學術界最近有所討論。明通行本合于編于陳時的體例，陳玉父本則合于編于梁時體例〔一〕。其實，《玉臺新詠》編于

〔一〕參見傅剛《〈玉臺新詠〉編纂時間再討論》，載《北京大學學報》二〇〇二年第三期；《論〈玉臺新詠〉的編輯體例》，載《國學研究》第十一輯，北京大學出版社，二〇〇三年。

梁時有充分的證據，不知爲何還會視而不見？《玉臺新詠》編成後，對唐人還是有影響的，唐李康成模仿《玉臺新詠》編有《玉臺後集》，明確説收録詩人的時間體例是從太清以後開始。《玉臺後集序》説：「太清之後，以迄今朝，雖未直置，簡我古人，而凝豔過之遠矣。」[一]這是明言上接《玉臺新詠》集的意思。按，晁公武《郡齋讀書志》卷四「玉臺新詠十卷」條引李康成《玉臺後集序》稱：「昔（徐）陵在梁世，父子俱事東朝，特見優遇。時承平好文，雅尚宫體，故采西漢以來詞人所著樂府豔詩以備諷覽。」及「玉臺後集十卷」條所記：「《玉臺後集》十卷，右唐李康成采梁蕭子範迄唐張赴二百九人所著樂府歌詩六百七十首，以續陵。序編謂名登前集者，今並不録，唯庾信、徐陵仕周、陳，既爲異代，理不可遺云。」[二]所言更爲明確，即謂李康成編《玉臺後集》，時代繼徐陵《玉臺新詠》之後，采蕭子範以下至唐張赴共二百零九人，其中庾信、徐陵二人雖已收録在《玉臺新詠》中，但二人後來分别仕周和陳，其仕于周、陳時的作品與二人在梁代所作不同，既爲異代，故亦收録在《後集》中。論者或許强辯説，雖然據李康成的《序》證明徐陵《玉臺新詠》收録作家作品限於梁太清之前，也並不影響徐陵在陳時編此集就是如此體例。如果這樣的話，我們要問：徐陵在陳時編此集，爲什麽要采取僅限於梁太清之前的體例呢？

〔一〕上海古籍出版社二〇一二年六月版，第十二頁。
〔二〕《四部叢刊》三編影宋袁州刊本。

這樣做的目的何在？至於李康成説《玉臺後集》的性質是樂府歌詩，有研究者據此論徐陵《玉臺新詠》亦是樂府歌詩。我們認爲李康成的《玉臺後集》已佚，不好討論，但徐陵的《玉臺新詠》絶不是樂府歌詩集，集中所收詩多爲不能入樂者，如阮籍《詠懷詩》、張協《雜詩》、陸機《擬古》、江淹《雜體詩》等，從未有材料證明其爲樂府。

《玉臺新詠》除明版以外，再早的版本已經難以見到了，但是我們在宋人所引《玉臺新詠》中證實了宋人所見與陳玉父本完全相合。這些材料可見宋初晏殊組織門客所編《類要》，我在《由〈類要〉見〈玉臺新詠〉原貌》中討論過這個問題，主要從兩個方面見出。一是《類要》所引作者署名與陳玉父本相合。《玉臺新詠》這兩個系統的本子，最大的區别有兩個，一是對蕭綱、蕭繹的不同題名，一是梁武帝父子作品所置卷的不同。明通行本將梁武帝父子作品排在第五卷，並對蕭綱和蕭繹分别題作「梁簡文帝」和「梁元帝」，陳玉父本則將梁武帝父子列于第七卷，對蕭綱和蕭繹分别題作「皇太子」和「湘東王」。此外部分詩人入卷不同，如陳琳和徐幹，明通行本入於第二卷，陳玉父本則入於第一卷。又如傅玄，明通行本入於第三卷，陳玉父本則入於第二卷。這兩個版本系統的不同，哪一個才是徐陵原貌呢？我們曾對這兩種不同的體例作過細緻的研究分析，證明陳玉父本是合于徐陵原貌的，即陳本的體例可以貫穿全書，但明通行本的體例却不能貫穿全書。當然，這些都是理論研究，如果能够找到明以前，甚至宋以前的《玉臺新詠》版本，這個問題自然就解決了。目前宋版是不可能見到的，但若宋前有引用《玉臺新詠》的材料，且能够見到版本特徵的，也同樣可以解決問題。很幸運，我們在宋初晏殊所編《類要》裏發現了材料。《類要》引《玉臺新詠》材料有不少，涉及到版本特徵的材料有十餘條，略引幾條於下：

（一）關於蕭綱、蕭繹的題名材料：

《類要》卷二十八「馬腦鐘」條：「（《玉壺（臺）》湘東王《棲烏曲》云：『掘申（當作「握中」）清酒馬腦鐘，（裙）邊雜佩琥珀龍。』」

同卷「雕胡」條：「《玉臺》皇太子《紫騮馬》云：『雕胡幸可薦，故心君莫違。』當考。」卷二十九「挽强用牛螉」條：「《玉臺》皇太子詩曰：『左把蘇合弭，傍持大屈弓。控弦因鵲血，挽强用牛螉。』」〔一〕

以上湘東王詩見趙均覆宋本卷九，題作《樂府烏棲曲應令》，蕭綱詩均見趙本卷七，前題《和湘東王横吹曲三首》，後題《豔歌篇十八韻》。這些足以説明徐陵原本確是題「皇太子」和「湘東王」。

（二）關於《玉臺新詠》所録詩人入卷的材料：

〔一〕《四庫全書存目叢書》子部第一六七册，齊魯書社一九九五年。

《類要》卷二十二「墮地自生神」條：「《玉臺新詠》二傅玄曰：『若恨身爲女〔一〕，卑陋難再陳。男兒當門户，墮地自生神。』」案，此最能證明趙均覆宋陳玉父本合於《類要》所引，因爲趙均覆宋本以傅玄詩置於卷二，而明通行本如徐學謨本、鄭玄撫本皆置於卷三。

《類要》卷三十六《總敘邊情》「獨不見，長城不（下），死人骸骨相撑柱」條：「《玉臺新詠》一陳琳《飲馬長城窟侍（行）》：『生男慎莫舉，生女哺用脯。』」案，趙本以陳琳此詩列於卷一，與《類要》引用本合，徐本、鄭本則列於卷二，與《類要》引用本不合。

以上證據充分表明陳玉父刻本最合徐陵原貌，明通行本當是後人改變的。

三

本次影印收入的第一種是明寒山趙氏覆宋陳玉父本，一九五五年古典文學刊行社曾經影印過，二〇一〇年人民文學出版社又重新刷印行世。此本自一九五五年影印以後，流行甚廣，學界廣爲利用，對中國古代文學研究助益甚多。但是，學術界不知道的是，文學古籍刊行社所據底本並非趙均印本中的佳刻，而是錯訛甚多的後印本。趙均覆

〔一〕若恨：今本作「苦相」。

刻陳玉父本，據我們的研究，前後有三次印本〔一〕，我們分別稱爲初刻初印本、初刻修字印本、修板後印本〔二〕。三次印本在題目和文字上往往有不同，如初刻初印本這幾個特徵：徐陵《序》「五陵豪族」的「族」誤作「俗」字，卷二目録石崇《王昭君辭》下無「并序」二字，卷五《擬三婦》題下有「豔」字，卷六目録孔翁歸《奉湘東王班姬》作「奉」不作「和」，卷七《和湘東王應令夜𥨊》不作「夜𥨊應令」，卷十《秋風》其二下無「已上六首和巴陵王四詠」十字等。這些特徵並非陳玉父本原貌，而是趙均根據自己的理解所作的修改。這些針對陳玉父本所作的修改，在第二次印本中却又改回陳玉父本原貌，這就是説趙均初刻時，如他自己所説，對陳玉父本「合同志中詳加對證」，改正了陳本的諸多錯謬。有些改正是經過了「精考」的，比如曹丕《塘上行》，明通行本作武帝曹操詩，趙均説是謬誤，但若如陳玉父本直作甄皇后詩，亦大謬，故趙均覆宋本改爲魏文帝曹丕詩。但有些改動可能在趙均看來並不穩妥，所以借修改誤刻之字時，遂又據陳玉父本對初刻時臆改之處改回。比如上舉各例：卷二目録石崇詩，陳玉父本有「并序」二字，趙均初刻時未刻入，但修板時則重又添上。其餘之例亦皆如是，如卷六目録中孔翁歸詩，陳玉父本作「和」字，

〔一〕最先發現這個問題的是魏隱儒先生，參見氏著《古籍版本鑒定叢談》（印刷工業出版社一九八四年），其後林夕先生、劉躍進先生都在這個基礎上進一步展開討論。請分別參考林夕《明寒山趙氏小宛堂刻〈玉臺新詠〉版本之迷》（載《讀書》一九九七年第七期）、劉躍進《玉臺新詠研究》（中華書局二〇〇〇年）。

〔二〕參見拙作《〈玉臺新詠〉趙氏覆宋本的刊印》，載《文獻》二〇一三年第四期。

趙均初刻改爲「奉」，後覺不妥，遂改爲「和」；卷七蕭紀《和湘東王詩》，陳玉父本作「和湘東王夜寥應令」，「應令」與前題隔開，趙均初刻改作「和湘東王應令夜寥」，將「應令」前移到題中，實不妥，後亦據陳本改回爲「和湘東王夜寥應令」；卷十江洪《秋風》其二，陳玉父本原有「已上六首和巴陵王四詠」十字，趙均初刻删去，後亦增添。趙均修板據陳玉父本證據，在卷五沈約《擬三婦豔》題上表現尤爲明顯，此題趙均初刻本作「擬三婦豔」，但陳玉父本無「豔」字，趙均根據別本，如孟氏刻本的底本明張嗣修鈔校本《玉臺新詠》，或如《古詩紀》添「豔」字。按，六朝至唐所擬詩，多作「三婦豔」，故陳玉父本無「豔」字當屬誤脱，趙均增添此字是有根據的。紀昀《玉臺新詠考異》校稱：「宋刻無『豔』字，然諸本皆有之，諸家所擬亦皆作『三婦豔』，蓋宋刻誤脱。」紀昀説諸本皆有「豔」字，並不確，明通行本如徐學謨刻本、鄭玄撫刻本均無「豔」字，唯孟氏刻本有「豔」字，因此趙均增「豔」字是對的。但趙均在修板時仍然根據陳玉父本剜去「豔」字，可見其修板全依陳玉父本。再如卷十「黄鳥」的「鳥」字，趙均初刻本作「蔦」，明通行本均作「鳥」，不知趙均何據。但在修板時即改作「鳥」，蓋據陳玉父本改回。

根據以上的論述，我們推測，第一第二兩種類型印本皆爲趙均所刻印，第二種印本並非板片出現了問題，而是趙均對初刻初印本不滿意而作的修板，修板後的印本更近于陳玉父宋本原貌。從這個意義上説，第二種印本應當是趙均覆宋本中最佳本。這也是第二種印本最爲流行，傳世最多的原因。

第一第二兩次印本應該都是趙均所印，第二次印本是趙均的定本，第三次印本則可能是趙均將板片轉售他人所印本。徐釚爲吴兆宜《玉臺新詠》注本所作序説：「聞滄桑以後，斯板已經毁廢，當時所印，止百十餘本。」説明趙均第一第二次印本後其板已毁，但據第三次印的情況看，板片並未毁，但有可能轉售他人了。據徐釚説是轉給秦中張氏，大概購得此板片的人，又印了第三次。不過，這時的板片已經有斷裂，且字跡多有漫漶，尤其是卷四板片爲甚，出現了多字漫漶不清，甚至磨滅難辨的情況，所以得到此板的人，不得不加以補修。但因爲有些字難以辨認，所以就遵其字形，依稀描出，遂出現了將「娥」描爲「娍」、「漢」描爲「隥」、「路」描爲「咯」、「違脱巾」描爲「違晚申」、「遲」描爲「退」、「見」描爲「是」、「相與昧」描爲「褐與時」的錯謬。應該説這些顯而易見的錯謬是可以考校的，但這應該是刻工所爲，刻工只管雕字，而未必具有學術。此外，也説明主持此次修板的人，手裏恐怕没有趙均覆本，所以無從校對。這個情況也證明這次修板不可能是趙均所爲，因爲趙均是不可能出現這樣低級的錯誤的，而且他的手裏當然有初印本在，可以提供給刻工參考。

卷四是第三種印本板片泐裂最嚴重者，其餘亦有不少地方。如卷末陳玉父《後敘》中「蓋鮮矣」句「鮮」字當已磨滅，刻工遂據字形描爲「以」字。後一句「花間集」的「花」

字亦如此，被刻工誤描爲「苗」字。《花間集》是名著，而刻工竟然不知，可見其文化水準之低。

第三次印本的底板與第二次印本底板一樣，只是因字跡漫漶而出現誤描的字。因此，趙均三次印本比較下來，毫無疑問當以第二次印本爲最佳。民國年間徐乃昌影刻趙均本，正是以第二次印本爲底本，而不是如學術界之前認爲的徐乃昌影刻趙氏本，對趙氏本的誤字作了修訂。因爲第三次印本有誤描的字，第二次印本没有，徐乃昌並非用現藏於北京大學圖書館，原汪氏振綺堂藏，後爲向達入藏的第三次印本影刻，而是他手裏另有第二次印本。

正是以上所説的原因，我們這次借國家圖書館所藏趙均第二次印本重印行世，期待能够糾正一九五五年古籍刊行社因選擇底本的錯誤而帶來的誤識，從而推動《玉臺新詠》的深入研究。

四

本次影印收入的第二種是藏於國家圖書館馮班鈔陳玉父本，也即是趙均所得陳玉父刻本的鈔本。據此鈔本跋説，馮舒、馮班兄弟得知趙氏小宛堂獲宋陳玉父本後，遂帶人去趙府鈔録，六人鈔録四日夜始畢功。此鈔本爲馮班鈔本，則見二馮兄弟都有鈔本。馮舒後據陳玉父本加以校勘，校本得其後人馮鰲刊刻行世。

此本之珍貴，在於它反映了陳玉父本原貌。趙氏所得陳玉父本下落不明，則宋刻天壤間或已不能得，趙均稱覆刻，但作了加工，所謂「整齊一番」。宋刻陳本原貌已不復存在，然幸有馮班鈔本傳世，讓後人得以窺宋本真容。據馮班鈔本看，陳玉父本的確刻印較爲粗糙，馮班説它「參差不一」，即指其行格不整齊，如枚乘詩，卷一目録題「雜詩九首枚乘」，卷内則題爲「枚乘雜詩九首」；又如卷二劉勳妻詩，目録題「雜詩二首并序劉勳妻王氏」，卷内則題「劉勳妻王氏雜詩二首并序」；卷四王融詩，目録題「雜詩五首王元長」，卷内則不署總題「雜詩」，而是將作者署在第一首詩題下「古意王元長五首」。即使同爲卷首目録，體例往往也不統一，如卷九大多標詩的總數目，如標「湘東王春別應令四首七言」、「蕭子顯六首」，但沈約的詩却一一題具體篇名，如「望秋月/霜來悲落桐/夕行聞夜鶴/春日白紵曲一首/秋日白紵曲一首」。

鈔本多有改正之字，鈔本所載明末錢孫艾跋説：「定遠此本甚善，較之茅、袁兩刻之謬，可謂頓還舊觀矣。但索借頗多，遂爲俗子塗改，中間差誤已失鈔時本來面目，又不能不爲定遠惜，亦不能不爲俗子悲也。」錢跋寫於明崇禎十七年，距二馮鈔寫時十五年，應當有所依據。如卷九《盤中詩》，卷首目録中稱傅玄「雜詩八首」，正是合計《盤中詩》在內，但卷內却又署「盤中詩一首蘇伯玉妻」。鈔本有吴紹粲（蘇泉）批道：「原本無『蘇伯玉妻』四字，蓋此詩本休奕擬作。錢跋云『俗子改塗失真』，此處亦當是俗子妄增也。」查馮校本，《盤中詩》前的確没有「蘇伯玉妻」四字。全書改定字數甚夥，但大多與馮舒校本相合，且馮舒亦未出校記，則鈔本所改定之字，是否全爲俗子所爲，恐還有疑問。比如鈔本卷一繁欽《定情詩》「何以答歡忻」和「紈素三條裙」兩句，「忻」「裙」二字，經過改定，查趙本此二字分别作「悦」「裾」，而馮舒校本却作「忻」「裙」，可見這二字可能就是馮舒所改。馮班跋説：「壬申春重假原本，士龍與余共勘二日而畢。凡正定若干字，其宋板有誤則仍之云。」士龍當即何雲，字士龍，鈔本卷一末有「壬申仲春何士龍勘於胥門客舍一卷畢」題記，馮班明説「正定若干字」，因此這些經過改動但與馮校本相合的字，恐是馮氏所改定。不過也有與馮校本不同的字，如鈔本《古詩無名人爲焦仲卿妻作》「進心敢自專」句，「心」字經過改定，但趙本、馮校本均作「止」，查五雲溪館本作「心」，則這些字可能另有人改定。

由於陳玉父當時使用的底本不佳，所以顯得較爲粗糙，但此鈔畢竟是現存唯一的宋本鈔本，保存了徐陵本原貌，爲我們研究《玉臺新詠》版本提供了重要的實物證據，因此馮班鈔本的價值自然是非常珍貴的。

鈔本所鈐印除馮氏外，還有何士龍（龍形印内刻「士」字），當是與馮班一起校書之人。此外有「文選樓」墨記和「琅嬛仙館藏書」朱記，則是阮元所藏。又有翁同書印和跋，是翁氏咸豐年間所得。翁氏當時嘆爲「二百年來典型具在」，今又逾一百餘年，天壤間幸存此寶物。今得國家圖書館授權，由中華書局影印布行，嘉惠學林，功在千秋矣！

二〇一八年三月，傅剛識於北京大學選齋

目次

玉臺新詠　寒山趙氏覆陳玉父本

玉臺新詠卷第二

玉臺新詠卷第三

玉臺新詠卷第四

玉臺新詠卷第五

玉臺新詠卷第六

玉臺新詠卷第七

玉臺新詠卷第八

玉臺新詠卷第九

玉臺新詠卷第十

玉臺新詠 馮班鈔陳玉父本

玉臺新詠卷第三

玉臺新詠卷第四

玉臺新詠卷第九

玉臺新詠卷第十

《玉臺新詠》之寒山趙氏覆陳玉父本與馮班鈔陳玉父本，其卷首目録與正文詩題多歧異處：有卷首列作者名而正文缺漏者，有卷首詩題分列而正文接排者，有正文著詩題而卷首缺漏者，有詩作數量卷首與正文不一者，有詩作數量統計有誤者……且多文字之異。兹綜合卷首目録與正文內容，稍加比對，編作「目次」一份，同時將諸家題識一併附録，僅爲便於翻檢之用。特此説明。

玉臺新詠

寒山趙氏覆陳玉父本

玉臺新詠集序

陳尚書左僕射太子少傅東海徐陵孝穆撰

夫凌雲槩日由余之所未窺千門萬戶張衡之所曾賦周王璧臺之上漢帝金屋之中玉樹以珊瑚作枝珠簾以瑇瑁爲押其中有麗人焉其人五陵豪族充選掖庭四姓良家馳名永巷亦有潁川新市河間觀津本號嬌娥曾名巧笑楚王宮裏無不推其細腰衛國佳人俱言訝其纖手閱詩敦禮豈東鄰之自媒婉約風流異西施之被教弟兄協律生小學歌少長河陽由來能舞琵琶新曲無待石崇箜篌雜引非關曹植傳鼓瑟於楊家得吹簫於秦女至若寵聞長樂陳后知而不平畫出天僊閼氏覽而遙妒至如東鄰巧笑來侍寢於更衣西子微顰得橫陳於甲帳陪遊馺娑騁纖腰於結風長樂鴛鴦奏新聲於度曲妝鳴蟬之薄鬢照墮馬之垂鬟反插金鈿橫抽寶樹南都石黛最發雙蛾北地燕支偏開兩靨亦有嶺上僊童分丸魏帝腰中寶鳳授曆軒轅金星將婺女爭華麝月與常娥競爽驚鸞冶袖時飄韓掾之香飛燕長裾宜結陳王之珮雖非圖畫入甘泉而不分言異神僊戲陽臺而無別眞可謂傾國傾城無對無雙者也加以天時開朗逸思雕華妙解文章尤工詩賦琉璃硯匣終日隨身翡翠筆牀無時

離手清文滿篋非惟芍藥之花新製連篇寧止蒲萄之樹九日登高時有緣情之作萬年公主非無累德之辭其佳麗也如彼其才情也如此旣而椒宮宛轉柘觀陰岑絳鶴晨嚴銅蠡晝靜三星未夕不事懷衾五日猶賒誰能理曲優遊少託寂寞多閑厭長樂之踈鐘勞中宮之緩箭纖腰無力怯南陽之擣衣生長深宮笑扶風之織錦雖復投壺玉女爲觀盡於百嬌爭博齊姬心賞窮於六箸無怡神於暇景惟屬意於新詩庶得代彼臯蘇蠲兹愁疾但往世名篇當今巧製分諸麟閣散在鴻都不藉篇章無由披覽於是然脂暝寫弄筆晨書選錄艷歌凡爲十卷曾無參於雅頌亦靡濫於風人涇渭之閒若斯而已於是麗以金箱裝之寶軸三臺妙迹龍伸蠖屈之書五色華箋河北膠東之紙高樓紅粉仍定魚魯之文辟惡生香聊防羽陵之蠹靈飛太甲高檀玉函鴻烈僊方長推丹枕至如青牛帳裏餘曲旣終朱鳥窗前新妝已竟方當開兹縹帙散此緗繩永對翫於書帷長循環於纖手豈如鄧學春秋儒者之功難習竇專黃老金丹之術不成因勝西蜀豪家託情窮於魯殿東儲甲觀流詠止於洞簫變彼諸姬聊同棄日猗歟彤管無或譏焉

言藝文作云
顔色類相似藝文作其色似相類
將縑來比素藝文作持縑將比素

玉臺新詠卷第一

陳尚書左僕射太子少傅東海徐陵孝穆撰

古詩八首

上山采蘼蕪，下山逢故夫。長跪問故夫，新人復何如。新人雖言好，未若故人姝。顔色類相似，手爪不相如。新人從門入，故人從閤去。新人工織縑，故人工織素。織縑日一匹，織素五丈餘。將縑來比素，新人不如故。

凜凜歲云暮，螻蛄夕鳴悲。涼風率已厲，遊子寒無衣。錦衾遺洛浦，同袍與我違。獨宿累長夜，夢想見容輝。良人惟古歡，枉駕惠前綏。願得常巧笑，攜手同車歸。既來不須臾，又不處重闈。諒無鷐風翼，焉得凌風飛。眄睞以適意，引領遥相睎。

徙倚懷感傷垂涕霑雙扉

冉冉孤生竹結根泰山阿與君爲新婚菟絲附女蘿菟絲生有時夫婦會有宜千里遠結婚悠悠隔山陂思君令人老軒車來何遲傷彼蕙蘭花含英揚光輝過時而不采將隨秋草萎君亮執高節賤妾亦何爲

孟冬寒氣至北風何慘慄愁多知夜長仰觀衆星列三五明月滿四五蟾兔缺客從遠方來遺我一書札上言長相思下言久離別置書懷袖中三歲字不滅一心抱區區懼君不識察

客從遠方來遺我一端綺相去萬餘里故人心尚尔文彩雙鴛鴦裁爲合歡被著以長相思緣以結不解以膠投漆中誰能別離此

四坐且莫諠願聽歌一言請說銅鑪器崔嵬象南山上枝以（似）松柏下根據銅盤彫文各異類離婁自相聯誰能爲此器公輸與魯班朱火然其中青煙颺其間從風入君懷四坐莫不歎（歡）香風難久居空令蕙草殘

悲與親友別氣結不能言贈子以自愛道遠會見難人生無幾時顛沛在其間念子棄我去新心有所歡結志青雲上何時復來還

穆穆清風至吹我羅裳裾青袍似春草長條隨風舒朝登津梁山褰裳望所思

裳 詩記作衣

繩一作係
緑沔紀作緗
喜怒一作怨怒
以一作用
日出東南隅 沔紀作陌上桑宋書作大曲一作艷歌羅敷行
如何兩少年 沔紀作不知何年少

安得抱柱信皎日以爲期

古樂府詩六首

日出東南隅照我秦氏樓秦氏有好女自言名羅敷羅敷善蠶桑采桑城南隅青絲爲籠繩桂枝爲籠鉤頭上倭墮髻耳中明月珠緑綺爲下裾紫綺爲上襦觀者見羅敷下擔捋髭鬚少年見羅敷脱巾著帩頭耕者忘其耕鋤者忘其鋤來歸相喜怒但坐觀羅敷使君從南來五馬立踟躕使君遣吏往問此誰家姝秦氏有好女自名爲羅敷羅敷年幾何二十尚未滿十五頗有餘使君謝羅敷寧可共載不羅敷前置辭使君一何愚使君自有婦羅敷自有夫東方千餘騎夫壻居上頭何以識夫壻白馬從驪駒青絲繫馬尾黄金駱馬頭腰間鹿盧劍可直千萬餘十五府小吏二十朝大夫三十侍中郎四十專城居爲人潔白皙鬑鬑頗有鬚盈盈公府步冉冉府中趨坐中數千人皆言夫壻殊

日出東南隅行

相逢狹路間道隘不容車如何兩少年挾轂問君家君家誠易知易知復難忘黄金爲君門白玉爲君堂堂上置樽酒使作邯鄲倡中庭生桂樹華鐙何煌煌兄弟兩三人中子爲侍郎五日一來歸道上自生光黄金駱馬頭觀者滿路傍入門時左顧但見雙鴛鴦鴛鴦七十二羅列自成行音聲何噰噰鶴鳴東西廂大婦織羅

未遽一作方未
相逢狹路間一作相逢行
勝一大丈夫一作亦勝一丈夫
第二綻字甚誤重出宋蔡組
柯一作倚
皚如山上雪樂府作古辭他本皆作文君白頭吟

綺中婦織流黃小婦無所作挾瑟上高堂丈人且安坐調絲未遽央　相逢狹路間

天上何所有歷歷種白榆桂樹夾道生青龍對道隅鳳皇鳴啾啾一母將九雛

顧視世間人爲樂甚獨殊好婦出迎客顔色正敷愉伸腰再拜跪問客平安不

請客北堂上坐客氈氍毹清白各異樽酒上正華疏酌酒持與客客言主人持

却略再拜跪然後持一杯談笑未及竟左顧勑中廚促令辦粗飯慎莫使稽留

廢禮送客出盈盈府中趨送客亦不遠足不過門樞取婦得如此齊姜亦不如

健婦持門戶勝一大丈夫　隴西行

翩翩堂前燕冬藏夏來見兄弟兩三人流蕩在他縣故衣誰當補新衣誰當綻

賴得賢主人覽取爲吾綻夫婿從門來斜柯西北眄語卿且勿眄水清石自見

石見何纍纍遠行不如歸　豔歌行

皚如山上雪皎若雲間月聞君有兩意故來相決絕今日斗酒會明旦溝水頭

躞蹀御溝上溝水東西流淒淒復淒淒嫁娶不須啼願得一心人白頭不相離

竹竿何嫋嫋魚尾何簁簁男兒重意氣何用錢刀爲　皚如山上雪

飛來雙白鵠乃從西北來十十將五五羅列行不齊忽然卒疲病不能飛相隨五

里一反顧六里一徘徊吾欲銜汝去口噤不能開吾欲負汝去羽毛日摧頹樂哉新

雙白鵠廣文選作飛鵠行詩紀作豔歌何嘗行

鴻鵠文選作鳴鶴

中作巾

斷文選作依

傷憂文選作憂傷

相知憂來生別離峙𡾰顧羣侶淚落縱橫垂今日樂相樂延年萬歲期　雙白鵠

枚乘雜詩九首

西北有高樓上與浮雲齊交疏結綺窻阿閣三重階上有弦歌聲音響一何悲誰能爲此曲無乃杞梁妻清商隨風發中曲正徘徊一彈再三歎慷慨有餘哀不惜歌者苦但傷知音稀願爲雙鴻鵠奮翅起高飛

東城高且長逶迤自相屬迴風動地起秋草萋已綠四時更變化歲暮一何速鷐風懷苦心蟋蟀傷局促蕩滌放情志何爲自結束燕趙多佳人美者顏如玉被服羅裳衣當戶理清曲音響一何悲弦急知柱促馳情整中帶沈吟聊躑躅思爲雙飛鷰銜泥巢君屋

行行重行行與君生別離相去萬餘里各在天一涯道路阻且長會面安可知胡馬嘶北風越鳥巢南枝相去日已遠衣帶日已緩浮雲蔽白日遊子不顧反思君令人老歲月忽已晚棄捐勿復道努力加飡飯

涉江采芙容蘭澤多芳草采之欲遺誰所思在遠道還顧望舊鄉長路漫浩浩同心而離居傷憂以終老

青青河畔草鬱鬱園中柳盈盈樓上女皎皎當窻牖娥娥紅粉粧纖纖出素手

初學記昔爲作自云今作嫁

癡一作会

昔爲倡家女今爲蕩子婦蕩子行不歸空牀難獨守

蘭若生春陽涉冬猶盛滋願言追昔愛情款感四時美人在雲端天路隔無期

夜光照玄陰長歎戀所思誰謂我無憂積念發狂癡

庭前有奇樹綠葉發華滋攀條折其榮將以遺所思馨香盈懷袖路遠莫致之

此物何足貴但感別經時

迢迢牽牛星皎皎河漢女纖纖擢素手札札弄機杼終日不成章泣涕零如雨

河漢清且淺相去復幾許盈盈一水間脈脈不得語

明月何皎皎照我羅牀帷憂愁不能寐攬衣起徘徊客行雖云樂不如早旋歸

出戶獨彷徨愁思當告誰引領還入房淚下霑裳衣

李延年歌詩一首 并序

李延年知音善歌舞每爲漢武帝作新歌變曲聞者莫不感動延年侍坐上起舞

歌曰北方有佳人絕世而獨立一顧傾人城再顧傾人國傾城復傾國佳人難再得

再顧傾人國句下他本皆有寧不知三字亦有作君不知者不見者

蘇武詩一首

結髮爲夫婦恩愛兩不疑懽娛在今夕嬿婉及良時征夫懷遠路起視夜何其

參辰皆已沒去去從此辭征役在戰場相見未有期握手一長歎淚爲別生滋

歸女從石壽

別生他本皆作生別是也

姝宋[illegible]作奴霍家奴樂府作趙家姝

鬟一作環

班婕妤樂府作[illegible]

[illegible]延年

裂一作製

團團一作圓圓

文選鮮作皎風作飆

努力愛春華莫忘懽樂時生當復來歸死當長相思

辛延年羽林郎詩一首

昔有霍家姝姓馮名子都依倚將軍勢調笑酒家胡胡姬年十五春日獨當壚
長裾連理帶廣袖合歡襦頭上藍田玉耳後大秦珠兩鬟何窈窕一世良所無
一鬟五百萬兩鬟千萬餘不意金吾子娉婷過我廬銀鞍何昱爚翠蓋空峙𡾊
就我求清酒絲繩提玉壺就我求珍肴金盤膾鯉魚貽我青銅鏡結我紅羅裾
不惜紅羅裂何論輕賤軀男兒愛後婦女子重前夫人生有新故貴賤不相踰
多謝金吾子私愛徒區區

班婕妤怨詩一首并序

昔漢成帝班婕妤失寵供養於長信宮乃作賦自傷并爲怨詩一首

新裂齊紈素鮮潔如霜雪裁爲合歡扇團團似明月出入君懷袖動搖微風發
常恐秋節至涼風奪炎熱棄捐篋笥中恩情中道絕

宋子侯董嬌饒詩一首

洛陽城東路桃李生路傍花花自相對葉葉自相當春風東北起花葉正低昂
不知誰家子提籠行采桑纖手折其枝花落何飄颺請謝彼姝子何爲見損傷

爰藝文作好

第二眉字宋本亦
皆作且

遇得充作得為
充君

瞟宋本作慄是
也

狄作秋

還作歸

尋作循

高秋八九月白露變爲霜終年會飄墮安得久馨香秋時自零落春月復芬芳
何時盛年去懽愛永相忘吾欲竟此曲此曲愁人腸歸來酌美酒挾瑟上高堂

漢時童謠歌一首

城中好高髻四方高一尺城中好大眉四方眉半額城中好廣袖四方用匹帛

張衡同聲歌一首

邂逅承際會遇得充後房情好新交接恐瞟若探湯不才勉自竭賤妾職所當
（慄）
綢繆主中饋奉禮助蒸嘗思爲苑蒻席在下蔽匡牀願爲羅衾幬在上衞風霜
洒埽清枕席鞮芬以狄香重戶結金扃高下華燈光衣解巾粉御列圖陳枕張
素女爲我師儀態盈萬方衆夫所希見天老敎軒皇樂莫斯夜樂没齒焉可忘

秦嘉贈婦詩三首并序

秦嘉字士會隴西人也爲郡上掾其妻徐淑寢疾還家不獲面別贈詩云尒
人生譬朝露居世多屯蹇憂艱常早至懽會常苦晚念當奉時役去尒日遥遠
遣車迎子還空往復空返省書情悽愴臨食不能飯獨坐空房中誰與相勸勉
長夜不能眠伏枕獨展轉憂來如尋環匪席不可卷
（循）
皇靈無私親爲善荷天禄傷我與尒身少小罹煢獨既得結大義懽樂若不足

思宋本作恩
屬一作促
可燿一作好燿

念當遠離別，思念敘款曲。河廣無舟梁，道近隔丘陸。臨路懷惆悵，中駕正躑躅。
浮雲起高山，悲風激深谷。良馬不回鞍，輕車不轉轂。針藥可屢進，愁思難爲數。
貞士篤終始，恩義不可屬。
肅肅僕夫征，鏘鏘揚和鈴。清晨當引邁，束帶待雞鳴。顧看空室中，髣髴想姿形。
一別懷萬恨，起坐爲不寧。何用敘我心，遺思致款誠。寶釵可燿首，明鏡可鑒形。
芳香去垢穢，素琴有清聲。詩人感木瓜，乃欲答瑤瓊。媿彼贈我厚，慙此往物輕。
雖知未足報，貴用敘我情。

秦嘉妻徐淑荅詩一首

妾身兮不令，嬰疾兮來歸。沈滯兮家門，歷時兮不差。曠廢兮侍覲，情敬兮有違。
君今兮奉命，遠適兮京師。悠悠兮離別，無因兮敘懷。瞻望兮踴躍，佇立兮徘徊。
思君兮感結，寤夢想兮容煇。君發兮引邁，去我兮日乖。恨無兮羽翼，高飛兮相追。
長吟兮永歎，淚下兮霑衣。

蔡邕飲馬長城窟行一首

青青河邊草，綿綿思遠道。遠道不可思，宿昔夢見之。夢見在我傍，忽覺在他鄉。
他鄉各異縣，展轉不相見。枯桑知天風，海水知天寒。入門各自媚，誰肯相爲言。

兒一作童
書上之上一作中
少一作兒
住一作與
関一作間
邊地上宋本有明知二字
生一作相
巳日宋本作日巳

容從遠方來遺我雙鯉魚呼兒烹鯉魚中有尺素書長跪讀素書書上竟何如
上有加飡食下有長相憶

陳琳飲馬長城窟行一首

飲馬長城窟水寒傷馬骨往謂長城吏愼莫稽留太原卒官作自有程舉築諧
汝聲男兒寧當格鬬死何能怫鬱築長城長城何連連連連三千里邊城多健
少內舍多寡婦作書與內舍便嫁莫留住善事新姑章時時念我故夫子報書
往邊地君今出語一何鄙身在禍難中何爲稽留他家子生男愼莫舉生女哺
用脯君獨不見長城下死人骸骨相撐拄結髮行事君慊慊心意關明知邊地苦賤
妾何能久自全

徐幹室思一首

沈陰結愁憂愁憂爲誰興念與君生別各在天一方良會未有期中心摧且傷
不聊憂飡食慊慊常飢空端坐而無爲髣髴君容光峩峩高山首悠悠萬里
道君去巳日遠鬱結令人老人生一世間忽若暮春草時不可再得何爲自愁
惱每誦昔鴻恩賤軀焉足保諆浮雲何洋洋願因通我辭飄颻不可寄徙倚徒
相思人離皆復會君獨無反期自君之出矣明鏡暗不治思君如流水何有窮

足一作既

珮一作美

於一作投

已時。其三慘慘時節盡，蘭華凋復零。喟然長歎息，君期慰我情。展轉不能寐，長夜何綿綿。躡履起出戶，仰觀三星連。自恨志不遂，泣涕如涌泉。其四思君見巾櫛，以益我勞勤。安得鴻鸞羽，覯此心中人。誠心亮不遂，搔首立悁悁。何言曰不見，復會無因緣。故如比目魚，今隔如參辰。其五人靡不有初，想君能終之。別來歷年歲，舊恩何可期。重新而忘故，君子所尤譏。寄身雖在遠，豈忘君須臾。既厚不爲薄，想君時見思。其六

情詩一首

高殿鬱崇崇，廣廈淒泠泠。微風起閨闥，落日照階庭。踟躕雲屋下，嘯歌倚華楹。君行殊不返，我飾爲誰榮。鑪薰闔不用，鏡匣上塵生。綺羅失常色，金翠暗無精。嘉肴既忘御，旨酒亦常停。顧瞻空寂寂，惟聞燕雀聲。憂思連相屬，中心如宿醒。

繁欽定情詩一首

我出東門遊，邂逅承清塵。思君即幽房，侍寢執衣巾。時無桑中契，迫此路側人。我即媚君姿，君亦悅我顏。何以致拳拳，綰臂雙金環。何以致殷勤，約指一雙銀。何以致區區，耳中雙明珠。何以致叩叩，香囊繫肘後。何以致契闊，繞腕雙跳脫。何以結恩情，珮玉綴羅纓。何以結中心，素縷連雙針。何以結相於，金薄畫搔頭。

玉臺新詠卷一

玉宋本作来

凱一作飄

情不移下宋本有賤妾留空房相見常日稀二句

何以慰別離耳後瑇瑁釵何以答歡悅紈素三條裾何以結愁悲白絹雙中衣

與我期何所乃期東山隅日旰兮不至谷風吹我襦遠望無所見涕泣起踟躕

與我期何所乃期山南陽日中兮不來凱風吹我裳逍遙莫誰覩望君愁我腸

與我期何所乃期西山側日夕兮不來躑躅長歎息遠望涼風至俯仰正衣服

與我期何所乃期山北岑日暮兮不來淒風吹我衿望君不能坐悲苦愁我心

愛身以何爲惜我華色時中情既款款然後克密期褰衣躡茂草謂君不我欺

厠此醜陋質徙倚無所之自傷失所欲淚下如連絲

古詩無名人爲焦仲卿妻作并序

漢末建安中廬江府小吏焦仲卿妻劉氏爲仲卿母所遣自誓不嫁其家逼之

乃沒水而死仲卿聞之亦自縊於庭樹時傷之爲詩云尔

孔雀東南飛五里一徘徊十三能織素十四學裁衣十五彈箜篌十六誦詩書

十七爲君婦心中常苦悲君既爲府吏守節情不移（賤妾留空房相見常日稀）鷄鳴入機織夜夜不得息

三日斷五匹大人故嫌遲非爲織作遲君家婦難爲妾不堪驅使徒留無所施

便可白公姥及時相遣歸府吏得聞之堂上啓阿母兒已薄祿相幸復得此婦

結髮同枕席黃泉共爲友共事二三年始尓未爲久女行無偏斜何意致不厚

下遣之宋遣去

阿母謂府吏何乃太區區此婦無禮節舉動自專由吾意久懷忿汝豈得自由
東家有賢女自名秦羅敷可憐體無比阿母爲汝求便可速遣之遣之慎莫留
府吏長跪荅伏惟啓阿母今若遣此婦終老不復取阿母得聞之搥牀便大怒
小子無所畏何敢助婦語吾已失恩義會不相從許府吏默無聲再拜還入戶
舉言爲新婦哽咽不能語我自不驅卿逼迫有阿母卿但暫還家吾今且報府
不久當歸還還必相迎取以此下心意慎勿違吾語新婦謂府吏勿復重紛紜
往昔初陽歲謝家來貴門奉事循公姥進止敢自專晝夜勤作息伶俜縈苦辛
謂言無罪過供養卒大恩仍更被驅遣何言復來還妾有繡腰襦葳蕤自生光
紅羅複斗帳四角垂香囊箱簾六七十綠碧青絲繩物物各自異種種在其中
人賤物亦鄙不足迎後人留待作遣施於今無會因時時爲安慰久久莫相忘
雞鳴外欲曙新婦起嚴妝著我繡裌裙事事四五通足下躡絲履頭上玳瑁光
腰若流紈素耳著明月璫指如削蔥根口如含朱丹纖纖作細步精妙世無雙
上堂拜阿母母聽去不止昔作女兒時生小出野里本自無教訓兼愧貴家子
受母錢帛多不堪母驅使今日還家去念母勞家裏却與小姑別淚落連珠子
新婦初來時小姑（始扶牀今日被驅遣小姑）如我長勤心養公姥好自相扶將初七及下九嬉戲莫相忘

遣宋本作遺

每一作謝
母聽去不止一作
阿母怒不止

小姑下脫十字出
宋本補

住一作往

出門登車去涕落百餘行府吏馬在前新婦車在後隱隱何甸甸俱會大道口
下馬入車中低頭共耳語誓不相隔卿且暫還家去吾今且赴府不久當還歸
誓天不相負新婦謂府吏感君區區懷君既若見錄不久望君來君當作盤石
妾當作蒲葦蒲葦紉如絲盤石無轉移我有親父兄性行暴如雷恐不任我意
逆以煎我懷舉手長勞勞二情同依依入門上家堂進退無顏儀阿母大拊掌
不圖子自歸十三教汝織十四能裁衣十五彈箜篌十六知禮儀十七遣汝嫁
謂言無誓違汝今無罪過不迎而自歸蘭芝慙阿母兒實無罪過阿母大悲摧
還家十餘日縣令遣媒來云有第三郎窈窕世無雙年始十八九便言多令才
阿母謂阿女汝可去應之阿女銜淚答蘭芝初還時府吏見丁寧結誓不別離
今日違情義恐此事非奇自可斷來信徐徐更謂之阿母白媒人貧賤有此女
始適還家門不堪吏人婦豈合令郎君幸可廣問訊不得便相許媒人去數日
尋遣丞請還說有蘭家女承籍有宦官云有第五郎嬌逸未有婚遣丞爲媒人
主簿通語言直說太守家有此令郎君既欲結大義故遣來貴門阿母謝媒人
女子先有誓老姥豈敢言阿兄得聞之悵然心中煩舉言爲阿妹作計何不量
先嫁得府吏後嫁得郎君否泰如天地足以榮汝身不嫁義郎體其往欲何云

廣作用

石本兄宋本作下相見是也

蘭芝仰頭荅理實如兄言謝家事夫壻中道還兄門處分適兄意那得自任專
雖與府吏要渠會永無緣登即相許和便可作婚姻媒人下牀去諾諾復尔尔
還部白府君下官奉使命言談大有緣府君得聞之心中大歡喜視曆復開書
便利此月内六合正相應良吉三十日今已二十七卿可去成婚交語速裝束
駱驛如浮雲青雀白鵠舫四角龍子幡婀娜隨風轉金車玉作輪躑躅青驄馬
流蘇金鏤鞍齎錢三百萬皆用青絲穿雜彩三百匹交廣市鮭珍從人四五百
鬱鬱登郡門阿母謂阿女適得府君書明日來迎汝何不作衣裳莫令事不舉
阿女默無聲手巾掩口啼淚落便如瀉移我瑠璃榻出置前窗下左手持刀尺
右手執綾羅朝成繡裌裙晚成單羅衫晻晻日欲暝愁思出門啼府吏聞此變
因求假暫歸未至二三里摧藏馬悲哀新婦識馬聲躡履相逢迎悵然遥相望
知是故人來舉手拍馬鞍嗟歎使心傷自君別我後人事不可量果不如先願
又非君所詳我有親父母逼迫兼弟兄以我應他人君還何所望府吏謂新婦
賀卿得高遷盤石方可厚可以卒千年蒲葦一時紉便作旦夕間卿當日勝貴
吾獨向黄泉新婦謂府吏何意出此言同是被逼迫君尔妾亦然黄泉不相見
勿違今日言執手分道去各各還家門生人作死別恨恨那可論念與世間辭

趙宋本以起

千萬不復全府吏還家去上堂拜阿母今日大風寒寒風摧樹木嚴霜結庭蘭兒今日冥冥令母在後單故作不良計勿復怨鬼神命如南山石四體康且直阿母得聞之零淚應聲落汝是大家子仕宦於臺閣愼勿爲婦死貴賤情何薄東家有賢女窈窕豔城郭阿母爲汝求便復在旦夕府吏再拜還長嘆空房中作計乃尒立轉頭向戶裏漸見愁煎迫其日牛馬嘶新婦入青廬菴菴黃昏後寂寂人定初我命絕今日魂去尸長留攬裙脫絲履舉身赴青池府吏聞此事心知長別離徘徊庭樹下自挂東南枝兩家求合葬合葬華山傍東西植松柏左右種梧桐枝枝相覆蓋葉葉相交通中有雙飛鳥自名爲鴛鴦仰頭相向鳴夜夜達五更行人駐足聽寡婦起傍徨多謝後世人戒之愼勿忘

玉臺新詠卷第一

湛澹藝文作澹〻
悲響有餘音一作
悲風漂餘音

玉臺新詠卷第二

魏文帝於淸河見輓船士新婚與妻別一首

與君結新婚，宿昔當別離。涼風動秋草，蟋蟀鳴相隨。冽冽寒蟬吟，蟬吟抱枯枝。枯枝時飛揚，身體忽遷移。不悲身遷移，但惜歲月馳。歲月無窮極，會合安可知。願爲雙黃鵠，比翼戲淸池。

又淸河作一首

方舟戲長水湛澹自浮沈弦歌發中流悲響有餘音音聲入君懷悽愴傷人心心傷安所念但願恩情深願爲鷐風鳥雙飛翔北林

管乃菅之誤
前應是棄菅蒯也
脩二作脩下
此詩藝文詩紀俱作魏文帝
尓一作而 共一作同
往一作逝疑當是共
言是客一作自云蕩
孤一作賤
時一作良 妾心一作賤妾

又甄皇后樂府塘上行一首

蒲生我池中其葉何離離傍能行仁義莫若妾自知衆口鑠黄金使君生別離念君去我時獨愁常苦悲想見君顏色感結傷心脾念君常苦悲夜夜不能寐莫以豪賢故棄捐素所愛莫以魚肉賤棄捐葱與薤莫以麻枲賤棄捐管與蒯出亦復苦愁入亦復苦愁邊地多悲風樹木何脩脩從軍致獨樂延年壽千秋

劉勳妻王氏雜詩二首并序

王宋者平虜將軍劉勳妻也入門二十餘年後勳悅山陽司馬氏女以宋無子出之還於道中作詩二首

翩翩牀前帳張以蔽光輝昔將尓同去今將尓共歸緘藏篋笥裏當復何時披

誰言去婦薄去婦情更重千里不唾井況乃昔所奉遠望未爲遥踟蹰不得往

曹植雜詩五首

明月照高樓流光正徘徊上有愁思婦悲歎有餘哀借問歎者誰言是客子妻君行踰十年孤妾常獨棲君若清路塵妾若濁水泥浮沉各異勢會合何時諧願爲西南風長逝入君懷君懷時不開妾心當何依

西北有織婦綺縞何繽紛明晨秉機杼日昃不成文大息終長夜悲嘯入青雲

房一作閨 孤一作飛
室一作穴 翔一作翩 獨一作煢一作單且煢
儻顧終盼睞一作儻終顧盼睞
湘川一作瀟湘
久一作永
長一作柔
飄飄一作遥一作飄颻
曜一作耀

妾身守空房良人行從軍自期三年歸今已歷九春孤鳥繞樹翔噭噭鳴索羣
願爲南流景馳光見我君
微陰翳陽景清風飄我衣游魚潛淥水翔鳥薄天飛眇眇客行士遥役不得歸
始出嚴霜結今來白露晞遊子歎黍離處者歌式微慷慨對嘉賓悽愴内傷悲
攬衣出中閨逍遥步兩楹閑房何寂寞淥草被階庭空室自生風百鳥翔南征
春思安可忘憂慼與我幷佳人在遠道妾身獨單煢歡會難再遇蘭芝不重榮
人皆棄舊愛君豈若平生寄松爲女蘿依水如浮萍束身奉衿帶朝夕不墮傾
儻願終盼睞永副我中情
南國有佳人容華若桃李朝遊江北岸夕宿湘川沚時俗薄朱顔誰爲發皓齒
俛仰歲將暮榮曜難久恃

美女篇

美女妖且閑采桑岐路間柔條紛冉冉落葉何翩翩攘袖見素手皓腕約金環
頭上金爵釵腰佩翠琅玕明珠交玉體珊瑚間木難羅衣何飄飄輕裾隨風還
顧眄遺光彩長嘯氣若蘭行徒用息駕休者以忘餐借問女安居乃在城南端
青樓臨大路高門結重關容華耀朝日誰不希令顔媒氏何所營玉帛不時安

何一作徒　歡一作觀

蔓一作葛

鳥一作馬　樹一作代　若一作爲

絃下宋本作悠下是也

丙一作人

遇宋本作寓是也　懷作帷　下一作夜　裳一作新

截作愛

佳人慕高義求賢良獨難衆人何嗷嗷安知彼所歡盛年處房室中夜起長歎

種葛篇

種葛南山下葛蔓自成陰與君初婚時結髮恩義深歡愛在枕席宿昔同衣衾
竊慕棠棣篇好樂和瑟琴行年將晚暮佳人懷異心恩紀曠不接我情遂抑沈
出門當何顧徘徊步北林下有交頸獸仰見雙棲禽攀枝長歎息淚下霑羅衿
良鳥知我悲延頸對我吟昔爲同池魚今若商與參往古皆歡遇我獨困於今
棄置委天命悠悠安可任

浮萍篇

浮萍寄清水隨風東西流結髮辭嚴親來爲君子仇恪勤在朝夕無端獲罪尤
在昔蒙恩惠和樂如瑟琴何意今摧頹曠若商與參茱萸自有芳不若桂與蘭
新人雖可愛無若故所歡行雲有反期君恩儻中還慊慊仰天歎愁心將何愬
日月不常處人生忽若遇悲風來入懷淚下如垂露發篋造裳衣裁縫紈與素

棄婦詩一首

石榴植前庭綠葉搖縹青丹華灼烈烈帷彩有光榮光好曄流離可以戲淑靈
有鳥飛來集樹翼以悲鳴悲鳴夫何爲丹華實不成拊心長歎息無子當歸寧

彈素一作調鳴
衝文選作吹
縱文選作屣
向一作翻
霑裳下文選多佇立吐高吟舒憤訴穹蒼二句
從文選作順
解文選作懷
磬文選及宋本皆作石是也

有子月經天無子若流星天月相終始流星沒無精棲遲失所宜下與瓦石并憂懷從中來歎息通鷄鳴反側不能寐逍遙於前庭踟躕還入房肅肅帷幕聲褰帷更攝帶撫弦彈素箏慷慨有餘音要妙悲且清收淚長歎息何以負神靈招搖待霜露何必春夏成晚穫爲良實願君且安寧

魏明帝樂府詩二首

昭昭素明月暉光燭我牀憂人不能寐耿耿夜何長微風衝閨闥羅帷自飄颺攬衣曳長帶縱履下高堂東西安所之徘徊以傍徨春鳥向南飛翩翩獨翱翔悲聲命儔匹哀鳴傷我腸感物懷所思泣涕忽霑裳

種瓜東井上冉冉自踰垣與君新爲婚瓜葛相結連寄託不肖軀有如倚太山菟絲無根株蔓延自登緣萍藻託清流常恐身不全被蒙丘山惠賤妾執拳拳天日照知之想君亦俱然

阮籍詠懷詩二首

二妃遊江濱逍遙從風翔交甫解環珮婉孌有芬芳猗靡情懽愛千載不相忘傾城迷下蔡容好結中腸感激生憂思萱草樹蘭房膏沐爲誰施其雨怨朝陽如何金磬交一旦更離傷

懌石譯
媚姿文選作姿媚
衾文選作衣
姻君之娟一作泣
遠一作類

昔日繁華子安陵與龍陽夭夭桃李花灼灼有暉光悅懌若九春磬折似秋霜
流眄發媚姿言笑吐芬芳攜手等懽愛宿昔同衾裳願爲雙飛鳥比翼共翱翔
丹青著明誓永世不相忘

晉

傅玄青青河邊草篇

青青河邊草悠悠萬里道草生在春時遠道還有期春至草不生期盡歎無聲
感物懷思心夢想發中情夢君如鴛鴦比翼雲間翔既覺寂無見曠如參與商
河洛自用固不如中岳安回流不及反浮雲往自還悲風動思心悠悠誰知者
懸景無停居忽如馳駟馬傾耳懷音響轉目淚雙墮生存無會期要君黃泉下

苦相篇　豫章行

苦相身爲女卑陋難再陳兒男當門戶墮地自生神雄心志四海萬里望風塵
女育無欣愛不爲家所珍長大逃深室藏頭羞見人無淚適他鄉忽如雨絕雲
低頭和顏色素齒結朱脣跪拜無復數婢妾如嚴賓情合同雲漢葵藿仰陽春
心乖甚水火百惡集其身玉顏隨年變丈夫多好新昔爲形與影今爲胡與秦
胡秦時相見一絕踰參辰

有女篇　豔歌行

權詩紀作㩸
寶一作令　以安之
一作貴藏　辭一作
附
徽者府一作徽
英一作美
兒夫乃凡夫之誤
晨一作最
無一作雖
無根本一作本無根

有女懷芬芳，媞媞步東箱。蛾眉分翠羽，明目發清揚。丹脣翳皓齒，秀色若珪璋。
巧笑露權靨，衆媚不可詳。令儀希世出，無乃古毛嬙。頭安金步搖，耳繫明月璫。
珠環約素腕，翠爵垂鮮光。文袍綴藻黼，玉體映羅裳。容華既以豔，志節擬秋霜。
徽音冠青雲，聲響流四方。妙哉英媛德，宜配侯與王。靈應萬世合，日月時相望。
媒氏陳束帛，羔鴈鳴前堂。百兩盈中路，起若鸞鳳翔。兒夫徒踴躍，望絕殊參商。

朝時篇　怨歌行

昭昭朝時日，皎皎晨明月。十五入君門，一別終華髮。同心忽異離，曠如胡與越。
胡越有會時，參辰遼且闊。形影無髣髴，音聲寂無達。纖弦感促柱，觸之哀聲發。
情思如循環，憂來不可遏。塗山有餘恨，詩人詠采葛。蜻蛚吟牀下，回風起幽闥。
春榮隨露落，芙蓉生木末。自傷命不遇，良辰永乖別。已尔可柰何，譬如紈素裂。
孤雌翔故巢，星流光景絕。魂神馳萬里，甘心要同穴。

明月篇

皎皎明月光，灼灼朝日暉。昔爲春蠒絲，今爲秋女衣。丹脣列素齒，翠彩發蛾眉。
嬌子多好言，歡合易爲姿。玉顏盛有時，秀色隨年衰。常恐新間舊，變故興細微。
浮萍無根本，非水將何依。憂喜更相接，樂極自還悲。

清且芳一作且芳兮
期一作其
玉一作去　請一作借
必一作自

秋蘭篇

秋蘭蔭玉池池水清且芳芙蓉隨風發中有雙鴛鴦雙魚自踴躍兩鳥時回翔
君期歷九秋與妾同衣裳

西長安行

所思兮何在乃在西長安何用存問妾香𧧌雙珠環何用重存問羽爵翠琅玕
今我兮聞君更有兮異心香亦不可燒環亦不可沈香燒日有歇環沈日自深

和班氏詩一首

秋胡納令室三日宦他鄉皎皎潔婦姿泠泠守空房嬿婉不終夕別如參與商
憂來猶四海易感難可防人言生日短愁者苦夜長百草揚春華攘腕採柔桑
素手尋繁枝落葉不盈筐羅衣翳玉體回目流彩章君子倦仕歸車馬如龍驤
精誠馳萬里既至兩相忘行人悅令顏請息此樹傍誘以逢郎喻遂下黄金裝
烈烈貞女忿言辭厲秋霜長驅及居室奉金升北堂母立呼婦來歡情樂未央
秋胡見此婦惕然懷探湯負心豈不慚永誓非所望清濁必異源鳧鳳不並翔
引身赴長流果哉潔婦腸彼夫既不淑此婦亦太剛

晉　張華情詩五首

林一作陰　權一作懽　媚女一作出　處一作靈　吟一作獨　綿綿一作戚戚　脩塗遠一作極　脩塗　恩一作恩　自乃目之謬　覺一作知　宮一作君

北方有佳人端坐鼓鳴琴終晨撫管弦日夕不成音憂來結不解我思存所欽
君子尋時役幽妾懷苦心初為三載別於今久滯淫昔邪生戶牖庭內自成林
翔鳥鳴翠隅草蟲相和吟心悲易感激俛仰淚流衿願託鶡風翼束帶侍衣衾
明月曜清景朧光照玄墀幽人守靜夜回身入空帷束帶俟將朝廓落晨星稀
寐假交精爽覿我佳人姿巧笑媚權靨聯娟眸與眉寐言增長歎悽然心獨悲
清風動帷簾晨月燭幽房佳人處遐遠蘭室無容光衿懷擁虛景輕衾覆空牀
居懽惜夜促在慼怨宵長撫枕獨吟歎綿綿心內傷
君居北海陽妾在南江陰懸邈脩塗遠山川阻且深承驩注隆愛結分投所欽
銜恩守篤義萬里託微心
遊自四野外逍遙獨延佇蘭蕙緣清渠繁華蔭綠渚佳人不在茲取此欲誰與
巢居覺風飄穴處識陰雨未曾遠別離安知慕儔侶

雜詩二首

逍遙遊春宮容與綠池阿白蘋齊素葉朱草茂丹葩微風搖茝若增波動芰荷
榮彩曜中林流馨入綺羅王孫遊不歸脩路邈以遐誰與翫遺芳佇立獨咨嗟
荏苒日月運寒暑忽流易同好遊不存茗茗遠離析房櫳自來風戶庭無行迹

雲一作明
陵澗一作澗過
回各本作周
依各本作承

蒹葭生牀下蛛蝥網四壁懷思豈不隆感物重鬱積遊鴈比翼翔歸鴻知接翮
來哉彼君子無愁徒自隔

晉　潘岳內顧詩二首

靜居懷所歡登城望四澤春草鬱青青桑柘何奕奕芳林振朱榮綠水激素石
初征冰未泮忽焉振絺綌漫漫三千里迢迢遠行客馳情戀朱顔寸陰過盈尺
夜愁極清晨朝悲終日夕山川信悠永願言良弗獲引領訊歸雲沈思不可釋
獨悲安所慕人生若朝露綿邈寄絶域眷戀想平素爾情既來追我心亦還顧
形體隔不達精爽交中路不見山上松隆冬不易故不見陵澗柏歲寒守一度
無謂希是踈在遠分彌固

悼亡詩二首

荏苒冬春謝寒暑忽流易之子歸窮泉重壤永幽隔私懷誰克從淹留亦何益
僶俛恭朝命回心反初役望廬思其人入室想所歷幃屏無髣髴翰墨有餘迹
流芳未及歇遺挂猶在壁悵怳如或存回遑忡驚惕如彼翰林鳥雙棲一朝隻
如彼遊川魚比目中路析春風緣隙來晨霤依簷滴寢息何時忘沈憂日盈積
庶幾有時衰莊缶猶可擊

淚 文選作涕
白 文選作目
零落 文選作失志 詩字誤乃可字也
旍 宋本作旌
棄 一作弃
歡 一作哀 與 一作並

皦皦窗中月照我室南端清商應秋至溽暑隨節闌凜凜涼風升始覺夏衾單
豈曰無重纊誰與同歲寒歲寒無與同朗月何朧朧展轉眄枕席長簟竟牀空
牀空委清塵室虛來悲風獨無李氏靈彷彿覩尒容撫衿長歎息不覺涕霑胷
霑胷安能已悲懷從中起寢興自存形遺音猶在耳上慙東門吳下媿蒙莊子
賦詩欲言志零落難具紀命也詩柰何長慼自令鄙

石崇王昭君辭一首 幷序

王明君者本為王昭君以觸文帝諱故改匈奴盛請婚於漢元帝以後宮良家女子明君配焉昔公主嫁烏孫令琵琶馬上作樂以慰其道路之思其送明君亦必尒也其造新之曲多哀怨之聲故敘之於紙云尒

我本漢家子將適單于庭辭訣未及終前驅已抗旍僕御涕流離轅馬為悲鳴
哀鬱傷五內泣淚霑珠纓行行日已遠乃造匈奴城延我於穹廬加我閼氏名
殊類非所安雖貴非所榮父子見陵辱對之慙且驚殺身良未易默默以苟生
苟生亦何聊積思常憤盈願假飛鴻翼棄之以遐征飛鴻不我顧佇立以屏營
昔為匣中玉今為糞上英朝華不足歡甘為秋草幷傳語後世人遠嫁難為情

左思嬌女詩一首

紈一作織　似宋本作紈
眒一作忽
函一作閒
珂疑阿　池一作施
次宋本作沈

吾家有嬌女皎皎頗白皙小字爲紈素口齒自清歷鬢髮覆廣額雙耳似連璧
明朝弄梳臺黛眉類埽跡濃朱衍丹脣黃吻爛漫赤嬌語若連瑣忿速乃明㦗
握筆利彤管篆刻未期益執書愛綈素誦習矜所獲其姊字惠芳面目粲如畫
輕粧喜縷邊臨鏡忘紡績舉觶擬京兆立的成復易玩弄眉頰間劇兼機杼役
從容好趙舞延袖像飛翮上下弦柱際文史輒卷襞顧眄屏風畫如見已指擿
丹青日塵闇明義爲隱賾馳騖翔園林菓下皆生摘紅葩掇紫蔕萍實驟抵擲
貪華風雨中倏眒數百適務躡霜雪戲重綦常累積并心注肴饌端坐理盤槅
翰墨戢函按相與數離逖動爲鑪鉦屈屣履任之適止爲茶荈據吹吁對鼎䥶
脂膩漫白袖烟熏染珂錫衣被皆重池難與次水碧任其孺子意羞受長者責
瞥聞當與杖掩淚俱向壁

玉臺新詠卷第二

階文選作陛
能文選作得
遺文選作頹
悲文選作嗟
惟文選作若
歡文選作歎
不敢文選作終不

玉臺新詠卷第三

陸機擬古七首　爲顧彥先贈婦二首　周夫人贈車騎一首
樂府三首　陸雲爲顧彥先贈婦往反四首　張協雜詩一首
楊方合歡詩五首　王鑒七夕觀織女詩一首　李充嘲友人一首
曹毗夜聽擣衣一首　陶潛擬古詩一首　荀昶樂府詩二首
王微雜詩二首　宋　謝惠連雜詩三首　劉鑠雜詩五首

晉　陸機擬古七首

高樓一何峻苕苕峻而安綺窗出塵冥飛階躡雲端佳人撫琴瑟纖手清且閑
芳草隨風結哀響馥若蘭玉容誰能顧傾城在一彈佇立望日昃躑躅再三歎
不怨佇立久但願歌者歡思駕歸鴻羽比翼雙飛翰　擬西北有高樓
西山何其峻曾曲鬱崔嵬零露彌天墜蕙葉憑林衰寒暑相因襲時逝忽如遺
三閭結飛轡大耋悲落暉曷爲牽世務中心悵有違京雒多妖麗玉顏侔瓊蕤
閑夜撫鳴琴惠音清且悲長歌赴促節哀響逐高徽一唱萬夫歎再唱梁塵飛
思爲河曲鳥雙遊豐水湄　擬東城高且長
嘉樹生朝陽凝霜封其條執心守時信歲寒不敢凋美人何其曠灼灼在雲霄

玉臺新詠卷三

時文選作月 風文
選作兆
炤〻天文選作昭〻
綺文選作冶 晚
文選作晼 馬上跂
字當用毛詩也
兼美文選作美穎
遊の逝ミ調
循文選作脩
志文選作軀

隆想彌年時長嘯入風飄引領望天末譬彼向陽翹　擬蘭若生春陽
炤炤天漢暉粲粲光天步牽牛西北回織女東南顧華容一何綺揮手如振
素怨彼河無梁悲此年歲暮跂彼無良緣睆焉不得度引領望大川雙涕如
沾露　擬苕苕牽牛星
靡靡江離草熠燿生河側皎皎彼姝女阿那當軒織粲粲妖容姿灼灼華美色
良人遊不歸偏棲獨隻翼空房來悲風中夜起歎息　擬青青河畔草
歡友蘭時往苕苕匿音徽虞淵引絕景四節遊若飛芳草久已茂佳人竟不歸
躑躅遵林渚惠風入我懷感物戀所歡采此欲貽誰　擬庭中有奇樹
上山采瓊蕊穹谷饒芳蘭采采不盈掬悠悠懷所歡故鄉一何曠山川阻且難
沈思鐘萬里躑躅獨吟歎　擬涉江采芙蓉

為顧彥先贈婦二首

辭家遠行遊悠悠三千里京洛多風塵素衣化為緇循身悼憂苦感念同懷子
隆思亂心曲沈歡滯不起歡沈難克興心亂誰為理願假歸鴻翼飜飛浙江汜
東南有思婦長歎充幽闥借問歎何為佳人眇天末遊宦久不歸山川脩且闊
形影參商乖音息曠不達離合非有常譬彼弦與筈願保金石志慰妾長飢渴

端一作人　聿一作律　彩一作秀　音一作絶音舞一作韻　瓊宋本作瓔宵文選作霄

周夫人贈車騎一首

碎碎織細練爲君作繻襦君行豈有顧憶君是妾夫昔者得君書聞君在高平
今時得君書聞君在京城京城華麗所璀粲多異端男兒多遠志豈知妾念君
昔者與君別歲聿薄將暮日月一何速素秋墜湛露湛露何冉冉思君隨歲晚
對食不能飧臨觴不能飯

樂府三首

榑桑升朝暉照此高臺端高臺多妖麗洞房出清顔淑貌曜皎日惠心清且閑
美目揚玉澤蛾眉象翠翰鮮膚一何潤彩色若可餐窈窕多容儀婉媚巧笑言
暮春春服成粲粲綺與紈金雀垂藻翹瓊珮結瑶璠方駕揚清塵濯足洛水瀾
藹藹風雲會佳人一何繁南崖充羅幕北渚盈軿軒清川含藻景高岸被華丹
馥馥芳袖揮泠泠纖指彈悲歌吐清音雅舞播幽蘭丹脣含九秋妍迹凌七盤
赴曲迅驚鴻蹈節如集鸞綺態隨顔變沈姿無定源俯仰紛阿那顧步咸可歡
遺芳結飛飇浮景映清湍治容不足詠春遊良可歎

豔歌行

遊僊聚靈族高會曾山阿長風萬里舉慶雲鬱嵯峨宓妃興洛浦王韓起泰華
北徵瑶臺女南要湘川娥肅肅宵駕動翩翩翠蓋羅羽旗棲瓊鸞玉衡吐鳴和

大容揮高弦洪崖發清歌獻酬既已周輕軒垂紫霞總轡扶桑枝濯足湯谷波
清暉溢天門垂慶惠皇家　前緩聲歌
江蘺生幽渚微芳不足宣被蒙風雨會移君華池邊發藻玉臺下垂影滄浪淵
霑潤既已渥結根奥且堅四節遊不處華繁難久鮮淑氣與時殞餘芳隨風捐
天道有遷易人理無常全男懽智傾愚女愛衰避妍不惜微軀退但懼蒼蠅前
願君廣末光照妾薄暮年　塘上行

陸雲爲顧彥先贈婦往反四首

我在三川陽子居五湖陰山海一何曠譬彼飛與沈目想清惠姿耳存淑媚音
獨寐多遠念寤言撫空衿彼美同懷子非尒誰爲心
悠悠君行邁煢煢妾獨止山河安可踰永隔路萬里京室多妖冶粲粲都人子
雅步嫋纖腰巧笑發皓齒佳麗良可羡衰賤焉足紀遠蒙眷顧言銜恩非望始
翩翩飛蓬征鬱鬱寒木榮遊止固殊性浮沈豈一情隆愛結在昔信誓貫三靈
秉心金石固豈從時俗傾美目逝不顧纖腰徒盈盈何用結中款仰指北辰星
浮海難爲水遊林難爲觀容色貴及時朝華忌日晏皎皎彼姝子灼灼懷春粲
西城善雅舞總章饒清彈鳴簧發丹脣朱弦繞素腕輕裾猶電揮雙袂如霞散

華容溢藻幄哀響入雲漢知音世所希非君誰能讚棄置北辰星問此玄龍煥
時暮勿復言華落理必賤

張協雜詩一首

秋夜涼風起清氣蕩暄濁蜻蛚吟階下飛蛾拂明燭君子從遠役佳人守煢獨
離居幾何時鑽燧忽改木房櫳無行迹庭草萋已綠青苔依空牆蜘蛛網四屋
感物多所懷沈憂結心曲

楊方合歡詩五首

虎嘯谷風起龍躍景雲浮同聲好相應同氣自相求我情與子親譬如影追軀
食共益根穗飲共連理杯衣用雙絲絹寢共無縫綢居願接膝坐行願攜手趨
子靜我不動子遊我無留齊彼同心鳥譬此比目魚情至斷金石膠漆未爲牢
但願長無別合形作一軀生爲併身物死爲同棺灰秦氏自言至我情不可儔
磁石招長針陽燧下炎煙宮商聲相和心同自相親我情與子合亦如影追身
寢共織成被絮用同功綿暑搖比翼扇寒坐併肩氈子笑我必哂子感我無懽
來與子共迹去與子同塵齊彼蛩蛩獸舉動不相捐惟願長無別合形作一身
生有同室好死成併棺民徐氏自言至我情不可陳

隣一作林　堅藝文作固　悼一作總　朱一作彩

獨坐空室中愁有數千端悲響答愁歎哀涕應苦言彷徨四顧望白日入西山
不覩佳人來但見飛鳥還飛鳥亦何樂夕宿自作羣
飛黃銜長轡翼翼回輕輪俯涉綠水澗仰過九層山脩塗曲且險秋草生兩邊
黃華如沓金白華如散銀青敷羅翠彩絳葩象赤雲爰有承露枝紫榮合素芬
扶疎垂清藻布翹芳且鮮目爲豔彩回心爲奇色旋撫心悼孤客俯仰還自憐
峙𡾊向壁歎攬筆作此文
南隣有奇樹承春挺素華豐翹被長條綠葉蔽朱柯因風吐微音芳氣入紫霞
我心羡此木願徙著余家夕得遊其下朝得弄其葩尔根深且堅余宅淺且洿
移植良無期歎息將如何

王鑒七夕觀織女一首

牽牛悲殊館織女悼離家一稔期一宵此期良可嘉赫奕玄門開飛閣鬱嵯峨
隱隱驅千乘闐闐越星河六龍奮瑤轡文螭負瓊車火丹秉瑰燭素女執瓊華
絳旗若吐電朱蓋如振霞雲韶何嘈嘈靈鼓鳴相和亭軒紆高盱眷予在岌峩
澤因芳露霑恩附蘭風加明發相從遊翩翩鸞鷟羅同遊不同觀念子憂怨多
敬因三祝末以尔屬皇娥

理衣衾一作治衣衾

明明陶本集作皎皎

難知一本皆作易知

夕乃名之譌

李充嘲友人一首

同好齊歡愛纏綿一何深子既識我情我亦知子心嫖婉歷年歲和樂如瑟琴良辰不我俱中闊似商參尔隔北山陽我分南川陰嘉會罔克從積思安可任目想妍麗姿耳存清媚音脩晝興永念遥夜獨悲吟逝將尋行役言別涕霑襟願尔降玉趾一顧重千金

曹毗夜聽擣衣一首

寒興御紈素佳人理衣衾冬夜清且永皓月照堂陰纖手疊輕素朗杵叩鳴砧清風流繁節回飇灑微吟嗟此往運速悼彼幽滯心二物感余懷豈但聲與音

晉

陶潛擬古一首

日暮天無雲春風扇微和佳人美清夜達曙酣且歌歌竟長歎息持此感人多明明雲間月灼灼葉中花豈無一時好不久當如何

荀昶樂府二首

朝發邯鄲邑暮宿井陘間井陘一何狹車馬不得旋邂逅相逢值崎嶇交一言一言不容多伏軾問君家君家誠難知難知復易博南面平原居北趣相如閣飛樓臨名都通門枕華郭入門無所見但見雙棲鶴棲鶴數十雙鴛鴦羣相追

中兄振纓緌一作纓玉中兄緌

苦送一作送苦

大兄珥金鐺中兄振纓緌伏臘一來歸隣里生光煇小弟無所作鬬鷄東陌逵
大婦織紈綺中婦縫羅衣小婦無所作挾瑟弄音徽丈人且却坐梁塵將
欲飛

擬相逢狹路間

熒熒山上火苕苕隔隴左隴左不可至精爽通寤寐寤寐衾幬同忽覺在他邦
他邦各異邑相逐不相及迷墟在望烟木落知冰堅升朝各自進誰肯相攀牽
客從北方來遺我端弋綈命僕開弋綈中有隱起珪長跪讀隱珪辭苦聲亦悽
上言各努力下言長相懷

擬青青河邊草

王微雜詩二首

桑妾獨何懷傾筐未盈把自言悲苦多排却不肯捨妾悲叵陳訴填憂不消冶
寒鴈歸所從半塗失憑假壯情抃驅馳猛氣捍朝社常懷雪漢慙常欲復周雅
重名好銘勒輕軀願圖寫萬里度沙漠懸師蹈朔野傳聞兵失利不見來歸者
奚處埋旍麾何處喪車馬拊心悼恭人零淚覆面下徒謂久別離不見長孤寡
寂寂掩高門寥寥空廣廈待君竟不歸收顏今就檟
思婦臨高臺長想憑華軒弄弦不成曲哀歌送苦言箕帚留江介良人處鴈門
詎憶無衣苦但知狐白溫日暗牛羊下野雀滿空園孟冬寒風起東壁正中昏

房文選作簾
塗文選作除
彩文選作藻
驚文選作騖
顏五臣作情

常文選作裳
飭文選作飾
櫩文選作櫚
不歸文選作未歸

朱火獨照人抱景自愁怨誰知心曲亂所思不可論

謝惠連七月七日詠牛女

落日隱簷楹升月照房櫳團團滿葉露析析振條風蹀足循廣塗瞬目矖曾穹雲漢有靈匹彌年闕相從遐川阻暱愛脩渚曠清容弄杼不成彩聳轡驚前蹤昔離秋已兩今聚夕無雙傾河易回斡款顏難久悰沃若靈駕旋寂寥雲幄空留情顧華寢遥心逐奔龍沈吟爲尒感情深意彌重

擣衣

衡紀無淹度晷運倏如催白露滋園菊秋風落庭槐肅肅沙雞羽烈烈寒螿嗁夕陰結空幕宵月皓中閨美人戒常服端飭相招攜簪玉出北房鳴金步南階櫩高砧響發楹長杵聲哀微芳起兩袖輕汗染雙題紈素既已成君子行不歸裁用笥中刀縫爲萬里衣盈篋自予手幽緘俟君開要帶準疇昔不知今是非

代古

客從遠方來贈我鵠文綾貯以相思篋緘以同心繩裁衣爲親身服著以俱寢興別來經年歲歡心不可凌瀉酒置井中誰能辯斗升合如杯中水誰能判淄澠

劉鑠雜詩五首

淩萇文選作陵上是也　於文選作從
悲文選作光　曠不飾文選作不爲飾
藹文選作靄　行久
眷一作志
徭一作遥
越一作悦

眇眇淩長道遥遥行遠之回車背京里揮手於此辭堂上流塵生庭中緑草滋
寒螿翔水曲秋兎依山基芳年有華月佳人無還期日夕涼風起對酒長相思
悲發江南調憂委子衿詩臥看明鐙晦坐見輕紈緇淚容曠不飾幽鏡難復治
願垂薄暮景照妾桑榆時

代行行重行行

落宿半遥城浮雲藹曾闕玉宇來清風羅帳延秋月結思想伊人沈憂懷明發
誰謂行客遊屢見流芳歇河廣川無梁山高路難越

代明月何皎皎

白露秋風始秋風明月初明月照高樓白露皎玄除迫及涼雲起行見寒林疏
客從遠方至贈我千里書先敘懷舊愛末陳久離居一章意不盡三復情有餘
願遂平生眷無使甘言虛

代孟冬寒氣至

淒淒含露臺肅肅迎風館思女御櫺軒哀心徹雲漢端撫悲弦泣獨對明鐙歎
良人久徭役耿介終昏旦楚楚秋水歌依依采菱彈

代青青河畔草

秋動清氣扇火移炎氣歇廣欄含夜陰高軒通夕月安步巡芳林傾望極雲闕
組幕縈漢陳龍駕凌霄發誰云長河遥頗覺促筵越沈情未申寫飛光已飄忽
來對眇難期今歡自茲沒

詠牛女

玉臺新詠卷第三

好五臣作歡

朙藝文作氣

玉臺新詠卷第四

王僧達七夕月下一首　宋顏延之爲織女贈牽牛七夕一首秋胡詩一首

宋鮑昭雜詩九首　王素學阮步兵體一首　吳邁遠擬樂府四首

鮑令暉雜詩六首　丘巨源雜詩二首　王元長雜詩五首

宋謝朓雜詩十二首　陸厥中山王孺子妾歌一首　施榮泰雜詩一首

王僧達七夕月下一首

遠山斂氛祲廣庭揚月波氣往風集隙秋還露泫柯節期既已孱中宵振綺羅來歡詎終夕收淚泣分河

顏延之爲織女贈牽牛

婺女儷經星常娥棲飛月慙無二媛靈託身侍天闕閶闔殊未暉咸池豈沐髮漢陰不久張長河爲誰越雖有促讌期方須涼風發虛計雙曜周空遲三星沒非怨杼軸勞但念芳菲歇

秋胡詩一首

椅梧傾高鳳寒谷待鳴律影響豈不懷自遠每相匹婉彼幽閑女作嬪君子室峻節貫秋霜明豔侔朝日嘉運既我從欣願自此畢燕居未及好良人顧有

顧乃願之譌

王一作路

此文選作比

誰一作難

歲文選作哉

慶文選作恆

起一作夜

時文選作的

汜藝文作涘

違脱巾千里外結綬登王畿戒徒在昧旦左右來相依驅車出郊郭行路正威遲存爲久離別沒爲長不歸其二嗟余怨行役三陟窮晨暮嚴駕越風寒解鞍犯霜露原隰多悲涼回飇卷高樹離獸起荒蹊驚鳥縱横去悲哉遊宦子勞此山川路其三迢遞行人遠婉轉年運徂良時爲此別日月方向除孰知寒暑積僶俛見榮枯歲暮臨空房涼風起坐隅寢興日已寒白露生庭蕪其四勤役從歸顧反路遵山河昔辭秋未素今也歲載華蠶月觀時暇桑野多經過佳人從所務窈窕援高柯傾城誰不顧弭節停中阿其五年往誠思勞事遠闊音形雖爲五載別相與昧平生捨車遵往路鳧藻馳目成南金豈不重聊自意所輕義我心多苦調密此金玉聲其六高節難久淹朅來空復辭遲遲前塗盡依依造門基上堂拜嘉慶入室問何之日暮行采歸物色桑榆時美人望昏至慙歎前相持其七有懷誰能已聊用申苦難離居殊年歲一別阻河關春來無時豫秋至應早寒明發動愁心閨中起長歎慘悽歲方晏日落遊子顏其八高張生絶弦聲急由調起自昔枉光塵結言固終始如何久爲別百行愆諸已君子失時義誰與偕沒齒媿彼行露詩甘之長川汜其九

鮑照翫月城西門

始見西南樓纖纖如玉鉤末映東北墀娟娟似娥眉娥眉蔽珠櫳玉鉤隔綺窗
三五二八時千里與君同夜移衡漢落徘徊帷幌中歸華先委露別葉早辭風
客遊厭辛苦仕子倦飄塵沐澣自公日晏慰及私辰蜀琴抽白雪郢曲繞陽春
肴乾酒未缺金壺啓夕輪回軒駐輕蓋留酌待情人

代京雒篇

鳳樓十二重四戶八綺窗繡桷金蓮花桂柱玉盤龍珠簾無隔露羅幌不勝風
寶帳三千萬爲尔一朝容揚芬紫煙上垂彩綠雲中春吹回白日霜歌落塞鴻
但懼秋塵起盛愛逐衰蓬坐視青苔滿臥對錦筵空琴筑縱橫散舞衣不復縫
古來皆歇薄君意豈獨濃惟見雙黃鵠千里一相從

擬樂府白頭吟

直如朱絲繩清如玉壺冰何慚宿昔意猜恨坐相仍人情賤恩舊世義逐衰興
毫髮一爲瑕丘山不可勝食苗實碩鼠點白信蒼蠅鳧鵠遠成美薪芻前見陵
申黜褒女進班去趙姬昇周王日淪惑漢帝益嗟稱心賞猶難恃貌恭豈易憑
古來共如此非君獨撫膺

采桑詩

霧一作夢　歛一作錦　佇一作紵　靈一作靈空一　一作逕瀍一作景

塞一作寒　無一作首翳翳　一作翳翳寫一作　帳綺一作奪　泝一作濤　訴一作告

胡宋本作朔是　旦暮一作朝夕　且憂向一作若變

季春梅始落女工事蠶作采桑淇洧閒還戲上宮閣早蒲時結陰晚篁初解籜
藹藹霧滿閨融融景盈幕乳鷰逐草蟲巢蜂拾花藥是節最暄妍佳服又新爍
歛歎對回塗揚歌弄場藿搊琴試佇思薦珮果誠託承君郢中美服義久心諾
衛風古愉豔鄭俗舊浮薄靈願悲渡湘空賦笑瀍洛盛明難重來淵意爲誰涸
君其且調弦桂酒妾行酌

寤還詩

銜淚出郭門撫劒無人逵沙風閶塞起離心眷鄉畿夜分就孤枕寤想暫言歸
孀婦當戶歎繰絲復鳴機慊款論久別相將還綺幃靡靡簷下凍朧朧窗裏煇
刈蘭爭芬芳采菊競葳蕤開奩集香蘇探袖解纓徽寐中長路近覺後大江違
驚起空歎息怳忽神魂飛白水漫浩浩高山壯巍巍波潮異往復風霜改榮衰
此土非吾土慷慨當訴誰

擬古

河畔草未黃胡鴈已矯翼秋蛩扶戶吟寒婦晨夜織去歲征人還流傳舊相識
聞君上隴時東望久歎息宿昔衣帶改旦暮異容色念此憂如何夜長憂向多
明鏡塵匣中寶琴生網羅

翮一作猶
泥一作濺

時一作日每歲
一作歲物一作每
合終一作表

出一作絕一作去
矣一作本

詠鶩

雙鶩戲雲崖羽翮始差池出入南閨裏經過北堂垂意欲巢君幕層楹不可窺
沈吟芳歲晚徘徊韶景移悲歌辭舊愛銜泥覓新知

贈故人

寒灰滅更然夕華晨更鮮春冰雖暫解冬冰復還堅佳人捨我去賞愛長絕緣
歡至不留時每感輒傷年
雙劒將別離先在匣中鳴煙雨交將夕從此遂分形雌沈吳江水雄飛入楚城
吳江深無底楚城有崇扃一為天地別豈直阻幽明神物終不隔千祀儻還并

王素學阮步兵體

沈情發遐慮紆轡懷所思髣髴聞簫管鳴鳳接嬴姬聯綿共雲翼嬿婉相攜持
寄言芳華士寵利不常期涇渭分清濁視彼谷風詩

吳邁遠擬樂府四首

可憐雙白鶴雙雙絕塵氛連翩弄光景交頸遊青雲逢羅復逢繳雌雄一旦分
哀聲流海曲孤叫出江濱豈不慕前侶為尔不及群步步一零淚千里猶待君
樂哉新相知悲心矣生別離持此百年命共逐寸陰移譬如空山草零落心

域一作邑　景華一作華景　長一作丈　身難老一作貌難久　年一作顏　遣一作道　簦一作笠　臺一作堂

自知

飛來雙白鵠

百里望咸陽知是帝京域綠樹搖雲光春城起風色佳人愛景華流靡園塘側妍姿豔月映羅衣飄蟬翼宋玉歌陽春巴人長歎息雅鄭不同賞那令君愴惻生平重愛惠私自憐何極

陽春曲

生離不可聞況復長相思如何與君別當我盛年時蕙花每搖蕩妾心空自持榮乏草木歡悴極霜露悲富貴身難老貧賤年易衰持此斷君腸君亦宜自疑淮陰有逸將折翮謝翻飛楚亦扛鼎士出門不得歸正為隆準公杖劍入紫微君才定何如白日下爭暉

長別離

晨有行路客依依造門端人馬風塵色知從河塞還時我有同棲結宦遊邯鄲將不異客子分飢復共寒煩君尺帛書寸心從此單遣妾長憔悴豈復歌笑顏簷隱千霜樹庭枯十載蘭經春不舉袖秋落寧復看一見願道意君門已九關虞卿棄相印擔簦為同歡閨陰欲早霜何事空盤桓

長相思

鮑令暉擬青青河畔草

裊裊臨窗竹藹藹垂門桐灼灼青軒女泠泠高臺中明志逸秋霜玉顏豔春紅人生誰不別恨君早從戎鳴弦慙夜月紺黛羞春風

擬客從遠方來

客從遠方來，贈我漆鳴琴。木有相思文，弦有別離音。終身執此調，歲寒不改心。願作陽春曲，宮商長相尋。

題書後寄行人

自君之出矣，臨軒不解顔。砧杵夜不發，高門晝常關。帳中流熠燿，庭前華紫蘭。物枯謝節異，鴻來知客寒。遊秋暮冬盡，除春待君還。

古意贈今人

寒鄉無異服，衣氈代文練。月月望君歸，年年不解綖。荊楊春早和，幽冀猶霜霰。北寒妾已知，南心君不見。誰爲道辛苦，寄情雙飛燕。形迫杼煎絲，顔落風催電。容華一朝盡，惟餘心不變。

代葛沙門妻郭小玉詩

明月何皎皎，垂幌照羅茵。若共相思夜，知同憂怨晨。芳華豈矜貌，霜露不憐人。君非青雲逝，飄迹事咸秦。妾持一生淚，經秋復度春。

君子將徭役，遺我雙題錦。臨當欲去時，復留相思枕。題用常著心，枕以憶同寢。行行日已遠，轉覺思彌甚。

狀一作妝
樹藝文作柳
妓一作倡
條一作楊
氛氳一作紛緼

丘巨源詠七寶扇

妙縞貴東夏，巧媛出吳閶。裁狀白玉璧，縫似明月輪。表裏鏤七寶，中銜駭鷄珍。畫作景山樹，圖爲河洛神。來延揮握玩，入與鐶釧親。生風長袖際，晞華紅粉津。拂眄迎嬌意，隱映含歌人。時移務忘故，節改競存新。卷情隨象簟，舒心謝錦茵。厭歇何足道，嗟哉先後晨。

聽鄰妓

披衽乏遊術，憑軾寡文才。蓬門長自寂，虛席視生埃。貴里臨妝館，東鄰歌吹臺。雲間嬌響徹，風末豔聲來。飛華瑶翠幰，揚芬金碧樞。久絕中州美，從念尸鄉灰。遺情悲近世，中山安在哉。

王元長古意

遊禽暮知反，行人獨不歸。坐銷芳草氣，空度明月煇。嚬容入朝鏡，思淚點春衣。巫山彩雲没，淇上綠條稀。待君竟不至，秋鴈雙雙飛。

霜氣下孟津，秋風度函谷。念君淒已寒，當軒卷羅縠。纖手廢裁縫，曲鬢罷膏沐。千里不相聞，寸心鬱氛氳。況復飛螢夜，木葉亂紛紛。

詠琵琶

詠幔文苑作謝朓詩

想像一作想象 烟霞宋本集作烟雲 作若錦猿鳥時斷續

韶景暮一作惜暮景

抱月如可明，懷風殊復清。絲中傳意緒，花裏寄春情。掩抑有奇態，悽鏘多好聲。芳袖幸時拂，龍門空自生。

詠幔

幸得與珠綴，冪歷君之楹。月映不辭卷，風來輒自輕。每聚金鑪氣，時駐玉琴聲。俱願致尊酒，蘭釭當夜明。

巫山高

想像巫山高，薄暮陽臺曲。煙霞乍舒卷，蘅芳時斷續。彼美如可期，寤言紛在屬。撫然坐相思，秋風下庭綠。

謝朓贈王主簿

日落窗中坐，紅妝好顏色。舞衣襞未縫，流黃覆不織。蛺蝶草際飛，遊蜂花上食。一遇長相思，願寄連翩翼。

清吹要碧玉，調弦命綠珠。輕歌急綺帶，含笑解羅襦。餘曲詎幾許，高駕且踟躕。徘徊韶景暮，惟有洛城隅。

同王主簿怨情

掖庭聘絕國，長門失歡讌。相逢詠蘼蕪，辭寵悲團扇。花叢亂數蝶，風簾入雙燕。

親一作吻

永宋本作尔

鋺一作腕

前階一作階前

徒使春帶賒坐惜紅顔變平生一顧重夙昔千金賤故人心尚永故心人不見

夜聽妓

瓊閨釧響聞瑶席芳塵滿要取洛陽人共命江南管情多舞態遲意傾歌弄緩

知君密見親寸心傳玉鋺

上客光四座佳麗直千金挂釵報纓絕墮珥答琴心蛾眉已共笑清香復入襟

夜樂夜方靜翠帳垂沈沈

詠邯鄲故才人嫁爲厮養卒婦

生平宫閤裏出入侍丹墀開笥方羅縠窺鏡比蛾眉初別意未解去久日生悲

顦顇不自識嬌羞餘故姿夢中忽髣髴猶言承讌私

秋夜

秋夜促織鳴南隣擣衣急思君隔九重夜夜空佇立北窗輕幌垂西戶月光入

何知白露下坐視前階濕誰能長分居秋盡冬復及

雜詠五首

叢翠斜漢裏蓄寶宕山峰擢莖類僊掌銜光似燭龍飛蛾再三繞輕花四五重

孤對相思夕空照舞衣縫

鐙

灼爍一作的皪
約夕一作朝汐
霏霏一作菲菲
班妾一作班婕
插一作采

杳粲賓未散桂宮明欲沈曖色輕帷裏低光照寶琴徘徊雲髻影灼爍綺疏金
恨君秋月夜遺我洞房陰　燭

本生朝夕池落景照參差汀洲蔽杜若幽渚奪江離遇君時采擷玉座奉金卮
但願羅衣拂無使素塵彌　席

玲瓏類丹檻苕亭似玄闕對鳳懸清冰垂龍挂明月照粉拂紅妝插花埋雲髮
玉顔徒自見常畏君情歇　鏡臺

新葉初冉冉初蕊新霏霏逢君後園讌相隨巧笑歸親勞君玉指摘以贈南威
用持插雲髻翡翠比光輝日暮長零落君恩不可追　落梅

陸厥中山王孺子妾歌

如姬寢臥內班妾坐同車洪波陪飲帳林光晏秦餘歲暮寒飇及秋水落芙蕖
子瑕矯後駕安陵泣前魚賤妾終已矣君子定焉如

施榮泰雜詩

趙女修麗姿燕姬正容飾妝成桃毀紅黛起草慙色羅裦數十重猶輕一蟬翼
不言穀袖輕專歎風多力鏘珮玉池邊弄笑銀臺側折柳貽目成插蒲贈心識
來時嬌未盡還去媚何極

玉臺新詠卷第四

悲石作悲
必文選作月衣
團文選作團
慕文選作瑤音
作悲　真作高
映文選作出
羅綺西京雜記文選作殘綾繡

玉臺新詠卷第五

江淹四首　丘遲二首　沈約二十四首
柳惲九首　江洪四首　高爽一首
鮑子卿一首　何子朗三首　范靖婦四首
何遜一十一首　王樞三首　庾丹二首

江淹古體

遠與君別者，乃至鴈門關。黃雲蔽千里，遊子何時還。送君如昨日，檐前露已團。不惜蕙草晚，所悲道里寒。君子在天涯，妾心久別離。願一見顏色，不異瓊樹枝。兔絲及水萍，所寄終不移。

班婕妤

紈扇如團月，出自機中素。畫作秦王女，乘鸞向煙霧。彩色世所重，雖新不代故。竊悲涼風至，吹我玉階樹。君子恩未畢，零落在中路。

張司空離情

秋月映簾櫳，懸光入丹墀。佳人撫鳴琴，清夜守空帷。蘭徑少行迹，玉臺生網絲。夜樹發紅彩，閨草含碧滋。羅綺爲君整，萬里贈所思。願垂湛露惠，信我皎日期。

金文選作膏偏
文選作生

言宋本作信
宋作羅

休上人怨別

西北秋風至楚客心悠哉日暮碧雲合佳人殊未來露彩方泛艷月華始徘徊
寶書爲君掩瑤琴詎能開相思巫山渚悵望雲陽臺金鑪絕沈燎綺席偏浮埃
桂水日千里因之平生懷

丘遲敬詶柳僕射征怨

清歌自言妍雅舞空仙仙耳中解明月頭上落金鈿雀飛且近遠暮入綺窻前
魚戲雖南北終還荷葉邊惟見君行久新年非故年

荅徐侍中爲人贈婦

丈夫吐然諾受命本遺家糟糠且棄置蓬首亂如麻側聞洛陽客金蓋翼高車
謁帝時來下光景不可奢幽房一洞啓二八盡芬華羅裾有長短翠鬢無低斜
長眉横玉臉皓腕卷輕紗俱看依井蝶共取落檐花何言征戍苦抱膝空咨嗟

沈約登高望春

登高眺京洛街巷紛漠漠回首望長安城闕鬱盤桓日出照鈿黛風過動羅紈
齊童躡朱履趙女揚翠翰春風搖雜樹葳蕤綠且丹寶瑟玫瑰柱金羈瑇瑁鞍
淹留宿下蔡置酒過上蘭解眉還復斂方知巧笑難佳期空靡靡含睇未成歡

逝一作折　狀一作壯

莫一作暮　工一作巧

斜一作斛　鷄宋本作鶵

嘉客不可見因君寄長歎

昭君辭

朝發披香殿夕濟汾陰河於茲懷九逝自此斂雙蛾沾妝疑湛露繞臆狀流波日見奔沙起稍覺轉蓬多胡風犯肌骨非直傷綺羅銜涕試南望關山鬱嵯峨始作陽春曲終成苦寒歌惟有三五夜明月暫經過

少年新婚爲之詠

山陰柳家女莫言出田野丰容好姿顔便僻工言語腰肢既軟弱衣服亦華楚紅輪映早寒畫扇迎初暑錦履並花紋繡帶同心苣羅襦金薄廁雲鬢花釵舉我情已鬱紆何用表崎嶇託意眉間黛申心口上朱莫爭三春價坐喪千金軀盈尺青銅鏡徑寸合浦珠無因達往意欲寄雙飛鳧裾開見玉趾衫薄映凝膚羞言趙飛燕笑殺秦羅敷自顧雖悴薄冠蓋曜城隅高門列騶駕廣路從驪駒何慚鹿盧劍詎減府中趨還家問鄉里詎堪持作夫

雜曲三首

捨轡下彫輅更衣奉玉牀斜簪映秋水開鏡比春妝所畏紅顔促君恩不可長鷄冠且容裔豈吝桂枝亡

攜手曲

西征登隴首東望不見家關樹攝紫葉塞草發青牙昆明當欲滿蒲萄應作花
流淚對漢使因書寄狹邪

有所思

河漢縱且橫北斗橫復直星漢空如此寧知心有憶孤燈曖不明寒機曉猶織
零淚向誰道雞鳴徒歎息

夜夜曲

雜詠五首

楊柳亂如絲綺羅不自持春草青復綠客心傷此時翠苔已結洧碧水復盈淇
日華照趙瑟風心動燕姬襟中萬行淚故是一相思

春詠

風來吹葉動風去畏花傷紅英已照灼況復含日光歌童暗理曲游女夜縫裳
詎減當春淚能斷思人腸

詠桃

月華臨靜夜夜靜滅氛埃方暉竟戶入圓影隙中來高樓切思婦西園游上才
網軒映珠綴應門照綠苔洞房殊未曉清光信悠哉

詠月

輕陰拂建章夾道連未央因風結復解霑露柔且長楚妃思欲絕班女淚成行
流人未應去爲此歸故鄉

詠柳

江南簫管地妙響發孫枝殷勤寄玉指含情舉復垂彫梁再三繞輕塵四五移
曲中有深意丹誠君詎知

詠篪

的的作灼灼

唯字誤乃哺字也

移宋本作枝

埽玉墀作拂玉 帷羅作珠帷 畫一作理

六憶詩四首 三言五言

憶來時的的上階墀勤勤敘離別慊慊道相思相看常不足相見乃忘飢
憶坐時點點羅帳前或歌四五曲或弄兩三弦笑時應無比嗔時更可憐
憶食時臨盤動容色欲坐復羞坐欲食復羞食含唯如不飢擎甌似無力
憶眠時人眠彊未眠解羅不待勸就枕更須牽復恐傍人見嬌羞在燭前

十詠二首

纖手製新奇刺作可憐儀縈絲飛鳳子結縷坐花兒不聲如動吹無風自裊移
麗色儻未歇聊承雲鬢垂 領邊繡

丹墀上颯沓玉殿下趨鏘逆轉珠珮響先表繡袿香裾開臨舞席拂袖繞歌堂
所歎忘懷妾見委入羅牀 腳下履

擬青青河邊草

漠漠牀上塵中心憶故人故人不可憶中夜長歎息歎息想容儀不欲長別離
別離稍已久空牀寄杯酒

擬三婦

大婦埽玉墀中婦結羅帷小婦獨無事對鏡畫蛾眉良人且安臥夜長方自私

湛一作淇　獨一作日然獨　寧一作那　寤一作親　覺一作知　我一作可　扶一作夾　佳人初學記作將　獨一作猶　非一作菲蕤　女一作眺　宋本作歸　歸去一作往歸　房一作梁　屏筵字一作第塵既撤

古意

挾瑟叢臺下，徙倚愛容光。佇立日已暮，戚戚苦人腸。露葵已堪摘，淇水未沾裳。錦衾無獨燠，羅衣空自香。明月雖外照，寧知心內傷。

㝱見美人

夜聞長歎息，知君心有憶。果自閶闔開，魂交覩容色。既薦巫山枕，又奉齊眉食。立望復橫陳，忽覺非在側。那惡神傷者，潺湲淚霑臆。

效古

可憐桂樹枝，單雄憶故雌。歲暮異棲宿，春至猶別離。山河隔長路，路遠絕容儀。豈云無我匹，寸心終不移。

初春

扶道覓陽春，佳人共攜手。草色獨自非，林中都未有。無事逐梅花，空中信楊柳。且復歸去來，含情寄杯酒。

悼亡 一作悼往

去秋三五月，今秋還照房。今春蘭蕙草，來春復吐芳。悲哉人道異，一謝永銷亡。屏筵空有設，帷席更施張。游塵掩虛座，孤帳覆空牀。萬事無不盡，徒令存者傷。

柳惲擣衣詩一首

孤衾引思緒獨枕愴憂端深庭秋草緑高門白露寒思君起清夜促柱奏幽蘭不怨飛蓬苦徒傷蕙草殘其一行役滯風波游人淹不歸亭皐木葉下隴首秋雲飛寒園夕鳥集思牖草蟲悲嗟矣當春服安見禦冬衣其二鶴鳴勞永歎采菉傷時暮念君方遠徭望妾理紈素秋風吹緑潭明月懸高樹佳人飾淨容招攜從所務其三步櫩杳不極離家肅已扃軒高夕杵散氣爽夜砧鳴瑤華隨步響幽蘭逐袂生踟躇理金翠容與納宵清其四泛艷回煙彩淵旋龜鶴文凄凄合歡袖苒苒蘭麝芬不怨杼軸苦所悲千里分垂泣送行李傾首遲歸雲其五

鼓吹曲二首

別島望風臺天淵臨水殿芳草生未積春花落如霰出從張公子還過趙飛鷰奉帚長信宮誰知獨不見　獨不見

少長倡家女出入燕南垂惟持德自美本以容見知舊聞關山遠何事總金羈妾心日已亂秋風鳴細枝　度關山

雜詩

雲輕色轉暖草緑晨芳歸山壚罷寒晦園澤潤朝暉春心多感動覩物情復悲

游作遊

菱一作綾
傷藥字作久
夜一作將 且一作
祇一作也

黛宋本作代
是也 夜宋本
作衣 未為一作綠
愚案秋夕絳光
似准此

自君之出矣蘭堂罷鳴機徒知游宦是不念別離非

長門怨

玉壺夜愔愔應門重且深秋風動桂樹流月搖輕陰綺檐清露溽網戶思蟲吟
歎息下蘭閣含愁奏雅琴何由鳴曉珮復得抱宵衾無復金屋念豈照長門心

江南曲

汀州采白蘋日落江南春洞庭有歸客瀟湘逢故人故人何不返春華復應晚
不道新知樂且言行路遠

起夜來

城南斷車騎閣道覆清埃露華光翠網月影入蘭臺洞房且莫掩應門或復開
颭颭秋桂響非君起夜來

七夕穿針

黛馬秋不歸緇紈無復緒迎寒理夜縫映月擂纖縷的皪愁睇光連娟思眉聚
清露下羅衣秋風吹玉柱流陰稍巳多餘光欲難取

詠席

照日汀州際搖風綠潭側雖無獨繭輕幸有青袍色羅袖少輕塵象牀多麗飾

蘭夜花夜席

精宋本作睛

薔花作牆

鸞宋本作𩿧

對一作理

願君蘭夜飲佳人時宴息

江洪詠歌姬

寶鑷間珠花分明靚莊點薄鬢約微黃輕紅澹鉛臉發言芳已馳復加蘭蕙染浮聲易傷歎沈唱安而險孤轉忽徘徊雙蛾乍舒斂不持全示人半用輕紗掩

舞女

腰纖蔑楚媛體輕非趙姬映袵閒寶粟緣肘挂珠絲發袖已成態動足復含姿斜精若不眄當轉復遲疑何慙雲鶴起詎減鳳鸞時

詠紅箋

雜彩何足奇惟紅偏作可灼爍類蕖開輕明似霞破鏤質卷芳脂裁花承百和且傳別離心復是相思裏不値情幸人豈識風流座

詠薔薇

當戶種薔薇枝葉太葳蕤不搖香已亂無風花自飛春閨不能靜開匣對明妃曲池浮采采斜岸列依依或聞好音度時見銜泥歸且對清觴湛其餘任是非

高爽詠鏡

初上鳳皇墀此鏡照蛾眉言照長相守不照長相思虛心會不采貞明空自欺

無言故此物更復對新期

鮑子卿詠畫扇

細緑本自輕弱彩何足眄直爲裝紅顔謬成握中扇乍奉長門泣時承柏梁宴
思莊開已掩歌容隱而見但畫雙黄鶴莫作孤飛鷰

詠玉階

玉階已夸麗復得臨紫微北戸接翠幄南路低金扉重疊通日影參差藏月煇
輕苔染珠履微澀拂羅衣獨笑崑山曲空見青鳧飛

何子朗學謝體

桂臺清露拂銅陛落花沾美人紅妝罷攀鉤卷細簾思君擊促織玉指何纖纖
未應爲此別無故坐相嫌

和虞記室騫古意

美人弄白日灼灼當春牖清鏡對蛾眉新花映玉手鷰下拾池泥風來吹細柳
君子何時歸與我酌尊酒

和繆郎視月

清夜未云疲細簾聊可發玲玲玉潭水映見蛾眉月靡靡露方垂煇煇光稍没

佳人復千里餘影徒揮忽

范靖婦詠步摇花

珠華縈翡翠寶葉間金瓊剪荷不似製爲花如自生低枝拂繡領微步動瑶瑛
但令雲髻插蛾眉本易成

戲蕭孃

明珠翠羽帳金薄緑綃帷因風時暫舉想象見芳姿清晨插步摇向晚解羅衣
託意風流子佳情詎肯私

詠五彩竹火籠

可憐潤霜質纖剖復毫分織作回風苣製爲縈綺文含芳出珠被曜彩接緗裠
徒嗟金麗飾豈念昔凌雲

詠鐙

綺筵日已暮羅帷月未歸開花散鵲彩含光出九微風軒動丹焰冰宇澹清輝
不吝輕蛾繞惟恐曉蠅飛

何遜日夕望江贈魚司馬

湓城帶湓水湓水縈如帶日夕望高城耿耿青雲外城中多宴賞絲竹常繁會

管聲已流悅弦聲復悽切歌黛慘如愁舞腰疑欲絕仲秋黃葉下長風正騷屑早鴈出雲歸故鸎辭檐別晝悲在異縣夜夢還洛汭洛汭何悠悠起望登西樓的的驅向浦團團日隱州誰能一羽化輕舉逐飛浮

擬輕薄篇

城東美少年重身輕萬億柘彈隨珠丸白馬黃金飾長安九逵上青槐蔭道植轂擊晨已喧肩排暗不息走狗通西望牽牛亘南直相期百戲傍去來三市側象牀沓繡被玉盤傳綺食倡女掩扇歌小婦開簾織相看獨隱笑見人還斂色黃鶴悲故羣山枝詠初識烏飛過客盡雀聚行龍匿酌羽前猒猒此時歡未極

詠照鏡

珠簾旦初卷綺機朝未織玉匣開鑒形寶臺臨淨飾對影獨含笑看花空轉側聊爲出繭眉試染夭桃色羽釵如可間金鈿長相逼蕩子行未歸啼妝坐沾臆

閨怨

曉河沒高棟斜月半空庭窗中度落葉簾外隔飛螢含情下翠帳掩淚閉金屏昔期今未反春草寒復青思君無轉易何異北辰星

詠七夕

僊車駐七襄鳳駕出天潢月映九微火風吹百和香來歡暫巧笑還淚已啼妝
依稀猶洛汭倏忽似高唐別離不得見河漢漸湯湯

詠舞妓

管清羅薦合弦驚雪袖遲逐唱回纖手聽曲動蛾眉凝情盼墮珥微睇託含辭
日暮留嘉客相看愛此時

看新婦

霧夕蓮出水霞朝日照梁何如花燭夜輕扇掩紅妝良人復灼灼席上自生光
所悲高駕動環珮出長廊

詠倡家

皎皎高樓暮華燭帳前明羅帷雀釵影寶瑟鳳雛聲夜花枝上發新月霧中生
誰念當窗牖相望獨盈盈

詠白鷗嘲別者

可憐雙白鷗朝夕水上游何言異棲息雌住雄不留孤飛出嶼浦獨宿下滄州
東西從此去影響絕無由

學青青河邊草

春園日應好折花望遠道秋夜苦復長抱枕向空牀吹樓下促節不言於此別歌筵掩團扇何時一相見弦絶猶依軫葉落裁下枝即此雖云別方我未成離

嘲劉孝綽

房櫳滅夜火窗戶映朝光妖女褰帷出蹀躞初下牀雀釵橫曉鬢蛾眉艷宿妝稍聞玉鑾遠猶憐翠被香寧知早朝客差池已鴈行

王樞古意應蕭信武教

朝取飢蠶食夜縫千里衣復聞南陌上日暮采蓮歸青落霞復寒井紅欒閒青微人生樂自極良時徒見違何由及新鸞雙雙還共飛

至烏林村見采桑者聊以贈之

遥見提筐下翩妍實端妙將去復回身欲語先爲笑閨中初別離不許覓新知空結茱萸帶敢報木蘭枝

徐尚書座賦得可憐

紅蓮披早露玉貌映朝霞飛鸞啼妝罷顧步插餘花溘帀金鈿滿參差繡領斜暮還垂瑶帳香鐙照九華

庚丹秋閨有望

耿耿橫天漢飄飄出岫雲月斜樹倒影風至水囘文已泣機中婦復悲牀上君
羅襦曉長襞翠被夜徒薰空汲銀牀井誰縫金縷裠所思竟不至空持清夜分

夜㝱還家

歸飛㝱所憶共子汲寒漿銅瓶素絲綆綺井白銀牀雀出丰茸樹蟲飛瑇瑁梁
離人不相見難忍對春光

玉臺新詠卷第五

玉臺新詠卷第六

吳均二十首　王僧孺一十七首　張率擬樂府三首

徐悱詩二首　費昶一十首　姚翻同郭侍郎采桑一首

孔翁歸和湘東王班婕一首　徐悱妻劉令嫺荅外二首　何思澄三首

徐悱荅唐孃七夕所穿針一首

吳均和蕭洗馬子顯古意六首

賤妾思不堪，采桑渭城南。帶減連枝繡，髮亂鳳皇簪。花舞衣裳薄，蛾飛愛綠潭。無由報君信，流涕向春蠶。其一

妾本倡家女，出入魏王宮。既得承琱輦，亦在更衣中。蓮花銜青雀，寶粟鈿金蟲。猶言不得意，流涕憶遼東。其二

春草攏可結，妾心正斷絕。綠鬢愁中改，紅顏啼裏滅。非獨淚成珠，亦見珠成血。願為飛鵲鏡，翩翩照離別。其三

何處報君書，隴右五歧路。淚研兔枝墨，筆染鵝毛素。碧浮孟渚水，香下洞庭路。應歸遂不歸，芳春空擲度。其四

妾家橫塘北，發豔小長干。花釵玉腕轉，珠繩金絡丸。羃䍥懸青鳳，逶迤摇白團。

誰堪久見此含恨不相看其
匈奴數欲盡僕在玉門關蓮花穿劒鍔秋月掩刀環春機鳴窈窕夏鳥思綿蠻
中人坐相望狂夫終未還其

與柳惲相贈答六首

黃鸝飛上苑綠芷出汀洲日映昆明水春生鳷鵲樓飄颻白花舞瀾漫紫萍流
書織回文錦無因寄隴頭思君甚瓊樹不見方離憂
鳴鞭適大阿聯翩渡漳河燕姬及趙女挾瑟夜經過纖腰曳廣袖半額畫長蛾
客本倦游者箕帚在江沱故人不可棄新知空復何
離君苦無樂向暮心悽悽要途訪趙使聞君仕執珪杜衡色已發昌蒲葉未齊
羃歷蟏蛸餌蘭闕差池鷰吐泥願逐春風去飄蕩至遼西
白日隱城樓勁風埽寒木離析隔西東執手異涼燠相思咽不言洞房清且肅
歲去甚流煙年來如轉軸別鶴千里飛孤雌夜未宿
閨房個已靜落月有餘暉寒蟲隱壁思秋蛾繞燭飛絕雲斷更合離禽去復歸
佳人今何在迢遞江之沂一爲別鶴弄千里淚霑衣
秋雲靜晚天寒夜方綿綿聞君吹急管相思雜采蓮別離未幾日高月三成弦

蹀疊黃河浪嘶唱隴頭蟬寄君蘼蕪葉插著叢臺邊

擬古四首

娟娟陌上桑蔭陌復垂塘長條映白日細葉隱鸝黃蠶飽妾復思拭淚且提筐
故人寧知此離恨煎人腸　陌上桑

咸陽春草芳秦帝卷衣裳玉檢茱萸匣金泥蘇合香初芳熏複帳餘煇曜玉牀
當須宴朝罷持此贈華陽　秦王卷衣

錦帶雜花鈿羅衣垂綠川問子今何去出采江南蓮遼西三千里欲寄無因緣
願君早旋反及此荷花鮮　采蓮

豔裔陽之春攜手清洛濱鷄鳴上林苑薄暮小平津長裾藻白日廣袖帶芳塵
故交一如此新知詎憶人　攜手

贈杜容成一首

一鸖海上來一鸖高臺息一朝所逢遇依然舊所識問我來何遲關山幾迂直
荅言海路長風多飛無力昔別縫羅衣春風初入帷今來夏欲晚桑蛾薄樹飛

春詠

春從何處來拂衣復驚梅雲障青瑣闥風吹承露臺美人隔千里羅帷閉不開

無由得共語空對相思梧

去妾贈前夫

棄妾在河橋相思復相遼鳳皇簪落鬢蓮花帶緩腰腸從別處斷貌在淚中消

願君憶疇昔片言時見饒

詠少年

董生惟巧笑子都信美目百萬市一言千金買相逐不道參差菜誰論窈窕淑

願君捧繡被來就越人宿

王僧孺春怨

四時如湍水飛奔競回復夜鳥響嚶嚶朝光照煜煜厭見花成子多看筍為竹

萬里斷音書十載異棲宿積愁落芳鬢長啼壞美目君去在榆關妾留住函谷

惟對昔邪房如見蜘蛛屋獨與響相訓還將影自逐象牀易氈簟羅衣變單複

幾過度風霜猶能保縈獨

月夜詠陳南康新有所納

二八人如花三五月如鏡開簾一種色當戶兩相映重價出秦韓高名入燕鄭

十城屢請易千金幾爭聘君意自能專妾心本無競

見貴者初迎盛姬聊爲之訊

久想專房麗未見傾城者千金訪繁華一朝遇容冶家本薊門外來戲叢臺下長卿幸未匹文君復新寡

與司馬治書同聞隣婦夜織

洞房風已激長廊月復清藹藹夜庭廣飄飄曉帳輕雜聞百蟲思偏傷一息聲鳥聲長不息妾心復何極猶恐君無衣夜夜當窻織

夜愁

櫩露滴爲珠池冰合成璧萬行朝淚瀉千里夜愁極孤帳閉不開寒膏盡復益誰知心眼亂看朱忽成碧

春閨有怨

愁來不理鬢春至更攢眉悲看蛺蝶粉泣望蜘蛛絲月映寒蛩褥風吹翡翠帷飛鱗難託意駃翼不銜辭

擣衣

足傷金管處多愴緹光促下機鶩西眺鳴砧遼東旭芳汗似蘭湯雕金辟龍燭散度廣陵音操寫漁陽曲別鶴悲不已離鸞斷更續尺素在魚腸寸心憑鴈足

爲人述寢

工知想成寢未信寢如此皎皎無片非的的一皆是以親芙蓉褥方開合歡被雅步極嫣妍含辭恣委靡如言非倏忽不意成俄尒及寤盡空無方知悉虛詭

爲人傷近不見

嬴女鳳皇樓漢姬柏梁殿詎勝僊將死音容猶可見我有一心人同鄉不異縣異縣不成隔同鄉更脉脉脉脉如牛女無妨年一語

爲何庫部舊姬擬蘼蕪之句

出戶望蘭薰褰簾正逢君歛容纔一訪新知詎可聞新人含笑近故人含淚隱妾意在寒松君心逐朝槿

在王晉安酒席數韻

窈窕宋容華但歌有清曲轉眄非無以斜扇還相矚詎減許飛瓊多勝劉碧玉何因送款款伴飲桮中醁

爲人有贈

碧玉與綠珠張盧復雙女曼聲古難匹長袂世無侶似出鳳皇樓言發瀟湘渚幸有褰裳便含情寄一語

何生姬人有怨

寒樹棲羈雌月映風復吹逐臣與棄妾零落心可知寶琴徒七弦蘭鐙空百枝
顰容不足效嗁妝拭復垂同衾成楚越異國非此離

鼓瑟曲　有所思

夜風吹熠燿朝光照昔邪幾銷蘼蕪葉空落蒲桃花不堪長織素誰能獨浣紗
光陰復何極望促反成賒知君自蕩子奈妾亦倡家

爲人寵姬有怨

可憐獨立樹枝輕根易搖已爲露所浥復爲風所飄錦衾襞不臥端坐夜及朝
是妾愁成瘦非君重細腰

爲人自傷

自知心裏恨還向影中羞回持昔慊慊變作今悠悠還君與妾珥歸妾奉君裘
弦斷猶可續心去最難留

秋閨怨

斜光隱西壁暮雀上南枝風來秋扇屏月出夜鐙吹深心起百際遥淚非一垂
徒勞妾辛苦終言君不知

張率相逢行

相逢夕陰階獨趨尚冠里高門既如一甲第復相似憑軾日欲昏何處訪公子
公子之所在所在良易知青樓出上路漸臺臨曲池堂上撫流徽雷尊朝夕施
橘柚芬華實朱火燎金枝兄弟兩三人裾珮紛陸離朝從禁中出車騎並驅馳
金鞍馬瑙勒聚觀路傍兒入門一顧望鳧鵠有雄雌雄雌各數千相鳴戲羽儀
並在東西立君舉次何離離大婦刺方領中婦抱嬰兒小婦尚嬌稚端坐吹參差
丈人無遽起神鳳且來儀

對酒

對酒誠可樂此酒復能醅如華良可貴如乳更非珍何以留上客爲寄掌中人
金尊清復滿玉盌亟來親誰能共遲暮對酒及芳晨君歌當未罷却坐避梁塵

遠期

遠期終不歸節物坐將變白露怜單棲秋風息團扇誰能久離別他鄉且異縣
浮雲蔽重山相望何時見寄言遠行者空閨淚如霰

徐悱贈內

日暮想清陽躡履出椒房網蟲生錦薦遊塵掩玉牀不見可憐影空餘黼帳香

彼美情多樂挾琵坐高堂豈忘離憂者向隅心獨傷聊因一書札以代九回腸

對房前桃樹詠佳期贈內

相思上北閣徙倚望東家忽有當軒樹兼含映日花方鮮類紅粉比素若鉛華更使增心憶彌令想狹斜無如一路阻脉脉似雲霞嚴城不可越言折代疎麻

費昶華觀省中夜聞城外擣衣

閶闔下重關丹墀吐明月秋氣城中冷秋砧城外發浮聲繞雀臺飄響度龍闕婉轉何藏摧當從上路來藏摧意未已定自乘軒裏乘軒盡世家佳麗似朝霞圓璫耳上照方繡領間斜衣薰百和屑鬢搖九枝花昨暮庭槐落今朝羅綺薄拂席卷鴛鴦開縵舒龜鶴金波正容與玉步依砧杵紅袖往還縈素腕參差舉徒聞不得見獨夜空愁佇獨夜何窮極懷之在心側階垂玉衡露庭舞相風翼瀝滴流星煇綵爛長河色三冬誠足用五日無糧食揚雲已寂寥今君復弦直

和蕭記室春旦有所思

芳樹發春煇蔡子望青衣水逐桃花去春隨楊柳歸楊柳何時歸裊裊復依依已蔭章臺陌復埽長門扉獨知離心者坐惜春光違洛陽遠如日何由見宓妃

春郊望美人

芳郊拾翠人回袖掩芳春金煇起步揺紅綵發吹綸湯湯蓋頂日飄飄馬足塵
薄暮高樓下當知妾姓秦

詠照鏡

晨煇照杏梁飛鸞起朝妝留心散廣黛輕手約花黃正釵時念影拂絮且憐香
方嫌翠色故乍道玉無光城中皆半額非妾畫眉長

和蕭洗馬畫屏風二首

日淨班姬門風輕董賢館卷耳緣階出反舌登牆喚蠶女桂枝鉤遊童蘇合彈
拂袖當留客相逢莫相難　陽春發和氣

佳人在河內征夫鎮馬邑零露一朝團中夜雨垂泣氣與牀帳冷天寒針縷澀
紅顏本暫時君還詎相及　秋夜涼風起

采菱

妾家五湖口采菱五湖側玉面不關妝雙眉本翠色日斜天欲暮風生浪未息
宛在水中央空作兩相憶

長門后怨

向夕千愁起自悔何嗟及愁思且歸牀羅襦方掩泣絳樹揺風軟黃鳥弄聲急

金屋貯嬌時不言君不入

鼓吹曲二首

巫山光欲晚陽臺色依依彼美巖之曲寧知心是非朝雲觸石起暮雨潤羅衣願解千金珮請逐大王歸　巫山高

上林烏欲棲長安日行暮所思欝不見空想丹墀步簾動憶君來雷聲似車度北方佳麗子窈窕能回顧夫君自迷惑非爲妾心妬　有所思

姚翻同郭侍郎采桑一首

鴈還高柳北春歸洛水南日照茱萸領風揺翡翠簪桑閒視欲暮閨裏遽飢蠶相思君助取相望妾那堪

孔翁歸奉和湘東王教班婕妤一首

長門與長信日暮九重空雷聲聽隱隱車響絶瓏瓏恩光隨妙舞團扇逐秋風鉛華誰不慕人意自難終

徐悱妻劉令嫺荅外詩二首

花庭麗景斜蘭牖輕風度落日更新妝開簾對春樹鳴鸝葉中響戲蝶枝邊鶩調瑟本要歡心愁不成趣良會誠非遠佳期今不遇欲知幽怨多春閨深且暮

東家挺奇麗，南國擅容輝。夜月方神女，朝霞喻洛妃。還看鏡中色，比豔自知非。
摛辭徒妙好，連類頻乖違。智夫雖已麗，傾城未敢希。

何思澂奉和湘東王教班婕妤

寂寂長信晚，雀聲哦洞房。蜘蛛網高閣，駁蘚被長廊。虛殿簾帷靜，閑階花蕊香。
悠悠視日暮，還復拂空牀。

擬古

故交不可忘，猶如蘭桂芳。新知雖可悅，不異茱萸香。妾有鳳鶵曲，非爲陌上桑。
薦君君不御，抱瑟自悲涼。

南苑逢美人

洛浦疑回雪，巫山似旦雲。傾城今始見，傾國昔曾聞。媚眼隨嬌合，丹脣逐笑分。
風卷蒲萄帶，日照石榴裙。自有狂夫在，空持勞使君。

徐悱荅唐孃七夕所穿針

倡人助漢女，靚妝臨月華。連針學並蔕，縈縷作開花。孀閨絶綺羅，攬贈自傷嗟。
雖言未相識，聞道出良家。曾停霍君騎，經過柳惠車。無由一共語，暫看日昇霞。

玉臺新詠卷第六

玉臺新詠卷第七

梁武帝一十四首　皇太子聖製四十三首　邵陵王綸詩三首

湘東王繹詩七首　武陵王紀詩三首

梁武帝擣衣

駕言易水北送別河之陽沈思慘行鑣結夢在空牀既寤丹綠謬始知紈素傷中州木葉下邊城應早霜陰蟲日慘烈庭艸復云黃冷風但清夜明月懸洞房嫋嫋同宮女助我理衣裳參差夕杵引哀怨秋砧揚輕羅飛玉腕弱翠低紅妝朱顏色已興眄睇目增光擣以一匪石文成雙鴛鴦制握斷金刀薰用如蘭芳佳期久不歸持此寄寒鄉妾身誰爲容思君苦人腸

擬長安有狹斜十韻

洛陽有曲陌陌曲不通驛忽逢二少童扶轡問君宅君宅邯鄲右易憶復可知大息組紃縕中息珮陸離小息尚青綺總丱遊南皮三息俱入門家臣拜門垂三息俱升堂旨酒盈千卮三息俱入戶戶內有光儀大婦理金翠中婦事幺觽小婦獨閑暇調笙遊曲池丈人少徘徊鳳吹方參差

擬明月照高樓

圓魄當虛闥清光流思筵筵思照孤影悽怨還自憐臺鏡早生塵匣琴又無弦
悲慕屢傷節離憂亟華年君如東榑景妾似西柳煙相去既路迥明晦亦殊懸
願爲銅鐵轡以感長樂前

擬青青河邊草

幕幕繡戶絲悠悠懷昔期昔期久不歸鄉國曠音輝音輝空結遲半寢覺如至
既寤了無形與君隔平生月以雲掩光葉似霜摧老當途競自容莫肯爲妾道

代蘇屬國婦

良人與我期不謂當過時秋風忽送節白露凝前基愴愴獨涼枕搔搔孤月帷
或聽西北鴈似從寒海湄果銜萬里書中有生離詞惟言長別矣不復道相思
胡羊久剽奪漢節故支持帛上看未終臉下淚如絲空懷之死誓遠勞同穴詩

古意二首

飛鳥起離離驚散忽差池嗷嘈繞樹上翩翾集寒枝既悲征役久偏傷壟上兒
寄言閨中愛此心詎能知不見松上蘿葉落根不移
當春有一草緑花復重枝云是忘憂物生在北堂垂飛飛雙蛺蝶低低兩差池
差池低復起此芳性不移飛蝶雙復隻此心人莫知

芳樹

綠樹始搖芳芳生非一葉一葉度春風芳芳自相接色雜亂參差衆花紛重疊重疊不可思思此誰能愜

臨高臺

高臺半行雲望望高不極草樹無參差山河同一色髣髴洛陽道道遠難別識玉階故情人情來共相憶

有所思

誰言生離久適意與君別衣上芳猶在握裏書未滅腰中雙綺帶夢爲同心結常恐所思露瑤華未忍折

紫蘭始萌

種蘭玉臺下氣暖蘭始萌芬芳與時發婉轉迎節生獨使金翠嬌偏動紅綺情二遊何足壞一顧非傾城羞將苓芝侶豈畏鶗鴂鳴

織婦

送別出南軒離思沉幽室調梭輟寒夜鳴機罷秋日良人在萬里誰與共成匹願得一回光照此憂與疾君情儻未忘妾心長自畢

七夕

白露月下圓秋風枝上鮮瑤臺含碧霧瓊幕生紫煙妙會非綺節佳期乃良年玉壺承夜急蘭膏依曉煎昔時悲難越今傷何易旋怨咽雙念斷悽草兩情懸

戲作

宓妃生洛浦遊女出漢陽妖閑逾下蔡神妙絕高唐緜駒且變俗王豹復移鄉況茲集靈異豈得無方將長袂必留客清哇咸繞梁燕趙羞容止西妲慙芬芳徒聞殊可弄定自乏明璫

皇太子聖製樂府三首　簡文

凌晨光景麗倡女鳳樓中前瞻削成小傍望卷旌空分妝間淺靨繞臉傅斜紅張琴未調軫飲吹不全終自知心所愛出入仕秦宮誰言連伊屈更是莫敖通輕軺綴皂蓋飛轡轢雲驄金鞍隨繫尾銜瑣映纏騣戈鏤荆山玉劒飾丹陽銅左把蘇合彈傍持大屈弓控弦因鵲血挽強用牛螉弋獵多登隴酣歌每入豐暉暉隱落日冉冉還房櫳鐙生陽燧火塵散鯉魚風流蘇時下帳象簟復韜筒霧暗窻前柳寒疎井上桐女蘿託松際甘瓜蔓井東拳拳特君寵歲暮望無窮

豔歌篇十八韻

銅梁指斜谷劒道望中區通星上分野作固爲下都雅歌因良守妙舞自巴渝陽城嬉樂所劒騎鬱相趨五婦行難至百兩好游娛牲祈望帝祀酒酹蜀侯誅江妃納重聘卓女受將雛停弦時繫爪息吹更治朱春衫澗錦浪回扇避陽烏聞君握節反賤妾下城隅

蜀國弦歌篇十韻

名都多麗質本自恃容姿蕩子行未至秋胡無定期玉貌歇紅臉長顰串翠眉歛鏡迷朝色縫針脃故絲本異搖舟咎何關竊席疑生離誰撫背溘死詎成遲毛嬙貞本絕踉蹌入氊帷盧姬嫁日晚非復好年時傳山猶可遂鳥白望難期妾心徒自苦傍人會見嗤

妾薄命篇十韻

代樂府三首

遥看雲霧中刻桷映丹紅珠簾通曉日金花拂夜風欲知聲管處來過安樂宫

新成安樂宫

季月雙桐井新枝雜舊株晚葉藏棲鳳朝花拂曙烏還看西子照銀牀牽鹿盧

雙桐生空井

閨閑漏永永漏長宵寂寂草螢飛夜戶絲蟲繞秋壁薄笑未爲欣微歎還成戚金簪鬢下垂玉箸衣前滴

楚妃歎

和湘東王横吹曲三首

洛陽佳麗所大道滿春光遊童初挾彈蠶妾始提筐金鞍照龍馬羅袂拂春桑王車爭晚入潘果溢高箱　洛陽道

楊柳亂成絲攀折上春時葉密鳥飛礙風輕花落遲城高短簫發林空畫角悲曲中無別意併爲久相思　折楊柳

賤妾朝下機正值良人歸青絲懸玉鐙朱汗染香衣驟急珍珂響蹄多塵亂飛雕胡幸可薦故心君莫違　紫騮馬

雍州十曲抄三首　是襄州

南湖荇葉浮復有佳期遊銀綸翡翠鈎玉舳芙蓉舟荷香亂衣麝橈聲隨急流　南湖

岸陰垂柳葉平江含粉堞好值城傍人多逢蕩舟妾綠水濺長袖浮苔染輕檝　北渚

宜城斷中道行旅亟流連出妻工織素妖姬慣數錢吹脣留上客貰酒逐神僊　大堤

同庾肩吾四詠二首

采蓮前岸隈舟子屢徘徊荷披衣可識風蹤香不來欲知船度處當看荷葉開　蓮舟買荷度

相隨照綠水意欲重涼風流揺妝影壞釵落鬢華空佳期在何許徒傷心不同　照流看落釵

和湘東王三韻二首

花樹含春叢羅幃夜長空風聲隨條韻月色與池同彩箋徒自襞無信往雲中　春宵

冬朝日照梁含怨下前牀帳褰竹葉帶鏡轉菱花光會是無人見何用早紅妝　冬曉

戲作謝惠連體十三韻

雜蘂映南庭庭中光景媚可憐枝上花早得春風意春風復有情拂幔且開楹開楹開碧煙拂幔拂垂蓮偏使紅花散飄颺落眼前眼亦多無況參差鬱可望珠繩翡翠帷綺幕芙蓉帳香煙出窗裏落日斜階上日影去遲遲節華咸在茲桃花紅若點柳葉亂如絲絲條轉暮光影落暮陰長春鶯雙雙舞春心處處揚酒滿心聊足萱枝愁不忘

倡婦怨情十二韻

綺窻臨畫閣飛閣繞長廊風散同心草月送可憐光髣髴簾中出妖麗特非常
恥學秦羅髻羞爲樓上妝散誕披紅帔生情新約黄斜鐙入錦帳微煙出玉牀
六安雙瑇瑁八幅兩鴛鴦猶是别時許留致解心傷含涕坐度日俄頃變炎涼
玉關驅夜雪金氣落嚴霜飛狐驛使斷交河川路長蕩子無消息朱脣徒自香

和徐錄事見内人作卧具

密房寒日晚落照度窻邊紅簾遥不隔輕帷半卷懸方知纖手製詎減縫裳妍
龍刀横膝上畫尺墮衣前熨斗金塗色簪管白牙纏衣裁合歡襵文作鴛鴦連
縫用雙針縷絮是八蠶綿香和麗丘蜜麝吐中臺煙已入琉璃帳兼雜泰華氊
且共彫鑪暖非同團扇捐更恐從軍别空牀徒自憐

戲贈麗人

麗妲與妖嬙共拂可憐妝同安鬟裏撥異作額間黄羅裙宜細簡畫屧重高牆
含羞未上砌微笑出長廊取花爭間鑷攀枝念蘂香但歌聊一曲鳴弦未息張
自矜心所愛三十侍中郎

秋閨夜思

非關長信別詎是良人征九重忽不見萬恨滿心生夕門掩魚鑰宵牀悲畫屏
迴月臨窗度吟蟲繞砌鳴初霜隕細葉秋風驅亂螢故妝猶累日新衣襞未成
欲知妾不寐城外擣衣聲

和湘東王名士悅傾城

美人稱絕世麗色譬花叢雖居李城北住在宋家東教歌公主第學舞漢成宮
多遊淇水上好在鳳樓中履高疑上砌裾開持畏風衫輕見跳脫珠概雜青蟲
垂絲繞帷幔落日度房櫳妝窗隔柳色井水照桃紅非憐江浦珮羞使春閨空

從頓蹔還城

漢渚水初綠江南草復黃日照蒲心暖風吹梅蘂香征艫艤湯塹歸騎息金隍
舞觀衣常襞歌臺弦未張持此橫行去誰念守空牀

詠人棄妾

昔時嬌玉步含羞花燭邊豈言心愛斷銜啼私自憐常見歡成怨非關醜易妍
獨鵠罷中路孤鸞死鏡前

執筆戲書

舞女及燕姬倡樓復蕩婦參差大戾發搖曳小垂手釣竿蜀國彈新城折楊柳

玉案西王桃蠡桮石榴酒甲乙羅帳異辛壬房戶暉夜夜有明月時時憐更衣

豔歌曲

雲楣桂成戶飛棟杏爲梁斜窗通蕊氣細隙引塵光裁衣魏后尺汲水淮南牀
青驪暮當反預使羅裾香

怨

秋風與白團本自不相安新人及故愛意氣豈能寬黃金肘後鈴白玉案前盤
誰堪空對此還成無歲寒

擬沈隱侯夜夜曲

藹藹夜中霜何關向曉光枕啼常帶粉身眠不著牀蘭膏盡更益薰鑪滅復香
但問愁多少便知夜短長

七夕

秋期此時浹長夜徙河靈紫煙凌鳳羽奔光隨玉軿洛陽疑劒氣成都怪客星
天梭織來久方逢今夜停

同劉諮議詠春雪

晚霰飛銀礫浮雲暗未開入池消不積因風墮復來思婦流黃素溫姬玉鏡臺

看花言可插定自非春梅

晚景出行

細樹含殘影春閨散晚香輕花鬢邊墮微汗粉中光飛鳥初罷曲啼烏忽度行

羞令白日暮車馬轡相望

賦樂府得大垂手

垂手忽苕苕飛鷰掌中嬌羅衣恣風引輕帶任情摇詎似長沙地促舞不回腰

賦樂器名得箜篌

捩遲初挑吹弄急時催舞釧響逐弦鳴私回半障柱欲知心不平君看黛眉聚

詠舞

可憐初二八逐節似飛鴻懸勝河陽妓闇與淮南同入行看履進轉面望鬟空

腕動苕華玉袖隨如意風上客何須起啼烏曲未終

春閨情

楊柳葉纖纖佳人嬾織縑正衣還向鏡迎春試舉簾摘梅多繞樹覓鷰好窺檐

只言逐花草計校應非嫌

又三韻

珠簾向暮下妖姿不可追花風暗裏覺蘭燭帳中飛何時玉窻裏夜夜更縫衣

率尒爲詠

借問僊將畫詎有此佳人傾城且傾國如雨復如神漢后憐名鸞周王重姓申

挾瑟曾遊趙吹簫屢入秦玉階偏望樹長廊每逐春約黃出意巧纏弦用法新

迎風時引袖避日暫披巾疎花映鬟插細珮繞衫身誰知日欲暮含羞不自陳

美人晨妝

北窻向朝鏡錦帳復斜縈嬌羞不肯出猶言妝未成散黛隨眉廣燕脂逐臉生

試將持出衆定得可憐名

賦得詠當鑪

十五正團團流光滿上蘭當鑪設夜酒宿客解金鞍迎來挾瑟易送別但歌難

詎知心恨急翻令衣帶寬

林下妓

炎光向夕歛徙宴臨前池泉深影相得花與面相宜篪聲如鳥哢舞袂寫風枝

歡樂不知醉千秋長若斯

擬落日窻中坐

杏梁斜日照餘暉映美人開函脫寶釧向鏡理紈巾游魚動池葉舞鶴散階塵空嗟千歲久願得及陽春

美人觀畫

殿上圖神女宮裏出佳人可憐俱是畫誰能辨僞眞分明淨眉眼一種細腰身所可持爲異長有好精神

孌童

孌童嬌麗質賤董復超瑕羽帳晨香滿珠簾夕漏賒翠被含鴛色雕牀鏤象牙妙年同小史姝皃比朝霞袖裁連璧錦箋織細橦花攬袴輕紅出回頭雙鬢斜嬾眼時含笑玉手乍攀花懷猜非後釣密愛似前車足使燕姬妒彌令鄭女嗟

邵陵王綸代秋胡婦閨怨

蕩子從遊宦思妾守房櫳塵鏡朝朝掩寒牀夜夜空若非新有悅何事久西東知人相憶否淚盡夢啼中

車中見美人

關情出眉眼軟媚著腰支語笑能嬌媄行步絕逶迤空中自迷惑渠傍會不知懸念猶如此得時應若爲

代舊姬有怨

寧爲萬里別乍此死生離那堪眼前見故愛逐新移未褭春光落遽被秋風吹
怨黛舒還斂啼妝拭更垂誰能巧爲賦黃金妾自貲

湘東王繹登顔園故閣

高樓三五夜流影入丹墀先時留上客夫壻美容姿妝成理蟬鬢笑罷斂蛾眉
衣香知步近釧動覺行遲如何舞館樂翻見歌梁悲猶懸北窻幌未卷南軒帷
寂寂空郊暮非復少年時

戲作豔詩

入堂值小婦出門逢故夫含辭未及吐絞袖且峙躕摇茲扇似月掩此淚如珠
今懷固無已故情今有餘

夜遊栢齋

燭暗行人靜簾開雲影入風細雨聲遲夜短更籌急能下班姬淚復使倡樓泣
況此客遊人中宵空佇立

和劉上黃

新鶯隱葉囀新鶯向窻飛柳絮時依酒梅花乍入衣玉珂逐風度金鞍映日暉

無令春色晚獨望行人歸

詠晚棲烏

日暮連翩翼俱向上林棲風多前鳥駛雲暗後羣迷路遠聲難徹飛斜行未齊
應從故鄉返幾過入蘭閨借問倡樓妾何如蕩子妻

寒宵三韻

烏鵲夜南飛良人行未歸池水浮明月寒風送擣衣願織回文錦因君寄武威

詠秋夜

秋夜九重空蕩子怨房櫳鐙光入綺帷簾影進屏風金徽調玉軫茲夜撫離鴻

武陵王紀同蕭長史看妓

燕姬奏妙舞鄭女發清歌回羞出慢臉送態入嚬蛾寧殊值行雨詎減見凌波
想君愁日暮應羨魯陽戈

和湘東王夜夢應令

昨夜夢君歸賤妾下鳴機懸知君意薄不著去時衣故言如夢裏賴得雁書飛

曉思

晨禽爭學囀朝花亂欲開鑪煙入斗帳屏風隱鏡臺紅妝隨淚盡蕩子何時回

閨妾寄征人

斂色金星聚,縈悲玉筯流,願君看海氣,憶妾上高樓。目作三首此首疑衍

玉臺新詠卷第七

玉臺新詠卷第八

蕭子顯樂府二首

大明上苕苕陽城射淩霄光照窻中婦絶世同阿嬌明鏡盤龍刻簪羽鳳皇雕逶迤梁家髻冉弱楚宫腰輕紈雜重錦薄縠間飛綃三六前年暮四五今年朝蠶園拾芳繭桑陌采柔條出入東城里上下洛西橋忽逢車馬客飛蓋動襜軺單衣鼠毛織寶劒羊頭銷丈夫疲應對御者輟銜鑣柱間徒脉脉垣上幾翹翹女本西家宿君自上宫要漢馬三萬匹夫壻仕嫖姚鞶囊虎頭綬左珥鳧盧貂橫吹龍鐘管奏鼓象牙簫十五張内侍十八賈登朝皆笑顔郎老盡訝董公超　日出東南隅行

邯鄲暫輟舞巴姬請罷弦佳人淇洧上豔趙復傾燕繁穠既爲李照水亦成蓮

朝沽成都酒暝數河間錢餘光幸未借蘭膏空自煎　代樂府美女篇

王筠和吳主簿六首

日照鴛鴦殿萍生雁鶩池游塵隨影入弱柳帶風垂青骹逐黃口獨鶴慘羈雌

同衾遠遊說結愛久生離於今方溘死寧須萱草枝

卷葹心未發蘼蕪葉欲齊春蠶方曳緒新燕正銜泥野雉呼雌雊庭禽挾子棲

從君客梁後方晝掩春閨山川隔道里芳草徒萋萋　春月二首

九重依夜管四壁慘無暉招搖顧西落烏鵲向東飛流螢漸收火絡緯欲催機

尔時思錦字持製行人衣所望丹心達嘉客儻能歸

露葉初泥泥桂枝行棟棟殺氣下重軒輕陰滿四屋別寵增脩夜遠征悲獨宿

愁縈翠羽眉淚滿橫波目長門絕往來含情空杼軸　秋夜二首

落日照紅妝挾瑟當窗牖寧復歌蘼蕪惟聞歎楊柳結好在同心離別由衆口

徒設露葵羹誰酌蘭英酒會日杳無期蕣華安得久

相思不安寐聊至狹邪東愁眉傚戚里高髻學城中雙眉偏照日獨縈好縈風

自陳心所想獻賦甘泉宮傳聞方鼎食詎憶春閨中　遊望二首

劉孝綽遥見鄰舟主人投一物衆姬爭之有客請余爲詠

河流既浼浼河鳥復關關落花浮浦出飛雉度州還此日倡家女競嬌桃李顔
良人惜美珥欲以代芳菅新縑疑故素盛趙蔑衰班曳綃事掩縠摇珮奪鳴環
客心空振蕩高枝不可攀

淇上人戲蕩子婦示行事一首

桑中始奕奕淇上未湯湯美人要雜珮上客誘明璫日闇人聲靜微步出蘭房
露葵不待勸鳴琴無暇張翠釵挂已落羅衣拂更香如何嫁蕩子春夜守空牀
不見青絲騎徒勞紅粉妝

賦詠得照棊燭刻五分成

南皮弦吹罷終弈且留賓日下房櫳闇華燭命佳人側光全照局回花半隱身
不辭纖手倦羞令夜向晨

夜聽妓賦得烏夜啼

鵾弦且輟弄鶴操暫停徽別有啼烏曲東西相背飛倡人怨獨守蕩子遊未歸
若逢生離曲長夜泣羅衣

賦得遺所思

遺簪雕瑇瑁贈綺織鴛鴦未若華滋樹交枝蕩子房別前秋已落別後春更芳
所思不可寄惟憐盈袖香

劉遵繁華應令

可憐周小童微笑摘蘭叢鮮膚勝粉白慢臉若桃紅挾彈雕陵下垂鉤蓮葉東
腕動飄香麝衣輕任好風幸承拂枕選得奉畫堂中金屏障翠被藍帊覆薰籠
本欲傷輕薄含辭羞自通翦袖恩雖重殘桃愛未終蛾眉詎須嫉新妝遞入宮

從頓還城應令

漢水泬難渡泬潭見底清錦笮繫鳬舸珠竿懸翠旍鳴笳芳樹曲流唱采蓮聲
神遊不停駕日暮反連營寧顧空房裏階上綠苔生

王訓奉和率尒有詠

殿內多僊女從來難比方別有當窗艷復是可憐妝學舞勝飛鷰染粉薄南陽
散黃分黛色薰衣雜棗香簡釵新輾翠試履逆塡牆一朝恃容色非復守空房
君恩若可恃願作雙鴛鴦

庾肩吾詠得有所思

佳期竟不歸春物坐芳菲拂匣看離扇開箱見別衣井桐生未合宮槐卷復稀

不及銜泥鷰從來相逐飛

詠美人自看畫應令

欲知畫能巧喚取眞來映並出似分身相看如照鏡安釵等疎密著領俱周正不解平城圍誰與丹青競

賦得橫吹曲長安道

桂宮連複道黄山開廣路遠聽平陵鐘遥識新豐樹合殿生光彩離宮起煙霧日落歌吹還塵飛車馬度

南苑還看人

春花競玉顔俱折復俱攀細腰宜窄衣長釵巧挾鬟洛橋初度燭青門欲上闗中人應有望上客莫前還

送別於建興苑相逢

相逢小苑北停車問苑中梅新雜柳故粉白映綸紅去影背斜日香衣臨上風雪流階漸黑冰開池半通去馬船難駐嗁烏曲未終春然從此別車西馬復東

和湘東王二首

征人別未久年芳復臨牖燭下夜縫衣春寒偏著手願及歸飛鴈因書寄

高柳　應令春宵

隣鷄聲已傳愁人竟不眠月光侵曙後霜明落曉前縈鬟起照鏡誰忍插

花鈿　應令冬曉

劉孝威侍宴賦得龍沙宵月明

鵲飛空繞樹月輪殊未圓常娥望不出桂枝猶隱殘落照移樓影浮光動斬瀾

櫪馬悲羌吹城烏啼塞寒傳聞機杼妾愁余衣服單當秋終已脆銜啼織復難

斂眉雖不樂舞劒強爲歡請謝函關吏行當泥一丸

奉和湘東王應令冬曉

妾家邊洛城慣識曉鐘聲鐘聲猶未盡漢使報應行天寒硯水凍心悲書不成

鄀縣遇見人織率尔寄婦

妖姬含怨情織素起秋聲度梭環玉動踏躡珮珠鳴經稀疑杼澀緯斷恨絲輕

蒲桃始欲罷鴛鴦猶未成雲棟共徘徊紗窻相向開窻疎眉語度紗輕眼笑來

朧朧隔淺紗的的見妝華鏤玉同心藕列寶連枝花紅衫向後結金簪臨鬢斜

機頂挂流蘇機傍垂結珠青絲引伏兔黃金繞鹿盧艷彩裾邊出芳脂口上渝

百城交問道五馬共跱躇直爲閨中人守故不要新寢夢啼漬花枕覺淚濕羅巾

獨眠眞自難重衾猶覺寒逾憶凝脂暖彌想橫陳歡行驅金絡騎歸就城南端
城南稍有期想子亦勞思羅襦久應罷花釵堪更治新妝莫點黛余還自畫眉

徐君蒨共內人夜坐守歲

歡多情未極賞至莫停杯酒中挑喜子粽裏覓楊梅簾開風入帳燭盡炭成灰
勿疑鬢釵重爲待曉光來

初春攜內人行戲

梳飾多今世衣著一時新草短猶通屧梅香漸著人樹斜牽錦帔風橫入紅綸
滿酌蘭英酒對此得娛神

鮑泉南苑看遊者

洛陽小苑地車馬盛經過緣溝駐行幰傍柳轉鳴珂履高含響珮襪輕半隱羅
浮雲無處所何用轉橫波

落日看還

妖姬競早春上苑逐名辰苔輕變水色霞濃掩日輪雕甍斜落影畫扇拂遊塵
衣香遙已度衫紅遠更新誰家蕩舟妾何處織縑人

劉緩敬酬劉長史詠名士悅傾城

不信巫山女不信洛川神何關别有物還是傾城人經共陳王戲曾與宋家鄰
未嫁先名玉來時本姓秦粉光猶似面朱色不勝脣遥見疑花發聞香知異春
釵長逐鬟髮襪小稱腰身夜夜言嬌盡日日態還新工傾荀奉倩能迷石季倫
上客徒留目不見正横陳

雜詠和湘東王三首

别後春池異荷盡欲生冰箱中剪刀冷臺上面脂凝纖腰轉無力寒衣恐
不勝　寒閨

樓上起秋風絶望秋閨中燭溜花行滿香燃歘欲空徒交兩行淚俱浮妝
上紅　秋夜

不堪寒夜久夜夜守空牀衣裾逐坐襵釵影近鐙長無憐四幅錦何須辟
惡香　冬宵

鄧鏗和陰梁州雜怨

别離雖未久遂如長别離叢桂頻銷葉庭樹幾攀枝君言妾貌改妾畏君心移
終須一相見併得兩相知

奉和夜聽妓聲

庾詩爲梁朝之
絶杜牧之曰清新
又曰老成

燭華以明月鬟影勝飛橋妓兒齊鄭舞爭妍學楚要新歌自作曲舊瑟不須調衆中俱不笑座上莫相撩

甄固奉和世子春情

昨晚褰簾望初逢雙鷰歸今朝見桃李不啻數花飛以愁春欲度無復寄芳菲

庾信奉和詠舞

洞房花燭明燕餘雙舞輕頓履隨疎節低鬟逐上聲半轉行初進飄衫曲未成回鸞鏡欲滿鵠顧市應傾已曾天上學詎似世中生

七夕

牽牛遥映水織女正登車星橋通漢使機石逐仙槎隔河相望近經秋離別賒愁將今夕恨復著明年花

仰和何僕射還宅懷故

紫閣旦朝罷中臺文奏稀無復千金笑徒勞五日歸步檐朝未掃蘭房晝掩扉落生理曲處網積回文機故瑟餘弦斷歌梁秋鷰飛朝雲雖可望夜帳定難依願憑甘露入方假慧鐙煇寧知洛城晚還淚獨霑衣

劉邈萬山見采桑人

倡妾不勝愁結束下青樓逐伴西蠶路相攜東陌頭葉盡時移樹枝高乍易鉤
絲繩挂且脫金籠寫復收蠶飢日已暮詎爲使君留

見人織聊爲之詠

纖纖運玉指脈脈正蛾眉振躡開交縷停梭續斷絲檐花照初月洞戶未垂帷
弄機行掩淚翻令織素遲

秋閨

螢飛綺窗外妾思霍將軍鐙前量獸錦檐下織花紋墜露如輕雨長河似薄雲
秋還百種事衣成未暇薰

鼓吹曲　折楊柳

高樓十載別楊柳擢絲枝摘葉驚開駛攀條恨久離年年阻音信月月減容儀
春來誰不望相思君自知

紀少瑜建興苑

丹陵抱天邑紫淵更上林銀臺懸百仞玉樹起千尋水流冠蓋影風揚歌吹音
峙嶹憐拾翠顧步惜遺簪日落庭花轉方幰屢移陰終言樂未極不道愛黃金

擬吳均體應教

庭樹發春暉遊人競下機却匣擎歌扇開箱擇舞衣桑萎不復惜看光遽將夕
自有專城居空持迷上客
春日
愁人試出牖春色定無窮參差依網日澹蕩入簾風落花還遶樹輕飛去隱空
徒令玉筯迹雙垂明鏡中
聞人蒨春日
高臺動春色清池照日華綠葵向光轉翠柳逐風斜林有驚心鳥園多奪目花
相與咸知節歎予獨離家行人今不返何勞空折麻
徐孝穆走筆戲書應令
此日乍殷勤相嫌不如春今宵花燭淚非是夜迎人舞席秋來卷歌筵無數塵
曾經新代故那惡故迎新片月窺花簟輕寒入帔巾秋來應瘦盡偏自著腰身
奉和詠舞
十五屬平陽因來入建章主家能教舞城中巧旦妝低鬟向綺席舉袖拂花黄
燭送窻邊影衫傳鈴裏香當關好留客故作舞衣長
和王舍人送客未還閨中有望

倡人歌吹罷對鏡覽紅顏拭粉留花稱除釵作小鬟綺鐙停不滅高扉掩未關
良人在何處惟見月光還

爲羊兖州家人荅餉鏡

信來贈寶鏡亭亭似圓月鏡久自逾明人久情逾歇取鏡挂空臺於今莫復開
不見孤鸞鳥亡魂何處來

吴孜春閨怨

玉關信使斷借問不相諳春光太無意窺窻來見參久與光音絶忽值日東南
柳枝皆嬲嫋桑葉復催蠶物色頓如此孀居自不堪

湯僧濟詠渫井得金釵

昔日倡家女摘花露井邊摘花還自插照井還自憐窺窺終不罷笑笑自成妍
寶釵於此落從來不憶年翠羽成泥去金色尚如先此人今不在此物今空傳

徐悱妻劉氏和婕妤怨

日落應門閉愁思百端生況復昭陽近風傳歌吹聲寵移終不恨讒枉太無情
只言爭分理非妒舞腰輕

王叔英妻劉氏和昭君怨

一生竟何定萬事良難保丹青失舊圖玉匣成秋草相接辭關淚至今猶未燥
漢使汝南還殷勤爲人道

玉臺新詠卷第八

玉臺新詠卷第九

歌辭二首

東飛伯勞西飛燕，黃姑織女時相見。誰家女兒對門居，開華發色照里閭。南窗北牖挂明光，羅帷綺帳脂粉香。女兒年幾十五六，窈窕無雙顏如玉。三春已暮花從風，空留可憐與誰同。

河中之水向東流洛陽女兒名莫愁莫愁十三能織綺十四采桑南陌頭十五嫁爲盧家婦十六生兒字阿侯盧家蘭室桂爲梁中有鬱金蘇合香頭上金釵十二行足下絲履五文章珊瑚挂鏡爛生光平頭奴子提履箱人生富貴何所望恨不嫁與東家王

越人歌一首并序

楚鄂君子晳者乘青翰之舟張翠羽之蓋榜拽越人悅之櫂檝而越歌以感鄂君歡然舉繡被而覆之其辭曰

今夕何夕搴舟中流今日何日與王子同舟山有木兮木有枝心悅君兮君不知

司馬相如琴歌二首并序

司馬相如遊臨邛富人卓王孫有女文君新寡竊於壁間窺之相如鼓琴歌挑之曰

鳳兮鳳兮歸故鄉遨遊四海求其皇時未通遇無所將何悟今夕昇斯堂有豔淑女在此方室迩人遐獨我腸何緣交頸爲鴛鴦

皇兮皇兮從我棲得託字尾永爲妃交情通體心和諧中夜相從知者誰雙興俱起翻高飛無感我心使予悲

烏孫公主歌詩一首并序

漢武元封中以江都王女細君爲公主嫁與烏孫昆弥至國而自治室宮歲時一再會言語不通公主悲愁自作歌曰

吾家之嫁我兮天一方遠託異國兮烏孫王穹廬爲室兮氈爲牆肉爲食兮酪爲漿常思漢土兮心內傷願爲飛黃鵠兮還故鄉

漢成帝時童謡歌二首并序

漢成帝趙皇后名飛鷰寵幸冠於後宮常從帝出入時富平侯張放亦稱佞幸爲期門之遊故歌云張公子時相見也飛鷰嬌妒成帝無子故云啄皇孫華而不實王莽自云代漢者德土色尚黃故云黃雀飛鷰竟以廢死故爲人所憐者也

鷰鷰尾殿殿張公子時相見木門蒼狼根鷰飛來啄皇孫

桂樹華不實黃雀巢其顛昔爲人所羨今爲人所憐

漢桓帝時童謡歌二首

大麥青青小麥枯誰當穫者婦與姑丈夫何在西擊胡吏買馬君具車請爲諸君鼓嚨胡

城上烏尾畢逋公爲吏兒爲徒一徒死百乘車車班班至河閒至河閒姹女能數錢錢爲室金爲堂石上舂墲粱墲粱之下有懸鼓我欲擊之丞相怒

張衡四愁詩四首

一思曰我所思兮在太山欲往從之梁甫艱側身東望涕霑翰美人贈我金錯刀何以報之英瓊瑤路遠莫致倚逍遥何爲懷憂心煩勞

二思曰我所思兮在桂林欲往從之湘水深側身南望涕霑襟美人贈我琴琅玕何以報之雙玉盤路遠莫致倚惆悵何爲懷憂心煩怏

三思曰我所思兮在漢陽欲往從之隴阪長側身西望涕霑裳美人贈我貂襜褕何以報之明月珠路遠莫致倚踟蹰何爲懷憂心煩紆

四思曰我所思兮在鴈門欲往從之雪紛紛側身北望涕霑巾美人贈我錦繡段何以報之青玉案路遠莫致倚增歎何爲懷憂心煩惋

秦嘉贈婦詩一首四言

曖曖白日引曜西傾啾啾雞雀羣飛赴楹皎皎明月煌煌列星嚴霜悽愴飛雪覆庭寂寂獨居寥寥空室飄飄帷帳熒熒華燭爾不是居帷帳焉施爾不是照華燭何爲

魏文帝樂府燕歌行二首

秋風蕭瑟天氣涼草木搖落露爲霜羣鷰辭歸鴈南翔念君客遊多思腸慊慊

思歸戀故鄉君爲淹留寄他方賤妾煢煢守空房憂來思君不可忘不覺淚下
霑衣裳援琴鳴弦發清商短歌微吟不能長明月皎皎照我牀星漢西流夜未
央牽牛織女遥相望爾獨何辜限河梁
別日何易會日難山川悠遠路漫漫鬱陶思君未敢言寄聲浮雲往不還淚零
雨面毀容顔誰能懷憂獨不歎展詩清歌聊自寬樂往哀來摧肺肝耿耿伏枕
不能眠披衣出戶步東西仰看星月觀雲間飛鶬晨鳴聲可憐留連顧懷不能存

曹植樂府妾薄命行一首六言

日月既是西藏更會蘭室洞房華鐙步障舒光皎若日出榑桑促樽合坐行觴
主人起舞溢盤能者冗觸別端騰觚飛爵闌干同量等色齊顔任意交屬所歡
朱顔發外形蘭袖隨禮容極情妙舞仙仙體輕裳解履遺絕纓俛仰笑喧無呈
覽持佳人玉顔齊接金爵翠盤手形羅袖良難腕弱不勝珠環坐者歎息舒顔
御巾裛粉君傍中有霍納都梁雞舌五味雜香進者何人齊姜恩重愛深難忘
召延親好宴私但歌杯來何遲客賦既醉言歸主人稱露未晞

傅玄擬非樂府三首

歷九秋兮三春分遣貴客兮遠賓顧多君心所親乃命妙妓才人炳若日月星

辰（其一）序金罍兮玉觴賓主遞起鴈行梧若飛電絶光交觴接巵結裳慷慨歡笑
萬方（其二）奏新詩兮夫君爛然虎變龍文渾如天地未分齊謳楚舞紛紛歌聲上
激青雲（其三）窮八音兮異倫奇聲靡靡每新微笑素齒丹脣逸響飛薄梁塵精爽
眇眇入神（其四）坐咸醉兮沾歡引樽促席臨軒進爵獻壽翻翻千秋要君一言願
愛不移若山（其五）君恩愛兮不竭譬若朝日夕月此景萬里不絶長保初醮結髮
何憂坐生胡越（其六）攜弱手兮金鐶上遊飛閣雲間穆若鴛鳳雙鸞還幸蘭房自
安娛心極樂難原（其七）樂既極兮多懷感時忽逝若積寒暑革御景回春榮隨風
飄摧感物動心增哀（其八）妾受命兮孤虛男兒隨地稱姝女弱難存若無骨肉至
親更跡奉事他人託軀（其九）君如影兮隨形賤妾如水浮萍明月不能常盈誰能
無根保榮良時冉冉代征（其十）顧繡領兮含暉皎日回光側微朱華忽尔漸衰影
欲捨形高飛誰言往恩可追（其十一）薺與麥兮夏零蘭桂踐霜逾馨祿命懸天難明
妾心結意丹青何憂君心中傾（其十二）

歷九秋篇　董桃行

車遙遙兮馬洋洋追思君兮不可忘君安遊兮西入秦願爲影兮隨君身君在
陰兮影不見君依光兮妾所願

車遙遙篇

燕人美兮趙女佳其室則邇兮限曾崖雲爲車兮風爲馬玉在山兮蘭在野雲

無期兮風有止思心多端兮誰能理　燕人美篇

擬四愁詩四首并序

昔張平子作四愁詩體小而俗七言類也聊擬而作之名曰擬四愁詩其辭曰

我所思兮在瀛洲願爲雙鵠戲中流牽牛織女期在秋山高水深路無由愍余不遘嬰殷憂佳人貽我明月珠何以要之比目魚海廣無舟悵勞劬寄言飛龍天馬駒風起雲披飛龍逝驚波滔天馬不厲何爲多念心憂世其一

我所思兮在珠崖願爲比翼浮清池剛柔合德配二儀形影一絕長別離愍余不遘情如攜佳人貽我蘭蕙草何以要之同心鳥火熱水深憂盈抱申以琬琰夜光寶卞和既没玉不察存若流光忽電滅何爲多念獨藴結其二

我所思兮在崑山願爲鹿麏闚虞淵日月回曜照景天參辰曠隔會無緣愍余不遘罹百艱佳人貽我蘇合香何以要之翠鴛鴦懸度弱水川無梁申以錦衣文繡裳三光騁邁景不留鮮矣民生忽如浮何爲多念秖自愁其三

我所思兮在朔方願爲飛鴈俱南翔煥乎人道著三光胡越殊心生異鄉愍余不遘罹百殃佳人貽我羽葆纓何以要之影與形增冰憂結繁華零申以日月指明星星辰有翳日月移鶩馬哀鳴慙不馳何爲多念徒自虧其四

盤中詩一首

山樹高鳥鳴悲泉水深鯉魚肥空倉雀常苦飢吏人婦會夫希出門望見白衣謂當是而更非還入門中心悲北上堂西入階急機絞杼聲催長歎息當語誰君有行妾念之出有日還無期結中帶長相思君忘妾天知之妾忘君罪當治妾有行宜知之黄者金白者玉高者山下者谷姓爲蘇字伯玉作人才多智謀足家居長安身在蜀何惜馬蹄歸不數羊肉千斤酒百斛令君馬肥麥與粟今時人智不足與其書不能讀當從中央周四角

張載擬四愁詩四首

我所思兮在南巢欲往從之巫山高登崖遠望涕泗交我之懷矣心傷勞佳人遺我筩中布何以贈之流黄素願因飄風超遠路終然莫致增想慕其一

我所思兮在朔湄欲往從之白雪霏登崖永眺涕泗頽我之懷矣心傷悲佳人遺我雲中翮何以贈之連城璧願因歸鴻起遐隔終然莫致增永積其二

我所思兮在隴原欲往從之隔秦山登崖遠望涕泗連我之懷矣心傷煩佳人遺我雙角端何以贈之雕玉環願因行雲超重巒終然莫致增永歎其三

我所思兮在營州欲往從之路阻脩登崖遠望涕泗流我之懷矣心傷憂佳人

遺我緑綺琴何以贈之雙南金願因流波超重深終然莫致增永吟其四

晉惠帝時童謠歌一首

鄴中女子莫千妖前至三月抱胡胥

陸機樂府燕歌行一首

四時代序逝不追寒風習習落葉飛蟋蟀在堂露盈階念君遠遊常苦悲君何緬然久不歸賤妾悠悠心無違白日既没明鐙輝寒禽赴林匹鳥棲雙鳩關關宿河湄憂來感物涕不晞非君之念思爲誰別日何早會何遲

鮑昭代淮南王二首

淮南王好長生服食鍊氣讀僊經琉璃藥盌牙作盤金鼎玉匕合神丹合神丹戲紫房紫房彩女弄明璫鸞歌鳳舞斷君腸

朱城九門門九開願逐明月入君懷入君懷結君珮怨君恨君恃君愛築城思堅劒思利同盛同衰莫相棄

代白紵歌辭二首

朱脣動素腕舉洛陽少童邯鄲女古稱緑水今白紵催弦急管爲君舞窮秋九月荷葉黄北風驅鴈天雨霜夜長酒多樂未央

春風澹蕩使思多天色淨綠氣妍和桃含紅萼蘭紫芽朝日灼爍發園花卷幌結帷羅玉筵齊謳秦吹盧女弦千金顧笑買芳年

行路難四首

中庭五株桃一株先作花陽春妖冶二三月從風簸蕩落西家西家思婦見之惋零淚霑衣撫心歎初送我君出戶時何言淹留節回換牀席生塵明鏡垢纖腰瘦削髮蓬亂人生不得常稱意惆悵徙倚至夜半

剉蘗染黃絲黃絲歷亂不可治昔我與君始相值爾時自謂可君意結帶與我言死生好惡不相置今日見我顏色衰意中錯漠與先異還君玉釵瑇瑁簪不忍見之益悲思

奉君金卮之酒瑇瑁玉匣之雕琴七彩芙蓉之羽帳九華蒲萄之錦衾紅顏零落歲將暮寒花宛轉時欲沈願君裁悲且減思聽我抵節行路吟不見柏梁銅雀上寧聞古時清吹音

璿閨玉墀上椒閣文窗繡戶垂綺幕中有一人字金蘭被服纖羅藴芳藿春燕差池風散梅開帷對影弄禽雀含歌攬淚不能言人生幾時得為樂寧作野中雙飛鳧不願雲間別翅鶴

釋寶月行路難一首
君不見孤鴈關外發酸嘶度楊越空城客子心腸斷幽閨思婦氣欲絕凝霜夜
下拂羅衣浮雲中斷開明月夜夜遥遥徒相思年年望望情不歇寄我匣中青
銅鏡倩人爲君除白髮行路難行路難夜聞南城漢使度使我流淚憶長安
陸厥李夫人及貴人歌一首
屬車挂席塵豹尾香煙滅彤殿向蘼蕪青蒲復委絕坐委絕對蘼蕪臨丹階泣
椒塗寡鶴羈雌飛且止雕梁翠壁網蜘蛛洞房明月夜對此淚如珠
沈約八詠二首六首在卷末
望秋月秋月光如練照曜三爵臺徘徊九華殿九華瑇瑁梁華榱與璧璫以茲
雕麗色持照明月光凝華入黼帳清暉懸洞房先過飛鸞戶却照班姬牀桂宮
裛裛落桂枝露寒凄凄凝白露上林晚葉颯颯鳴鴈門早鴻離離度湛秀質兮
似規委清光兮如素照愁軒之蓬影映金階之輕步居人臨此笑以歌別客對
之傷且慕經衰圃映寒叢凝清夜帶秋風隨庭雪以偕素與池荷而共紅臨玉
墀之皎皎含霜靄之濛濛轥天衢而徒步轢長漢而飛空隱巖崖而半出隔帷
幌而纔通散朱庭之奕奕入青瑣而玲瓏閑階悲寡鵠沙洲怨別鴻昭姬泣胡

殿明君思漢宮余亦何爲者淹留此山東　　望秋月
臨春風春風起春樹遊絲曖如網落花雰似霧先泛天淵池還過細柳枝蜨
逢飛搖颺鶯值羽差池揚桂旆動芝蓋開燕裾吹趙帶趙帶飛參差燕裾合
且離回簪復轉黛顧步惜容儀容儀已照灼春風復回薄氛氳桃李花青樹
含素萼既爲風所開復爲風所落搖緑帶抗紫莖舞春雪雜流鶯曲房開兮
金鋪響金鋪響兮妾思驚梧桐未陰淇川如碧迎行雨於高唐送歸鴻於碣
石經洞房響紈素感幽閨思帷帟想芳園可以遊念蘭翹兮漸堪擿拂明鏡
之冬塵解羅衣之秋襞既鏗鏘以動珮又氛氳而流麝始搖蕩以入閨終徘
徊而緣隙鳴珠簾於繡戶散芳塵於綺席是時悵思婦安能久行役佳人不
在兹春風爲誰惜　　臨春風

春日白紵曲一首

蘭葉參差桃半紅飛芳舞縠戲春風翡翠群飛飛不息願在雲間長比翼

秋日白紵曲一首

白露欲凝草已黄金琯玉柱響洞房雙心一影俱回翔吐情寄君君莫忘

吳均行路難二首

君不見上林苑中客冰羅霧縠象牙席盡是得意忘言者探腸見膽無所惜白酒甜醞甘如乳綠觴皎鏡華如玉少年持名不肯嘗安知白駒應過隙博山鑪中百和香鬱金蘇合及都梁逶迤好氣佳容貌經過青瑣歷紫房已入中山陰后帳復上皇帝班姬牀班姬失寵顔不開奉帚供養長信臺日暮耿耿不能寐秋風切切四面來玉階行路生細草金鑪香炭變成灰得意失意須臾頃非君方寸逆所裁

洞庭水上一株桐經霜觸浪困嚴風昔時抽心曜白日今旦臥死黃沙中洛陽名工見咨嗟一剪一刻作琵琶白璧規心學明月珊瑚映面作風花帝王見賞不見忘提攜把握登建章掩抑摧藏張女彈殷勤促柱楚明光年年月月對君子遥遥夜夜宿未央未央彩女弃鳴篪爭見拂拭生光儀茱萸錦衣玉作匣安念昔日枯樹枝不學衡山南嶺桂至今千年猶未知

張率擬樂府長相思二首

長相思久離別美人之遠如雨絶獨延佇心中結望雲去去遠望鳥飛飛滅空望終若斯珠淚不能雪

長相思久別離所思何在若天垂鬱陶相望不得知玉階月夕映羅帷羅帷風

夜吹長思不能寢坐望天河移

白紵歌辭二首

歌兒流唱聲欲清舞女趁節體自輕歌舞並妙會人情依弦度曲婉盈盈揚蛾
爲態誰目成
妙聲屢唱輕體飛流津染面散芳菲俱動齊息不相違令彼嘉客澹忘歸時久
翫夜明星稀

費昶行路難二首

君不見長安客舍門倡家少女名桃根貧窮夜紡無鐙燭何言一朝奉至尊至
尊離宮百餘處千門萬户不知曙惟聞啞啞城上烏玉欄金井牽鹿盧丹梁翠
柱飛屠蘇香薪桂火炊彫胡當年翻覆無常定薄命爲女何必麤
君不見人生百年如流電心中埳壈君不見我昔初入椒房時詎減班姬與飛
鷰朝踰金梯上鳳樓暮下瓊鉤息鸞殿柏臺晝夜香錦帳自飄颻笙歌鄴上吹
琵琶陌上桑過蒙恩所賜餘光曲霑被既逢陰后不自專復值程姬有所避黃
河千年始一清微軀再逢永無議蛾眉偃月徒自妍傅粉施朱欲誰爲不如天
淵水中鳥雙去雙歸長比翅

皇太子聖製烏棲曲四首　簡文

芙蓉作船絲作紼北斗橫天月將落采蓮渡頭礙黃河郎今欲渡畏風波

浮雲似帳月成鉤那能夜夜南陌頭宜城醞酒今行熟停鞍繫馬暫棲宿

青牛丹轂七香車可憐今夜宿倡家倡家高樹烏欲棲羅帷翠帳向君低

織成屏風銀屈膝朱脣玉面燈前出相看氣息望君憐誰能含羞不自前

雜句從軍行一首

雲中亭障羽檄驚甘泉烽火通夜明貳師將軍新築營嫖姚校尉初出征復有山西將絕世受雄名三門應遁甲五壘學神兵白雲隨陣色蒼山答鼓聲邐迤觀鵝翼參差覩鴈行先平小月陣却滅大宛城善馬還長樂黃金付水衡小婦趙人能鼓瑟侍婢初笄解鄭聲庭前桃花飛已合必應紅妝起見迎

和蕭侍中子顯春別四首七言

別觀蒲萄帶實垂江南荳蔲生連枝無情無意猶如此有心有恨徒別離

蜘蛛作絲滿帳中芳草結葉當行路紅臉脈脈一生啼黃鳥飛飛有時度故人雖故昔經新新人雖新復應故

可憐淮水去來潮春隄楊柳覆河橋淚跡未燥詎終朝行聞玉珮已相要

桃紅李白若朝粧羞持憔悴比新楊不惜暫住君前死愁無西國更生香

雜句春情一首

蜨黃花紫鷰相追楊低柳合路塵飛已見垂鉤挂綠樹誠知淇水霑羅衣兩童夾車問不已五馬城南猶未歸鶯啼春欲駛無爲空掩扉

擬古一首

窺紅對鏡斂雙眉含愁拭淚坐相思念人一去許多時眼語笑靨迎來情心懷心想甚分明憶人不忍語銜恨獨呑聲

倡樓怨節一首 六言

朝日斜來照戶春鳥爭飛出林片光片影皆麗一聲一囀煎心上林紛紛花落淇水漠漠苔浮年馳節流易盡何爲忍憶含羞

湘東王春別應令四首 七言

昆明夜月光如練上林朝花色如霰花朝月夜動春心誰忍相思不相見

試看機上交龍錦還瞻庭裏合歡枝映日通風影朱幔飄花拂葉度金池不聞離人當重合惟悲合罷會成離

門前楊柳亂如絲直置佳人不自持適言新作裂紈詩誰悟今成織素辭

日暮徙倚渭橋西正見涼月與雲齊若使月光無近遠應照離人今夜啼

蕭子顯春別四首

翻鶯度燕雙比翼楊柳千條共一色但看陌上攜手歸誰能對此空中憶

幽宮積草自芳菲黃鳥芳樹情相依爭風競日常聞響重花疊葉不通飛當知此時動妾思慚使羅袂拂君衣

江東大道日華春垂楊挂柳埽輕塵淇水昨送淚霑巾紅妝宿昔已應新

銜悲攬涕別心知桃花李色任風吹本知人心不似樹可意人別似花離

樂府烏棲曲應令二首

握中酒栝馬瑙鍾裾邊雜珮琥珀龍欲持寄君心不惜共指三星今何夕

涙黛紅輕點花色還欲令人不相識金壺夜水誰能多莫持賒用比懸河

燕歌行

風光遲舞出青蘋蘭條翠鳥鳴發春洛陽梨花落如雪河邊細草細如茵桐生井底葉交枝今看無端雙燕離五重飛樓入河漢九華閣道暗清池遙看白馬津上吏傳道黃龍征戍兒明月金光徒照妾浮雲玉葉君不知思君昔去柳依依至今八月避暑歸明珠蠶繭勉登機鬱金香薰特香衣洛陽城頭雞欲曙丞

相府中烏未飛夜寢征人縫狐貉私憐織婦裁錦緋吳刀鄭綿絡寒閨夜被薄芳年海上水中鳧日暮春寒夜空城雀

王筠行路難一首

千門皆閉夜何央百憂俱集斷人腸探揣箱中取刀尺拂拭機上斷流黃情人逐情雖可恨復畏邊遠乏衣裳已繰一繭催衣縷復擣百和裛衣香猶憶去時腰大小不知今日身短長裲襠雙心共一袜袙複兩邊作八襊襻帶雖安不忍縫開孔裁穿猶未達胸前却月兩相連本照君心不照天願君分明得此意勿復流蕩不如先含悲含怨判不死封情忍思待明年

劉孝綽元廣州景仲座見故姬一首

留故夫不時嚼別待春山上相看采蘼蕪

劉孝威擬古應教一首

雙棲翡翠兩鴛鴦巫雲落月作相望誰家妖治折花枝蛾眉曼睩使情移青鋪綠瑣琉璃扉瓊筵玉笥金縷衣美人年幾可十餘含羞轉笑斂風裾珠凡出彈不可追空留可憐持與誰

徐君蒨別義陽郡二首

翔鳳樓遥望與雲浮歌聲臨樹出舞影入江流葉落看郵近天高應向秋
飾面亭莊成更點星頰上紅疑淺眉心黛不青故留殘粉絮挂看箔簾釘

王叔英婦贈答一首

妝鉛點黛拂輕紅鳴環動珮出房櫳看梅復看柳淚滿春衫中

梁 沈約古詩題六首 八詠孝穆止収前二首此皆後人附錄故在卷末

愍衰草衰草無容色憔悴荒徑中寒荄不可識昔時兮春日昔日兮春風含
華兮佩實垂綵兮散紅氛氳鳷鵲右照耀望僊東送歸顧暮泣淇水嘉客淹
留懷上宮巖陬兮海岸冰多兮霰積爛漫兮客根攢幽兮寓隙布綿密於寒
皋吐纖疎於危石既惆悵於君子倍傷心於行役露高枝於初旦霜紅天於
始夕彫芳卉之九衢霣靈茅之三脊風急崤道難秋至客衣單既傷檐下菊
復悲池上蘭飄落逐風盡方知歲早寒流螢暗明燭鴈聲斷纔續萎絕長信
宮蕪穢丹墀曲霜奪莖上紫風銷葉中綠山變兮青薇水折兮平葦秋鴻兮
疎引寒烏兮聚飛逕荒寒草合桐長舊巖圍夜漸蘼蕪沒霜露日霑衣願逐
晨征鳥薄暮共西歸

歲暮愍衰草

悲落桐落桐早霜露鷰至葉未擢鴻來枝已素本出龍門山長枝仰刺天上峯

百丈絕下趾萬尋懸幽根已盤結孤株復危絕初不照光景終年負霜雪自顧
無羽儀不願生曲池芬芳本自乏華實無可施匠者特留眄王孫少見之分取
生孤枿徙置北堂垂宿莖擢晚幹新葉生故枝故枝雖遼遠新葉頗離離春風
一朝至榮戶坐如斯自惟良菲薄君恩徒照灼顧已非嘉樹空用憑阿閣願作
清廟琴爲舞雙玄鶴薜荔可爲裳文杏堪作梁勿言草木賤徒照君末光末光
不徒照爲君含噭眺陽柯綠水弦陰枝苦寒調厚德非可任敢不盡其心若逢
陽春至吐綠照清潯

霜來悲落桐

聞夜鶴夜鶴叫南池對此孤明月臨風振羽儀伊吾人之菲薄無賦命之天爵抱
跼促之長懷隨春冬而哀樂感海上之驚鳧傷雲間之離鶴離鶴昔未離近蘐天
北垂忽值疾風起暫下昆明池復值冬冰合水宿非所宜欲留不可任欲去飛已
澀勢逐疾風舉求溫向衡楚復值南飛鴻參差共成侶海上多雲霧蒼茫失州嶼
自此別故羣獨向瀟湘渚故羣不離散相依滄海畔夜止羽相切晝飛影相亂刷
羽共浮沈湛澹泛清潯既不得離列安知慕侶心九冬霜雪苦六翮飛不任且養
凌雲翅俛仰弄清音所望浮丘子旦夕來見尋

夕行聞夜鶴

聽曉鴻曉鴻度將旦跨弱水之微瀾發成山之遠岸怵春歸之未幾驚此歲之

云半出海濆之蒼芒入雲塗之杳漫無東西之可辨孰遐迩之能筭微昔見於
州渚赴秋期於江漢集勁風於弱軀負重雪於輕翰寒谿可以飲荒皋可以竄
谿水徒自清微容豈足歆秋蓬飛兮未極寒草萎兮無色楚山高兮杳難度越
水深兮不可測美明月之馳光顧征禽之騁翼伊余馬之屢懷知吾行之未極
夜綿綿而難曉愁參差而盈臆望山川悉無以惟星河猶可識聞鳫夜南飛客
淚夜霑衣春鴻思暮反客子方未歸歲去驩娛盡年來容皃非攬衽形雖是撫
臆事多違青蒲雖長復易解白雲誠遠詎難依　　晨征聽曉鴻
去朝市朝市深歸暮春辭北纓而南徂浮東川而西顧逢天地之降祥值日月之重
光伊當仁之菲薄非余情之信芳充待詔於金馬奉高宴於柏梁觀鬬獸於虎圈
望宵飛於披香遊西園兮登銅爵攀青瑣兮眺重陽講金華兮議宣室晝武帷兮
夕文昌佩甘泉兮履五柞贊枍詣兮紱承光託後車兮侍華幄遊勃海兮泛清漳
天道有盈缺寒暑遞炎涼一朝賣玉碗眷眷惜餘香曲池無復處桂枝亦銷亡清
廟徒肅肅西陵久茫茫薄暮余多幸嘉運重來昌忝稽郡之南尉典千里之光貴
北荒於濁河戀橫橋於清渭望前軒之早桐對南階之初卉非余情之屢傷寄
茲焉兮能慰眷昔日兮懷哉日將暮兮歸去來　　解珮去朝市

守山東山東萬嶺鬱青葱兩谿共一寫水潔望如空岸側青莎被巖間丹桂叢上瞻既隱軫下睇亦溟濛遠林響咆獸近樹聒鳴蟲路帶若谿右澗吐金華東萬仞倒危石百丈注懸叢掣曳寫流電奔飛似白虹洞井含清氣漏穴吐飛風玉竇膏滴瀝石乳室空籠峭崿途弥險崖岨步纔通余捨平生之所愛欻暮年而逢此願一去而不還恨鄒衣之未遞揖林壑之清曠事氓俗之紛詭幸帝德之方升值天綱之未毀既除舊而布新故化民而俗徙播趙俗以南徂扇齊風以東靡乳雉方可馴流蝗庶能弭清心矯世濁儉政革民侈秩滿撫白雲淹留事芝髓　被褐守山東

玉臺新詠卷第九

玉臺新詠卷第十

紀少瑜詠殘鐙一首　王叔英婦暮寒絶句一首　戴暠詠欲眠詩一首

劉孝威古體雜意一首　詠佳麗一首

古絶句四首

藁砧今何在山上復有山何當大刀頭破鏡飛上天

日暮秋雲陰江水清且深何用通音信蓮花瑇瑁簪

菟絲從長風根莖無斷絶無情尚不離有情安可別

南山一樹桂上有雙鴛鴦千年長交頸歡愛不相忘

賈充與妻李夫人連句詩三首

室中是阿誰歎息聲正悲賈公歎息亦何爲但恐大義虧夫人

大義同膠漆匪石心不移賈公人誰不慮終日月有合離夫人

我心子所達子心我亦知賈公若能不食言與君同所宜夫人

孫綽情人碧玉歌二首

碧玉小家女不敢攀貴德感郎千金意慚無傾城色

碧玉破瓜時相爲情顛倒感郎不羞難回身就郎抱

王獻之情人桃葉歌二首

桃葉復桃葉渡江不用檝但渡無所苦我自迎接汝
桃葉復桃葉桃葉連桃根相憐兩樂事獨使我殷勤

桃葉荅王團扇歌三首

七寶畫團扇粲爛明月光與郎却暄暑相憶莫相忘
青青林中竹可作白團扇動摇郎玉手因風託方便
團扇復團扇持許自鄣面顦顇無復理羞與郎相見

謝靈運東陽谿中贈荅二首

可憐誰家婦緣流洒素足明月在雲間迢迢不可得
可憐誰家郎緣流乘素舸但問情若爲月就雲中墮

宋孝武詩三首　丁督護歌二首

督護上征去儂亦思聞許願作石尤風四面斷行旅
黄河流無極洛陽數千里坎軻戎涂間何由見歡子

擬徐幹詩一首

自君之出矣金翠闇無精思君如日月回還晝夜生

許瑶詩二首　詠柟榴枕

端木生河側因病遂成妍朝將雲髻別夜與蛾眉連

昔如影與形今如胡與越不知行遠近忘去離年月　閨婦荅鄰人

鮑令暉寄行人一首

桂吐兩三枝蘭開四五葉是時君不歸春風徒笑妾

近代西曲歌五首

生長石城下開門對城樓城中美年少出入見依投　石城樂

有客數寄書無信心相憶莫作瓶落井一去無消息　估客樂

歌舞諸年少娉婷無種跡菖蒲花可憐聞名不曾識　烏夜啼

朝發襄陽城暮至大隄宿大隄諸女兒花豔驚郎目　襄陽樂

暫出白門前楊柳可藏烏郎作沈水香儂作博山鑪　楊叛兒

近代吴歌九首

朝日照北林初花錦繡色誰能春不思獨在機中織　春歌

鬱蒸仲暑月長嘯北湖邊芙蓉如結葉拋豔未成蓮　夏歌

秋風入窗裏羅帳起飄颺仰頭看明月寄情千里光　秋歌

淵冰厚三尺素雪覆千里我心如松柏君心復何似　冬歌

黃鳥結蒙籠生在洛谿邊花落逐流去何見逐流還　前谿

畱衫繡兩襠迮置羅裳裏微步動輕塵羅衣隨風起　上聲

遥遥天無柱流漂萍無根單身如螢火持底報郎恩　歡聞

紅羅複斗帳四角垂朱璫玉枕龍鬚席郎眠何處牀　長樂佳

柳樹得春風一低復一昂誰能空相憶獨眠度三陽　獨曲

近代雜歌三首

稽亭故人去九里新人還送一便迎兩無有暫時閑　尋陽樂

青荷蓋緑水芙蓉披紅鮮下有並根藕上生同心蓮　青陽歌曲

春蠶不應老晝夜常懷思何惜微軀盡纏綿自有時　蠶絲歌

近代雜詩一首

玉釧色未分衫輕似露腕舉袖欲鄣羞回持理鬢亂

丹陽孟珠歌一首

陽春二三月草與水同色道逢遊冶郎恨不早相識

錢唐蘇小歌一首

妾乘油壁車郎騎青驄馬何處結同心西陵松柏下

王元長詩四首

花蒂今何在亦是林下生何當垂兩髻團扇雲間明

擬古

自君之出矣金鑪香不燃思君如明燭中宵空自煎

代徐幹

秋夜長復長夜長樂未央舞袖拂明燭歌聲繞鳳梁

秋夜

氷容慙遠鑑水質謝明煇是照相思夕早望行人歸

詠火離合賦物爲詠

謝朓詩四首

夕殿下珠簾流螢飛復息長夜縫羅衣思君此何極

玉階怨

渠盌送佳人玉梠要上客車馬一東西別後思今夕

金谷聚

綠草蔓如絲雜樹紅英發無論君不歸君歸芳已歇

王孫遊

佳期期未歸望望下鳴機徘徊東陌上月出行人稀

同王主簿有所思

虞炎有所思一首

紫藤拂花樹黃鳥間青枝思君一歎息苦淚應言垂

沈約詩三首

分首桃林岸送別峴山頭若欲寄音息漢水向東流

襄陽白銅鞮

殘朱猶曖曖餘粉上霏霏昨宵何處宿今晨拂露歸

早行逢故人車中爲贈

影逐斜月來香隨遠風入言是定知非欲笑翻成泣

爲鄰人有懷不至

施榮泰詠王昭君一首

垂羅下椒閣舉袖拂胡塵唧唧撫心歎蛾眉誤殺人

高爽詠酌酒人一首

長筵廣未同上客嬌難遍還揺了不顧回身正顏色

吳興妖神贈謝府君覽一首

玉釵空中墮金鈿色行歇獨泣謝春風孤夜傷明月

江洪詩七首

風生緑葉聚波動紫莖開含花復含實正待佳人來

采菱二首

白日和清風輕雲雜高樹忽然當此時采菱復相遇

潺湲復皎潔輕鮮自可悅横使有情禽照影遂孤絶

緑水曲二首

塵容不忍飾臨池思客歸誰能取緑水無趣浣羅衣

孀居憎四時況在秋閨内凄葉流晩暉虚庭吐寒菜

秋風二首

北牖風催樹南籬寒蛬吟庭中無限月思婦夜鳴砧已上六首和巴陵王四詠

上車畏不妍顧眄更斜轉太恨畫眉長猶言顏色淺

詠美人治妝

範靜婦詩三首

早信丹青巧重貨洛陽師千金買蟬鬢百萬冩蛾眉　王昭君歎二首

今朝猶漢地明旦入胡關高堂歌吹遠遊子㝱中還一本云情寄南雲反思逐北風還

輕鬢學浮雲雙蛾擬初月水澈正落釵萍開理垂髮　映水曲

何遜詩五首

苑門闢千扇苑戶開萬扉樓殿間珠履竹樹隔羅衣　南苑

閨閤行人斷房櫳月影斜誰能北窻下獨對後園花　閨怨

鸎子戲還檐花飛落枕前寸心君不見拭淚坐調弦　爲人妾思

可聞不可見能重復能輕鏡前飄落粉琴上響餘聲　詠春風

竹葉響南窻月光照東壁誰知夜獨覺枕前雙淚滴　秋閨怨

吳均雜絕句四首

晝蟬已傷念夜露復霑衣昔別昔何道今今螢火飛

錦帶連枝滴繡領合歡斜㝱中難言見終成亂眼花

蜘蛛檐下挂絡緯井邊啼何當得見子照鏡窻東西

泣聽離夕歌悲銜別時酒自從今日去當復相思否

王僧孺詩二首

雪罷枝即青冰開水便綠復聞黃鳥思令作相思曲　春思
日晚應歸去上客強盤桓稍知玉釵重漸覺羅襦寒　爲徐僕射妓作
徐悱婦詩三首
長廊欣目送廣殿悅逢迎何當曲房裏幽隱無人聲　光宅寺
夕泣以非疎夢啼眞太數惟當夜枕知過此無人覺　題甘蕉葉示人
摘同心支子贈謝孃因附此詩
兩葉雖爲贈交情永未因同心何處恨支子最關人
姚翻詩三首
臨妝欲含涕羞畏家人知還持粉中絮擁淚不聽垂　代陳慶之美人爲詠
覺罷方知恨人心定不同誰能對角枕長夜一邊空　夢見故人
黃昏信使斷銜怨心淒淒回鐙向下榻轉面闇中啼　有期不至
王環代西豐侯美人一首
於今辭宴語方念泣離違無因從朔鴈一向黃河飛
梁武帝詩廿七首
秋月出中天遠近無偏異共照一光輝各懷離別思　邊戍詩

堂中綺羅人席上歌舞兒待我光泛灔爲君照參差　詠燭

昔聞蘭蕙月獨是桃李年春心儻未寫爲君照情筵　詠筆

柯亭有奇竹含情復抑揚妙聲發玉指龍音響鳳皇　詠笛

腕弱復低舉身輕由回縱可謂寫自歡方與心期共　詠舞

傾城非人美千載難重逢雖懷軒中意媿無鬟髮容　連句詩

階上歌入懷庭中花照眼春心一如此情來不可限　春歌三首

蘭葉始滿地梅花已落枝持此可憐意摘以寄心知

朱日光素冰黃花映白雪折梅待佳人共道陽春月

江南蓮花開紅光覆碧水色同心復同藕異心無異　夏歌四首

閨中花如繡簾上露如珠欲知有所思停織復踟蹰

玉盤著朱李金杯盛白酒雖欲持自新復恐不甘口

含桃落花日黃鳥營飛時君住馬已疲妾去蠶欲飢

繡帶合歡結錦衣連理文情懷入夜月含笑出朝雲　秋歌四首

七彩紫金柱九華白玉梁但歌雲不去含吐有餘香

吹蒲未可停弦斷當更續俱作雙絲引共奏同心曲

當信抱梁期莫聽回風音鏡上兩入髻分明無兩心

子夜歌二首

侍憂如欲進含羞未肯前口朱發豔歌玉指弄嬌弦
朝日照綺錢光風動紈羅巧笑蒨兩犀美目揚雙蛾

上聲歌一首

花色過桃杏名稱重金瓊名歌非下里含笑作上聲

歡聞歌二首

豔豔金樓女心如玉池蓮持底報郎恩俱期遊梵天
南有相思木含情復同心遊女不可求誰能息空陰

團扇歌一首

手中白團扇淨如秋團月清風任動生嬌香承意發

碧玉歌一首

杏梁日始照蕙席歡未極碧玉奉金桮淥酒助花色

襄陽白銅鞮歌三首

陌頭征人去閨中女下機含情不能言送別霑羅衣
草樹非一香花葉百種色寄語古情人知我心相憶
龍馬紫金鞍翠毦白玉羈照耀雙闕下知是襄陽兒

皇太子雜題二十一首　簡文

寒閨

被空眠數覺寒重夜風吹羅幃非海水那得度前知

行雨

本自巫山來無人覩容色惟有楚王臣曾言夢相識

梁塵

依帷濛重翠帶日聚輕紅定爲歌聲起非關團扇風

兎絲生雲夜蛾形出漢時欲傳千里意不照十年悲
華月 已上雜詠四首

北斗闌干去夜夜心獨傷月輝橫射枕鐙光半隱牀
夜夜曲

蹔別兩成疑開簾生舊憶都如未有情更似新相識
從頓還城南

客行秪念路相將度江口誰知隄上人拭淚空搖手
春江曲

新禽應節歸俱向吹樓飛入簾驚鈿響來窻礙舞衣
新鶯

彈箏北窻下夜響清音愁張高弦易斷心傷曲不遒
彈箏

錦幔扶船列蘭橈拂浪浮去燭猶文水餘香尚滿舟
夜遣內人還後舟

項分如雨髮簪長驗上頭捉梧如欲轉疑殘已復留
詠武陵王左右伍暠傳梧

可歎不可思可思不可見餘弦斷琵柱殘朱染歌扇
寂寂暮檐響黯黯垂簾色惟有鈿飊落如見蜘蛛織
入林看碚礧春至定無賒何時一可見更得似梅花
有所傷三首

遊戲長楊苑攜手雲臺間歡樂未窮已白日下西山
遊人

腎肢本獨絕眉眼特驚人判自無相比還來有洛神
絕句賜麗人

散誕垂紅帔斜柯插玉簪可憐無有比恐許直千金
遙望

別來顦顇久他人怪容色只有匣中鏡還持自相識
愁閨照鏡

可憐片雲生蹔重復還輕欲使荆王夢應過白帝城　浮雲
綠葉朝朝黃紅顔日日異譬喻持相比那堪不愁思　寒閨
婉娩新上頭煎裠出樂遊帶前結香草鬟邊插石榴　和人渡水
蕭子顯二首
金羈遊俠子綺機離思妾春度人不歸望花盡成葉　春閨思
二月春心動遊望桃花初回身隱日扇却步斂風裾　詠苑中遊人
劉孝綽詩二首
菱莖時繞釧櫂水或沾妝不辭紅袖濕惟憐綠葉香　遥見美人采荷
采菱非采菉日暮且盈舠踟躕未敢進畏欲比殘桃　詠小兒采菱
庾肩吾詩四首
歌聲臨畫閣舞袖出芳林石城定若遠前谿應幾深　詠舞曲應令
故年齊總角今春半上頭那知夫壻好能降使君留　詠主人少姬應教
委翠似知節含芳如有情全由履跡少併欲上階生　詠長信宮中草
蘭堂上客至綺席清弦撫自作明君辭還教綠珠舞　石崇金谷妓
王臺卿同蕭治中十詠二首

空度高樓月非復五三年何須照牀裏終是一人眠　蕩婦高樓月

歛容送君別一歛無開時只應待相見還將笑解眉　南浦別佳人

劉孝儀詩二首

金鈿已照曜白日未蹉跎欲待黃昏後含嬌度淺河　詠織女

蓮名堪百萬石性重千金不解無情物那得似人心　詠石蓮

劉孝威和定襄侯八絕初笄一首

合鬟仍昔髮略鬢即前絲從今一梳罷無復更縈時

江伯搖和定襄侯八絕楚越衫一首

裁縫在篋笥薰鬢帶餘香開看不忍著一見落千行

劉泓詠繁華一首

可憐宜出衆的的最分明秀媚開雙眼風流著語聲

何曼才爲徐陵傷妾詩一首

遲遲衫掩淚憫憫恨縈胷無復專房日猶望下山逢

蕭驎詠袙複一首

的的金弦淨離離寶撮分纖腰非學楚寬帶爲思君

紀少瑜詠殘鐙一首

殘鐙猶未滅。將盡更揚煇。惟餘一兩焰。纔得解羅衣。

王叔英婦暮寒一首

梅花自爛熳。百舌早迎春。逾寒衣逾薄。未肯懷腰身。

戴暠詠欲眠詩一首

拂枕熏紅帊。回鐙復解衣。傍邊知夜久。不喚定應歸。

劉孝威二首

朔日大風霜寄事是文傷葉落枝柯淨常自起碁張　古體雜意

可憐將可念可念直千金惟言有一恨恨不逐人心　詠佳麗

玉臺新詠卷第十終

後敘

右玉臺新詠集十卷幼時至外家李氏於廢書中得之舊京本也宋失一葉間復多錯謬版亦時有刓者欲求他本是正多不獲嘉定乙亥在會稽始從人借得豫章刻本財五卷蓋至刻者中徙故弗畢也又聞有得石氏所藏録本者復求觀之以補亡校脱於是其書復全可繕寫夫詩者情之發也征戍之勞苦室家之怨思動於中而形於言先王不能禁也豈惟不能禁且逆探其情而著之東山杕杜之詩是矣若其他變風化雅謂豈無𧶽沐誰適爲容終朝采緑不盈一掬之類以此集揆之語意未大異也顧其發乎情則同而止乎禮義者蓋鮮矣然其間僅合者亦一二焉其措詞託興高古要非後世樂府所能及自唐花間集已不足道而况近代狹邪之説號爲以筆墨動淫者乎又自漢魏以來作者皆在焉多蕭統文選所不載覽者可以覩歷世文章盛衰之變云是歲十月旦日書其後永嘉陳玉父

昔昭明之撰文選其所具録采文而閒一緣情孝穆之撰玉臺其所應令詠新而專精取麗舍此而求先乎此者惟尼父之删述耳將安取宗焉今案劉肅大唐新語云梁簡文爲太子時好作豔詩境内化之浸以成俗晚欲改作追之不及乃令徐陵撰玉臺新詠以大其體凡爲十卷得詩七百六十九篇世所通行妄增又幾二百惟庚子山七夕一詩本集俱闕獨存此宋刻耳虞山馮巳蒼未見舊本時常病此書原始梁朝何緣子山厠入北之詩孝穆濫擘箋之詠此本則簡文尚稱皇太子元帝亦稱湘東王可以明證惟武帝之署梁朝孝穆之列陳銜并獨不稱名此一經其子姓書一爲後人更定無疑也得此始盡釋羣疑耳至若徐幹室思一首分六章今誤作雜詩五首以末章爲室思一首之類顛延之秋胡詩一首作九首亦沿其誤魏文帝甄皇后樂府塘上行令作武帝已誤直作甄后大謬傳玄和班氏詩誤秋胡詩沈約八詠舊本二首在八卷中其六首附于卷末自是孝穆收録其合作者止此故望秋月臨春風删去登臺會圃四字昔之分刻尚存史闕文遺意今合刻遂全失撰者初心此皆顯失敢不詳言至于字句小異兹固未可悉呈矣苟不精考雷同相從轉展傳會與昔人本旨何與故今又合同志中詳加對証雖隨珠多纇虹玉仍瑕然東宫之令旨

還傳學士之崇尊斯存竊恐宋人好僞葉公懼真敢協同人傳諸解士矯釋莫資逸駕終馳馬耳崇禎六年歲次癸酉四月既望吳郡寒山趙均書于小宛堂

玉臺新詠宋刻本出自寒山趙氏本孝穆在梁時所撰卷中簡文尚稱皇太子元帝稱湘東王可以考見今流俗本為俗子矯亂又妄增詩幾二百首賴此本少存孝穆舊觀良可寶也凡古書一經庸人手紕繆百出便應付蠟車覆瓿不獨此集也

錢牧翁跋

玉臺新詠

馮班鈔陳玉父本

馮鈍吟先生手鈔

阮氏瑯嬛仙館藏書

玉臺新詠

第一册

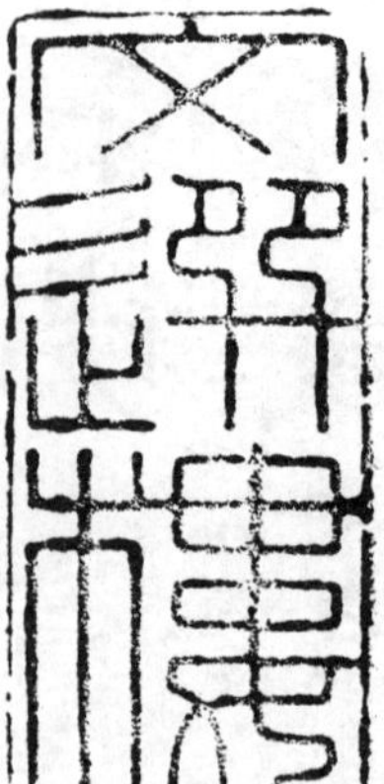

冊中上鄦馮氏私印、上鄦二字小印、班字印、二癡印，皆鈍吟先生所鈐記也。象形龍内有士字者，蓋同校之何士龍也。文選樓墨記及瑯嬛仙館藏書朱記，則皆阮氏印也。錢塘蔣杰借讀印，杰從阮氏得觀也。乙未五月，翁同書識

翁同書

祖庚

玉臺新詠集卷第一并序

陳尚書左僕射太子少傅東海徐陵字孝穆撰

夫凌雲槩日由余之所未窺千門萬戶張衡之所曾賦周王璧臺之上漢帝金屋之中玉樹以珊瑚作枝珠簾以玳瑁爲匣其中有麗人焉其人五陵豪族充選掖庭四姓良家馳名永巷亦有潁川新市河閒觀津本號嬌娥曾名巧笑楚王宫裏無不推其細䁾衛國佳人俱言訝其纖手閱詩敦禮豈東隣之自媒婉約風流異西施之被教弟兄協律

生小學歌少長河陽由來能舞琵琶新曲無待石崇箜篌雜引非關曹植傳鼓瑟於楊家得吹簫於秦女至若寵聞長樂陳后知而不平畫出天仙閼氏覽而遥妬至如東隣巧笑來侍寢於更衣西子微嚬得横陳於甲帳陪遊馺娑騁纖腰於結風長樂鴛鴦奏新聲於度曲粧鳴蟬之薄鬢照墮馬之垂鬟反插金鈿横抽珤樹南都石黛最發雙蛾北地燕支偏開兩靨亦有嶺上仙童分丸魏帝腰中寶鳳授曆軒轅金星將婺女爭華麝月與常娥競

奐鸞治袖時飄韓椽之香飛鸞長裾宜結陳王之珮雖非圖畫入甘泉而不分言異神仙戲陽臺而無別眞可謂傾國傾城無對無雙者也加以天時開朗逸思雕華妙解文章尤工詩賦琉璃硯匣終日隨身翡翠筆牀無時離手清文滿篋非唯芍藥之花新製連篇寧止蒲萄之樹九日登高時有緣情之作萬年公主非無累德之辭其佳麗也如彼其才情也如此既而椒宫宛轉柘觀陰岑絳鶴晨嚴銅蠡晝靜三星未夕不事懷衾五日猶賒誰

能理曲優遊燮詑寂寞多閑厭長樂之疎鍾勞中
宮之緩箭纖腰無力怯南陽之擣衣生長深宮笑
扶風之織錦雖復投壺玉女爲觀盡於百嬌爭博
齊姬心賞窮於六著無怡神於暇景唯屬意於新
詩庶得代彼皐蘇蠲茲愁疾但往世名篇當今巧
製分諸麟閣散在鴻都不籍篇章無由披覽於是
然脂暝寫弄筆晨書選錄艷歌凡爲十卷曾無忝
於雅頌亦靡濫於風人涇渭之閒若斯而已於是
麗以金箱裝之琁軸三臺妙迹龍伸蠖屈之書五

色花牋河北膠東之紙高樓紅粉仍定魚魯之文辟惡生香聊防羽陵之蠹靈飛太甲高檀玉函鴻列仙方長推丹枕至如青牛帳裏餘曲既終朱鳥窻前新糚已竟方當開茲縹帙散此縚繩永對翫於書幃長循環於纖手豈如鄧學春秋儒者之功難習竇專黄老金丹之術不成因勝西蜀豪家託情窮於魯殿東儲甲觀流詠止於洞簫孌彼諸姬聊同棄日猗歟彤管無或譏焉

震澤葉氏家藏書籍

玉臺新詠卷第一

古詩無人名爲焦仲卿妻作并序

古詩八首

上山採蘼蕪，下山逢故夫。長跪問故夫，新人復何如。新人雖言好，未若故人姝。顏色類相似，手爪不相如。新人從門入，故人從閤去。新人工織縑，故人工織素。織縑日一匹，織素五丈餘。將縑來比素，新人不如故。

凜凜歲云暮，螻蛄多鳴悲。涼風率已厲，遊子寒無衣。錦衾遺洛浦，同袍與我違。獨宿累長夜，夢想見

容輝良人唯古歡枉駕惠前綏願得長巧笑攜手
同車歸既來不須臾又不處重闈諒無晨風翼焉
得陵風飛眄睞以適意引領遥相睎徙倚懷感傷
垂涕沾雙扉

冉冉孤生竹結根泰山阿與君爲新婚菟絲附女
蘿菟絲生有時夫婦會有宜千里遠結婚悠悠隔
山陂思君令人老軒車來何遲傷彼蕙蘭花含英
揚光輝過時而不採將隨秋草萎君亮執高節賤
妾亦何爲

孟冬寒氣至北風何慘慄愁多知夜長仰觀衆星
列三五明月滿四五蟾兔缺客從遠方來遺我一
書札上言長相思下言久離别置書懷袖中三歲
字不滅一心抱區〻懼君不識察
客從遠方来遺我一端綺相去萬餘里故人心尚
尒文彩雙鴛鴦裁為合歡被著以長相思縁以結
不解以膠投漆中誰能别離此
四坐且莫諠願聽歌一言請説銅鑪器崔嵬象南
山上枝以松栢下根據銅盤彫文各異類離婁自

相聯誰能爲此器公輸與魯班朱火然其中青煙颺其間從風入君懷四坐莫不歎香風難久居空令蕙草殘悲與親友别氣結不能言贈子以自愛道遠會見難人生無幾時顛沛在其間念子棄我去新心有所歡結志青雲上何時復來還

穆穆清風至吹我羅裳裾青袍似春草長條隨風舒朝登津梁山褰裳望所思得抱柱信皎日以爲期

古樂府詩六首

日出東南隅行

日出東南隅照我秦氏樓秦氏有好女自言名羅敷羅敷善蠶桑採桑城南隅青絲爲籠繩桂枝爲籠鉤頭上倭墮髻耳中明月珠緑綺爲下裙紫綺爲上襦觀者見羅敷下擔捋髭鬚少年見羅敷脱巾著帩頭耕者忘其耕鋤者忘其鋤來歸相喜怒但坐觀羅敷使君從南来五馬立踟躕使君遣吏往問此誰家姝秦氏有好女自名爲羅敷羅敷年幾何二十尚未滿十五頗有餘使君謝羅敷寧可

共載不羅敷前置辭使君一何愚使君自有婦羅敷自有夫東方千餘騎夫壻居上頭何以識夫壻白馬從驪駒素絲繫馬尾黄金駱馬頭腰間鹿盧劍可直千萬餘十五府小吏二十朝大夫三十侍中郎四十專城居爲人潔白皙鬑〻頗有鬚盈〻公府步冉〻府中趨坐中數千人皆言夫壻殊

相逢狹路間

相逢狹路間道隘不容車如何兩少年挾轂問君家君家誠易知易知復難忘黄金爲君門白玉爲

君堂堂上置樽酒使作邯鄲倡中庭生桂樹華燈
何煌〻兄弟兩三人中子爲侍郎五日一來歸道
上自生光黃金駱馬頭觀者滿路傍入門時左顧
但見雙鴛鴦鴛鴦七十二羅列自成行音聲何噰
噰鶴鳴東西廂大婦織羅綺中婦織流黃小婦無
所作挾瑟上高堂丈人且安坐調絲未遽央

隴西行

天上何所有歷〻種白榆桂樹夾道生青龍對道
隅鳳凰鳴啾啾一母將九雛顧視世間人爲樂甚

獨殊好婦出迎客顔色正敷愉伸腰再拜跪問客
平安不請客北堂上坐客氈氍毹清白各異樽酒
上正華踈的酒持與客客言主人持却略再拜跪
然後持一杯談笑未及竟左顧勑中廚促令辦麁
飯慎莫使稽留廢禮送客出盈〻府中趨送客亦
不遠足不過門樞取婦得如此齊姜亦不如健婦
持門户勝一大丈夫

豔歌行

翩〻堂前鷰冬藏夏來見兄弟兩三人流蕩在他

縣故衣誰當補新衣誰當綻賴得賢主人覽取爲吾綻夫聟從門來斜柯西北眄語卿且勿眄水清石自見石見何纍纍遠行不如歸

皚如山上雪

皚如山上雪皎若雲間月聞君有兩意故來相決絕今日斗酒會明旦溝水頭躞蹀御溝上溝水東西流淒淒復淒淒嫁娶不須啼願得一心人白頭不相離竹竿何嫋嫋魚尾何簁簁男兒重意氣何用錢刀爲

雙白鵠

飛來雙白鵠，乃從西北來。十十將五五，羅列行不齊。忽然卒疲病，不能飛相隨。五里一反顧，六里一徘徊。吾欲銜汝去，口噤不能開。吾欲負汝去，羽毛日摧頹。樂哉新相知，憂來生別離。躑躅顧群侶，淚落縱橫垂。今日樂相樂，延年萬歲期。偭

枚乘雜詩九首

西北有高樓，上與浮雲齊。交疏結綺窻，阿閣三重階。上有絃歌聲，音響一何悲。誰能爲此曲，無乃杞

梁妻、清商隨風發、中曲正徘徊、一彈再三歎、慷慨有餘哀、不惜歌者苦、但傷知音稀、願爲雙鴻鵠、奮翅起高飛

東城高且長、逶迤自相屬、迴風動地起、秋草萋已緑、四時更變化、歲暮一何速、晨風懷苦心、蟋蟀傷局促、蕩滌放情志、何爲自結束、燕趙多佳人、美者顔如玉、被服羅裳衣、當戶理清曲、音響一何悲、絃急知柱促、馳情整中帶、沈吟聊躑躅、思爲雙飛鷰、銜泥巢君屋

行行重行行與君生别離相去萬餘里各在天一
涯道路阻且長會面安可知胡馬嘶北風越鳥巢
南枝相去日已遠衣帶日已緩浮雲蔽白日遊子
不顧返思君令人老歲月忽已晚棄捐勿復道努
力加飡飯涉江採芙蓉蘭澤多芳草採之欲遺誰
所思在遠道還顧望舊鄉長路漫浩浩同心而離
居憂傷以終老
青青河畔草鬱鬱園中柳盈盈樓上女皎皎當窻
牖娥娥紅粉粧纖纖出素手昔爲倡家女今爲蕩

子婦蕩子行不歸空床難獨守
蘭若生春陽涉冬猶盛滋願言追昔愛情款感四
時美人在雲端天路隔無期夜光照玄陰長歎戀
所思誰謂我無憂積念發狂癡
庭前有奇樹綠葉發華滋攀條折其榮將以遺所
思馨香盈懷袖路遠莫致之此物何足貴但感別
經時
沼沼牽牛星皎皎河漢女纖纖擢素手札札弄機
杼終日不成章泣涕零如雨河漢清且淺相去復

幾許盈盈二水間脉脉不得語

明月何皎皎照我羅床帷憂愁不能寐攬衣起俳佪客行雖云樂不如早旋歸出戶獨彷徨愁思當告誰引領還入房淚下沾裳衣

李延年歌詩一首并序

李延年知音善歌舞每爲漢武帝作新歌變曲聞者莫不感動延年侍坐上起舞歌曰北方有佳人絶出而獨立一顧傾人城再顧傾人國傾城復傾國佳人難再得

蘇武詩一首

結髮爲夫婦恩愛兩不疑懽娛在今夕嬿婉及良時征夫懷遠路起視夜何其參辰皆已没去去從夫遊征役在戰場相見未有期握手一長歎淚爲別生滋努力愛春華莫忘歡樂時生當復來歸死當長相思

辛延年詩一首羽林郎

昔有霍家姝姓馮名子都依倚將軍勢調笑酒家胡胡姬年十五春日獨當壚長裾連理帶廣袖合

歡襦頭上藍田玉耳後大秦珠兩鬟何窕窕一世良所無一鬟五百萬兩鬟千萬餘不意金吾子娉婷過我廬銀鞍何昱爚翠蓋空踟躕就我求清酒絲繩提玉壺就我求珍肴金盤膾鯉魚貽我清銅鏡結我紅羅裾不惜紅羅裂何論輕賤軀男兒愛後婦女子重前夫人生有新故貴賤不相踰多謝金吾子私愛徒區區

班婕妤怨詩一首并序

昔漢成帝班婕妤失寵供養於長信宮乃作賦自

傷并爲怨詩一首
新裂齊紈素鮮潔如霜雪裁爲合歡扇團團似明
月出入君懷袖動搖微風發常怨秋節至涼風奪
炎熱棄捐篋笥中恩情中道絶
宋子侯董嬌饒詩一首
洛陽城東路桃李生路傍花花自相對葉葉自相
當春風東北起花葉正低昂不知誰家子提籠行
採桑纖手折其枝花落何飄颺請謝彼姝子何爲
見損傷高秋八九月白露變爲霜終年會飄墮安

得久馨香秋時自零落春月復芬芳何時盛年去
懽愛永相忘吾欲竟此曲此曲愁人腸歸來酌美
酒挾瑟上高堂

漢時童謡歌一首

城中好高髻四方高一尺城中好大眉四方眉半
額城中好廣袖四方用匹帛

張衡同聲歌一首

邂逅承際會遇得充後房情好新交接恐慄若探
湯不才勉自竭賤妾織所雷綢繆主中饋奉禮助

烝嘗思爲苑蒻席在下蔽匡床頗爲羅衾幬在上
衛風霜洒掃清枕席鞮芬以狄香重戶結金扃高
下華燈光衣解巾粉御列圖陳枕張素女爲我師
儀態盈萬方衆夫所希見天老教軒皇樂莫斯夜
樂没齒焉可忘

秦嘉贈婦詩三首并序

秦嘉字士會隴西人也爲郡上椽其妻徐淑寢疾
還家不獲面别贈詩云尒人生譬朝露居世多屯
蹇憂艱常早至歡會常苦晚念當奉時役去尒日

遥遠遣車迎子還空往復空返省書情悽愴臨食
不能飰獨坐空房中誰與相勸勉長夜不能眠伏
枕獨展轉憂來如尋環匪席不可卷
皇靈無私親爲善荷天禄傷我與尔身少小罹煢
獨既得結大義歡樂若不足念當遠離别思念叙
款曲河廣無舟梁道近隔丘陸臨路懷惆悵中駕
正躑躅浮雲起高山悲風激深谷良馬不廻鞍輕
車不轉轂針藥可屢進愁思難爲數貞士篤終始
思義不可屬

肅肅僕夫征鏘鏘揚和鈴清晨當引邁束帶待雞
鳴顧看空室中髣髴想姿形一別懷萬恨起坐爲
不寧何用叙我心遺思致款誠寶釵可耀首明鏡
可鑒形芳香去垢穢素琴有清聲詩人感木爪乃
欲荅瑶瓊愧彼我贈厚慙此往物輕雖知未足報
貴用叙我情

秦嘉妻徐淑荅詩一首

妾身兮不令嬰疾兮來歸沈滯兮家門歷時兮不
差曠廢兮侍覲情敬兮有違君今兮奉命遠適兮

京師悠悠兮離别無因兮敘懷瞻望兮踴躍佇立兮徘徊思君兮感結夢想兮容暉君發兮引邁去我兮日乖恨無兮羽翼高飛兮相追長吟兮永歎淚下兮沾衣

蔡邕飲馬長城窟行一首

青青河邊草綿綿思遠道遠道不可思宿昔夢見之夢見在我傍忽覺在他鄉他鄉各異縣展轉不相見枯桑知天風海水知天寒入門各自媚誰肯相爲言客從遠方來遺我雙鯉魚呼兒烹鯉魚中

有尺素書長跪讀素書書上竟何如上有加飡食
下有長相憶
陳琳飲馬長城窟行一首
飲馬長城窟氷寒傷馬骨往謂長城吏愼莫稽留
太原卒官作自有程舉築諧汝聲男兒寧當格鬭
死何能怫鬱築長城長城何連連連連三千里邊
城多健少内舍多寡婦作書與内舍便嫁莫留住
善事新姑章時時念我故夫子報書往邊地君今
出語一何鄙身在禍難中何爲稽留他家子生男

愼莫舉生女哺用脯君獨不見長城下死人骸骨
相撑拄結髮行事君慊〻心意關邊地苦賤妾何
能久自全

徐幹詩五首室思一首

沈陰結愁憂愁憂爲誰興念與君生别各在天一
方良會未有期中心摧且傷不聊憂飡食慊〻常
飢空端坐而無爲髣髴君容光
峩峩高山首悠悠萬里道君去已日遠鬱結令人
老人生一世間忽若暮春草時不可再得何爲自

愁惱每誦昔鴻恩賤軀焉足保
浮雲何洋洋願因通我辭飄颻不可寄徙倚徒相
思人離皆復會君獨無反期自君之出矣明鏡暗
不治思君如流水何有窮已時
慘慘時節盡蘭華凋復零喟然長歎息君期慰我
情展轉不能寐長夜何綿綿躡履起出戶仰觀三
星連自恨志不遂泣涕如涌泉
思君見巾櫛以益我勤勞安得鴻鸞羽覯此心中
人誠心高不遂搔首立悄悄何言一不復見會無

因緣故如比目魚今隔如參辰
人靡不有初想君能終之別來歷年歲舊恩何可
期重新而忘故君子所尤譏寄身雖在遠豈忘君
須史既厚不爲薄想君時見思

情詩一首

高殿鬱崇崇廣厦淒泠泠微風起閨闥落日照階
庭踟躕雲屋下嘯歌倚華楹君行殊不返我飾爲
誰榮鑪薰闔不用鏡匣上塵生綺羅失常色金翠
暗無精嘉肴既忘御旨酒亦常停顧瞻空寂寂唯

聞燕雀聲憂思連相囑中心如宿醒

繁欽定情詩一首

我出東門遊邂逅承清塵思君即幽房侍寢執衣巾時無桑中契迫此路側人我即媚君姿君亦悅我顏何以致拳拳綰臂雙金環何以致殷勤約指一雙銀何以致區區耳中雙明珠何以致叩叩香囊繫肘後何以致契闊繞腕雙跳脫何以結恩情珮玉綴羅纓何以結中心素縷連雙針何以結相於金薄畫搔頭何以慰別離耳後玳瑁釵何以荅

歡忻紈素三條裙何以結愁悲白綃雙中衣與我
期何所乃期東山隅日旰兮不至谷風吹我襦遠
望無所見涕泣起踟躕與我期何所乃期山南陽
日中兮不來飄風吹我裳逍遥莫誰覩望君愁我
腸與我期何所乃期西山側日夕兮不來躑躅長
歎息遠望涼風至俯仰正衣服與我何所乃期山
北岑日暮兮不來淒風吹我衿望君不能坐悲苦
愁我心愛身以何爲惜我華色時中情既款〻然
後剋密期褰衣躡茷草謂君不我欺廁此醜陋質

從倚無所之自傷失所欲淚下如連絲

古詩無名人爲焦仲卿妻作并序

漢末建安中廬江府小吏焦仲卿妻劉氏爲仲卿母所遣自誓不嫁其家逼之乃没水而死仲卿聞之亦自縊於庭樹時傷之爲詩云尔

孔雀東南飛五里一徘徊十三能織素十四學裁衣十五彈箜篌十六誦詩書十七爲君婦心中常苦悲君既爲府吏守節情不移鷄鳴入機織夜夜不得息三日斷五疋大人故嫌遲非爲織作遲君

家婦難爲妾不堪驅使徒留無所施便可白公姥
及時相遣歸府吏得聞之堂上啓阿母兒已薄祿
相幸復得此婦結髮同枕席黄泉共爲友共事二
三年始尒未爲久女行無偏斜何意致不厚阿母
爲府吏何乃太區區此婦無禮節舉動自專由吾
意久懷忿汝豈得自由東家有賢女自名秦羅敷
可憐體無比阿母爲汝求便可速遣之遣之慎莫
留府吏長跪答伏惟啓阿母今若遣此婦終老不
復取阿母得聞之槌牀便大怒小子無所畏何敢

助婦語吾已失恩義會不相從許府吏默無聲再
拜還入戶舉言爲新婦哽咽不能語我自不驅卿
逼迫有阿母卿但暫還家吾今且報府不久當歸
還〻必相迎取以此下心意慎勿違吾語新婦爲
府吏勿復重紛紜往昔初陽歲謝家來貴門奉事
循公姥進止敢自專晝夜勤作息伶俜縈苦辛謂
言無罪過供養卒大恩仍更被驅遣何言復來還
妾有繡腰襦葳蕤自生光紅羅複斗帳四角垂香
囊箱簾六七十綠碧青絲繩物〻各自異種〻在

其中人賤物亦鄙不足迎後人留待作遣施於今
無會因時時爲安慰久久莫相忘鷄鳴外欲曙新
婦起嚴粧着我繡裌裙事〻四五通足下躡絲履
頭上玳瑁光腰若流紈素耳着明月璫指如削葱
根口如含朱丹纖〻作細步精妙世無雙不
止昔作女兒時生小出野里本自無教訓兼愧貴
家子受母錢帛多不堪母驅使今日還家去念母
勞家裏却與小姑別淚落連珠子新婦初來時小
姑如我長勤心養公姥好自相扶將初七及下九

喜戲莫相忘出門登車去涕落百餘行府吏馬在
前新婦車在後隱〻何匐〻俱會大道口下馬入
車中低頭共耳語誓不相隔卿且暫還家去吾今
且赴府不久當還歸誓天不相負新婦謂府吏感
君區〻懷君既若見錄不久望君來君當作盤石
妾當作蒲葦蒲葦紉如絲盤石無轉移我有親父
兄性行暴如雷恐不任我意逆以煎我懷舉手長
勞〻二情同依〻入門上家堂進退無顔儀阿母
大拊掌不圖子自歸十三教汝織十四能裁衣十

五彈箜篌十六知禮儀十七遣汝嫁謂言無誓違
汝今無罪過不迎而自歸蘭芝慚阿母兒實無罪
過阿母大悲摧還家十餘日縣令遣媒來云有第
三郎窈窕世無雙年始十八九便言多令才阿母
爲阿女汝可去應之阿女銜淚答蘭芝初還時府
吏見丁寧結誓不别離今日違情義恐此事非奇
自可斷來信徐徐更謂之阿母白媒人貧賤有此
女始適還家門不堪吏人婦豈合令郎君幸可廣
問訊不得便相許媒人去數日尋遣承請還説有

蘭家女承籍有宦官云有第五郎嬌逸未有婚遣承為媒人主簿通語言直說太守家有此令郎君既欲結大義故遣來貴門阿母謝媒人女子先有誓老姥豈敢言阿兄得聞之悵然心中煩舉言爲阿妹作計何不量先嫁得府吏後嫁得郎君否泰如天地足以榮汝身不嫁義郎體其往欲何云蘭芝仰頭荅理實如兄言謝家事夫壻中道還兄門處分適兄意那得自任專雖與府吏要渠會永無緣登即相許和便可作婚姻媒人下牀去諾諾復

尔尔還部白府君下官奉使命言談大有緣府君
得聞之心中大歡喜視曆復開書便利此月内六
合正相應良吉三十日今已二十七卿可去成婚
交女速裝束駱驛如浮雲青雀白鵠舫四角龍子
幡婀娜隨風轉金車玉作輪躑躅青驄馬流蘇金
鏤鞍賫錢三百萬皆用青絲穿雜綵三百疋交廣
市鮭珍從人四五百鬱鬱登郡門阿母爲阿女適
得府君書明日來迎汝何不作衣裳莫令事不舉
阿女默無聲手巾掩口啼淚落便如瀉移我瑠璃

壻出置前窻下左手持刀尺右手執綾羅朝成繡
裌裙晚成單羅衫晻晻日欲暝愁思出門啼府吏
聞此變因求假暫歸未至二三里摧藏馬悲哀新
婦識馬聲躡履相逢迎悵然遥相望知是故人來
舉手拍馬鞍嗟嘆使心傷自君別我後人事不可
量果不如先願又非君所詳我有親父母逼迫兼
弟兄以我應他人君還何所望府吏　賀卿
德高遷盤石方可厚可以卒千年蒲葦一時紉便
作旦夕間卿當日勝貴吾獨向黃泉新婦謂府吏

何意出此言同是被逼迫君尒妾亦然黄泉不相
見勿違今日言執手分道去各各還家門生人作
死別恨恨那可論念與世間辭千萬不復全府吏
還家去上堂拜阿母今日大風寒〻風摧樹木嚴
霜結庭蘭兒今日冥〻令母在後單故作不良計
勿復怨鬼神命如南山石四體康且直阿母得聞
之零淚應聲落汝是大家子仕宦於臺閣慎勿爲
婦死貴賤情何薄東家有賢女窈窕艷城郭阿母
爲汝求便復在旦夕府吏再拜還長嘆空房中作

計乃亦立轉頭向戶裏漸見愁煎迫其日牛馬嘶新婦入清廬菴菴黃昏後寂寂人定初我命絕今日魂去尸長留攬裙脫絲履舉身赴清池府吏聞此事心知長別離徘徊庭樹下自掛東南枝兩家求合葬合葬華山傍東西植松柏左右種梧桐枝枝相覆蓋葉葉相交通中有雙飛鳥自名爲鴛鴦仰頭相向鳴夜夜達五更行人駐足聽寡婦赴傍徨多謝後世人戒之愼勿忘

玉臺新詠卷第一

壬申仲春何士龍勘於胥門客舍一過畢

玉臺新詠卷第二

内顧詩二首潘岳　悼亡詩二首潘岳
王招君辭一首并序石崇　嬌女詩一首左思
於清河見輓船士新婚與妻别一首
與君結新婚宿昔當别離凉風動秋草蟋蟀鳴相
隨冽冽寒蟬吟蟬吟抱枯枝枯枝時飛揚身體忽
遷移不悲身遷移但惜歲月馳歲月無窮極會合
安可知願爲雙黄鵠比翼戲清池
又清河作一首
方舟戲長水湛淡自浮沈絃歌發中流悲響有餘

音音聲入君懷悽愴傷人心心傷安所念但願思
情深願爲晨風鳥雙飛翔北林

甄皇后樂府塘上行一首

蒲生我池中其葉何離離傍能行仁義莫若妾自
知衆口鑠黄金使君生别離念君去我時獨愁常
苦悲想見君顏色感結傷心脾念君常苦悲夜夜
不能寐莫以豪賢故棄捐素所愛莫以魚肉賤棄
捐葱與薤莫以麻枲賤棄捐菅與蒯出亦復苦愁
入亦復苦愁邊地多悲風樹木何脩脩從軍致獨

樂延年壽千秋

劉勳妻王氏雜詩二首并序

王宋者平虜將軍劉勳妻也入門二十餘年後勳悅山陽司馬氏女以宋無子出之還於道中作詩二首

翩翩床前帳張以蔽光輝昔將爾同去今將爾共歸緘藏篋笥裏當復何時披誰言去婦薄去婦情更重千里不唾井況乃昔所奉遠望未爲遥踟蹰不得往

雜詩五首

明月照高樓流光正徘徊上有愁思婦悲歎有餘哀借問歎者誰言是客子妻君行踰十年孤妾常獨栖君若清路塵妾若濁水泥浮沉各異勢會合何時諧願爲西南風長逝入君懷君懷時不開妾心當何依

西北有織婦綺縞何繽紛明晨秉機杼日昃不成文太息終長夜悲嘯入青雲妾身守空房良人行從軍自期三年歸今已歷九春孤鳥繞樹翔噭噭

鳴索群顧爲南流景馳光見我君
微陰翳陽景清風飄我衣遊魚潛淥水翔鳥薄天
飛眇眇客行士遥役不得歸始出嚴霜結今來白
露晞遊子歎黍離處者歌式微慷慨對嘉賓悽愴
内傷悲
攬衣出中閨逍遥步兩楹閑房何寂寞緑草被階
庭空室自生風百鳥翔南征春思安可忘憂慼與
我并佳人在遠道妾身獨單煢歡會難再遇蘭芝
不重榮人皆弃舊愛君豈若平生寄松爲女蘿依

水如浮萍束身奉衿帶朝夕不墮傾儻顧終盼眄
永副我中情

又

南國有佳人容華若桃李朝遊江北岸夕宿湘州
沚時俗薄朱顔誰爲發皓齒俛仰歲將暮榮曜難
久恃

美女篇

美女妖且閑採桑岐路間長條紛冉冉落葉何翩
翩攘袖見素手皓腕約金環頭上金爵釵腰佩翠

琅玕明珠交玉體珊瑚閒朱顏羅衣何飄颻輕裾
隨風還顧眄遺光采長嘯氣若蘭行徒用息駕休
者以忘飡借問女安居乃在城南端青樓臨大路
高門結重關容華耀朝日誰不希令顏媒氏何所
營玉帛不時安佳人慕高義求賢良獨難衆人何
嗷嗷安知彼所歡盛年處房室中夜起長歎

種葛篇

種葛南山下葛蔓自成陰與君初婚時結髮恩義
深歡愛在枕席宿昔同衣衾竊慕棠棣篇好樂和

瑟琴行年將晚暮佳人懷異心恩絶曠不接我情
遂抑沈出門當何顧徘徊步北林下有交頸獸仰
見雙栖禽攀枝長歎息淚下沾羅衿良鳥知我悲
延頸對我吟昔爲同池魚今若商與參往古皆歡
遇我獨困於今棄置委天命愁愁安可任

浮萍篇

浮萍寄清水隨風東西流結髮辝嚴親來爲君子
仇恪勤在朝夕無端獲罪尤在昔蒙恩惠和樂如
瑟琴何意今摧頹曠若商與參茱萸自有芳不若

桂與蘭新人雖可愛無若故所歡行雲有反期君
恩儻中還慊慊仰天歎愁々將何想日月不常處
人生忽若遇悲風來入懷淚下如垂露發篋造裳
衣裁縫紈與素

棄婦詩一首

石榴植前庭綠葉搖縹青丹華灼烈烈帷彩有光
榮光好曄流離可以戲淑靈有鳥飛來集樹翼以
悲鳴悲鳴夫何爲丹華實不成拊心長歎息無子
當歸寧有子月經天無子若流星天月相終始流

星没無精栖遲失所宜下與瓦石并憂懷從中來
歎息通鷄鳴反側不能寐逍遥遊（於）前庭踟躕還入
房肅〻帷幕聲褰帷更攝帶撫絃彈素箏慷慨有
餘音要妙悲且清收淚長歎息何以負神靈招摇
待霜露何必春夏成晚穫爲良實願君且安寧

樂府詩二首

昭〻素明月暉光燭我床憂人不能寐耿〻夜何
長微風衝閨闥羅帷自飄颺攬衣曳長帶縱履下
高堂東西安所之徘徊以傍徨春鳥向南飛翩〻

獨翺翔悲聲命儔匹哀鳴傷我腸感物懷所思泣涕忽沾裳

種瓜東井上冉冉自踰垣與君新爲婚瓜葛相結連寄託不肖軀有如倚太山菟絲無根株蔓延自登緣萍藻託清流常恐身不全被蒙丘山惠賤妾執拳拳天日照知之想君亦俱然

阮籍詠懷詩二首

二妃遊江濵逍遥從風翔交甫解環珮婉孌有芬芳猗靡情懽愛千載不相忘傾城迷下蔡容好結

中腸感激生憂思萱草樹蘭房膏沐為誰施其雨
怨朝陽如何金罄交一旦更離傷

昔日繁華子安陵與龍陽夭夭桃李花灼灼有輝
光悅懌若九春聲折似秋霜流眄發媚姿言笑吐
芬芳攜手等權愛宿昔同衾裳願為雙飛鳥比翼
共翱翔丹青著明誓永世不相忘

青青河邊草篇　傅玄樂府七首

青青河邊草悠悠萬里道草生在春時遠道還有
期春至草不生期盡歎無聲感物懷思心夢想發

中情夢君如鴛鴦比翼雲間翔既覺寂無見曠如參與商河洛自用固不如中岳安回流不及反浮雲往自還悲風動思心悠悠誰知者懸景無停居忽如馳駟馬傾耳懷音響轉目淚雙墮生存無會期要君黃泉下

苦相篇　豫章行

苦相身為女卑陋難再陳兒男當門戶墮地自生神雄心志四海萬里望風塵女育無欣愛不為家所珍長大逃深室藏頭羞見人無淚適他鄉忽如

雨絶雲低頭和顔色素齒結朱唇跪拜無復數婢妾如嚴賓情合同雲漢葵藿仰陽春心乖甚水火百惡集其身玉顏隨年變丈夫多好新昔爲形與影今爲胡與秦胡秦時相見一絶踰參辰

有女篇　艷歌行

有女懷芬芳媞媞步東箱蛾眉分翠羽明目發清陽丹脣翳皓齒秀色若珪璋巧笑露權靨衆媚不可詳容儀希世出無乃古毛嬙頭安金步搖耳繫明月璫珠環約素腕翠爵垂鮮光文袍綴藻黼玉

體映羅裳容華既以豔志節擬秋霜徽音冠清雲
聲響流四方妙哉英媛德宜配侯與王靈應萬世
合日月時相望媒氏陳束帛羔鴈鳴前堂百兩盈
中路起若鸞鳳翔兄夫徒踴躍望絶殊參商

朝時篇　怨歌行

昭昭朝時日皎皎晨明月十五入君門一別終華
髮同心忽異離曠如胡與越胡越有會時參辰遼
且闊形影無髣髴音聲寂無達纖絃感促柱觸之
哀聲發情思如循環憂來不可遏塗山有餘恨詩

人詠採葛蜻蛚吟床下回風起幽閨春榮隨露落
芙蓉生木末自傷命不遇良辰永乖别巳尒可奈
何譬如紈素裂孤雌翔故巢星流光景絶魂神馳
萬里甘心要同穴

明月篇

皎皎明月光灼灼朝日輝昔爲春蠒絲今爲秋女
衣丹脣列素齒翠采發蛾眉嬌子多好言歡合易
爲姿玉顔盛有時秀色隨年衰常恐新間舊變故
興細微浮萍無根本非水將何依憂喜更相接樂

極自還悲

秋蘭篇

秋蘭蔭玉池池水清且芳芙蓉隨風發中有雙鴛鴦雙魚自踴躍兩鳥時廻翔君期歷九秋與妾同衣裳

西長安行

所思兮何在乃在西長安何用存問妾香橙雙珠環何用重存問羽爵翠琅玕今我兮聞君更有兮異心香亦不可燒環亦不可沈香燒日有歇環沈

日自深

和班氏詩一首

秋胡納令室三日宦他鄉皎皎潔婦姿泠泠守空房嬿婉不終夕別如參與商憂來猶四海易感難可防人言生日短愁者苦夜長百草揚春華攘腕採柔桑素手尋繁枝落葉不盈筐羅衣翳玉體迴目流采章君子倦仕歸車馬如龍驤精誠馳萬里既至兩相忘行人悅令顏請息此樹傍誘以逢郎喻遂下黃金裝烈烈貞女忿言辭厲秋霜長驅及

居室奉金升北堂母立呼婦來歡情樂未央秋胡見此婦惕然懷探湯負心豈不慙永誓非所望清濁必異源鳧鳳不並翔引身赴長流果哉潔婦腸彼夫既不淑此婦亦大剛

情詩五首

北方有佳人端坐鼓鳴琴終晨撫管絃日夕不成音憂來結不解我思存所欽君子尋時役幽妾懷苦心初爲三載別於今久滯淫昔柳生戶牖庭内自成林翔鳥鳴翠偶草虫相和吟心悲易感激俛

仰淚流衿頤託晨風翼束帶侍衣衿明月曜清景
曨光照玄墀幽人守靜夜迴身入空帷束帶俟將
朝廓落晨星稀寐假交情爽覿我佳人姿巧笑媚
權矞聯娟眸與眉寐言增長歎悽然心獨悲清風
動帷簾晨月燭幽房佳人處遐遠蘭室無容光衿
懷擁虛景輕衾覆空床居權借夜促在戚怨宵長
撫枕獨吟歎綿綿心內傷
君居北海陽妾在南江陰懸邈脩塗遠山川阻且
深承驩注隆愛結分投所欽銜思守篤義萬里託

徵心

遊目四野外逍遥獨延佇蘭蕙緣情藂繁華蔭綠渚佳人不在茲取此欲誰與巢居覺風飄穴處識陰雨未曾遠別離安知慕儔侶

雜詩二首

逍遥遊春宮容與緑池阿白蘋齊素葉朱草茂丹華微風搖茝若增波動芰荷榮曜中林流馨入綺羅王孫遊不歸脩路邈以遐誰與翫遺芳佇立獨咨嗟

荏苒日月運寒暑忽流易同好遊不存苕苕遠離
拊房櫳自來風户庭無行迹蒹葭生床下蛛蝥網
四壁懷思豈不隆感物重鬱積遊鴈比翼翔歸鴻
知接翮來哉彼君子無愁徒自隔

内顧詩二首

静居懷所歡登城望四澤春草鬱青青桑柘何奕
奕芳林振朱榮渌水激素石初征氷未泮忽焉振
絺綌漫漫三千里苕苕遠行客馳情戀朱顔寸陰
過盈尺夜愁極清晨朝悲終日夕山川信悠永願

言良弗獲引領誶歸雲沈思不可釋
獨悲安所慕人生若朝露綿邈寄絕域眷戀想平
素尒情既來追我心亦還顧形體隔不達精爽交
中路不見山上松隆冬不易故不見陵澗栢
歲寒守一度無謂希是踈在遠分弥固

悼亡詩二首

荏苒冬春謝寒暑忽流易之子歸窮泉重壤永幽
隔私懷誰克從淹留亦何益僶俛恭朝命迴心反
初役望廬思其人入室想所歷幃屏無髣髴翰墨

有餘迹流芳未及歇遺挂猶在壁悵愓如或存回
遑忡驚惕如彼翰林鳥雙栖一朝隻如彼遊川魚
比目中路析春風緣隙來晨霤依簷滴寢息何時
忘沈憂日盈積庶幾有時衰莊缶猶可擊
皦皦窻中月照我室南端清商應秋至溽暑隨節
闌凜〻涼風升始覺夏衾單豈曰無重纊誰與同
歲寒歲寒無與同朗月何朧〻展轉眄枕席長簟
竟牀空牀空委清塵室虛來悲風獨無李氏靈彷
彿覩尒容撫衿長歎息不覺涕沾胷沾胷安能已

悲懷從中起寢興自存形遺音猶在耳上慙東門吳下愧蒙莊子賦詩欲言志零落難具紀命也詩奈何長戚自令鄙

王昭君辭一首并序　石崇

王明君者本爲王昭君以觸文帝諱故改匈奴盛請婚於漢元帝以後宫良家女子明君配焉昔公主嫁烏孫令琵琶馬上作樂以慰其道路之思其送明君亦必尔也其造新之曲多哀之聲故叙之於紙云尔

我本漢家子，將適單于庭。辭訣未及終，前驅已抗旌。僕御涕流離，轅馬爲悲鳴。哀鬱傷五内，泣淚沾珠纓。行行日已遠，乃造匈奴城。延我於穹廬，加我閼氏名。殊類非所安，雖貴非所榮。父子見陵辱，對之慙且驚。殺身良未易，默默以苟生。苟生亦何聊，積思常憤盈。願假飛鴻翼，棄之以遐征。飛鴻不我顧，佇立以屏營。昔爲匣中玉，今爲糞上英。朝華不足歡，甘爲秋草并。傳語後世人，遠嫁難爲情。

嬌女詩一首　左思

吾家有嬌女皎皎頗白皙小字爲紈素口齒自清
歷鬢髮覆廣額雙耳似連璧明朝弄梳臺黛眉類
掃跡濃朱衍丹脣黃吻瀾漫赤嬌語若連瑣忿速
乃明懂握筆利彤管篆刻未期益執書愛綈素誦
習矜所獲其姊字惠芳面目粲如畫輕莊喜縷邊
臨鏡忘紡績舉觶擬京兆立的成復易玩弄眉頰
閒劇兼機杼役從容好趙舞延袖像飛翮上下絃
柱際文史輒卷襞顧眄屏風畫如見已指擿丹青
日塵闇明義爲隱賾馳騖翔園林菓下皆生摘紅

[艹+能]掇紫蔕萍實驟柢擲貪華風雨中倏眒數百適
務躡霜雪戲重綦常累積并心注肴饌端坐理盤
槅翰墨戢函按相與數離逖動爲鑪鉦屜屣履往
之適止爲荼菽擄吹吁對鼎鑈脂膩漫白袖烟歎
染珂錫衣被皆重地難與次水瑁任其碼于意莓
受長者責讚聞當與杖掩淚俱向壁

玉臺新詠卷第二

玉臺新詠

第二冊

玉臺新詠卷第三

擬古七首　陸機

爲顧彦先贈婦二首

周夫人贈車騎一首

樂府三首

爲顧彦先贈婦往反四首　陸雲

雜詩一首

合歡詩五首　楊方

七夕觀織女詩一首　王鑒

嘲友人一首　李充

夜聽擣衣一首　曹毗

擬古詩一首　陶潛

樂府詩一首　荀昶

雜詩二首　王微

雜詩三首　謝惠連

雜詩五首　劉鑠

擬西北有高樓

高樓一何峻苕苕峻而安綺窻出塵冥飛階躡雲端佳人撫琴瑟纖手清且閑芳草隨風結哀響馥若蘭玉容誰能顧傾城在一彈佇立望日昃躑躅再三歎不怨佇立久但願歌者歡思駕歸鴻羽比翼雙飛翰

擬東城高且長

西山何其峻曾曲鬱崔嵬零露彌天墜蕙葉憑林衰寒暑相因襲時逝忽如遺一閭結飛轡太耋悲

落暉曷爲牽世務中心悵有違京雒多妖麗玉顔
侔瓊蕤閑夜撫鳴琴專言清且悲長歌赴促節哀
響逐高徽一唱萬夫歎再唱梁塵飛思爲河曲鳥
雙遊豐水湄

擬蘭若生春陽

嘉樹生朝陽凝霜封其條執心守時信歲寒不敢
凋美人何其曠灼灼在雲霄隆想彌年時長嘯入
風飄引領望天末譬彼向陽翹

擬苕苕牽牛星

炤炤天漢暉粲粲光天步牽牛西北迴織女東南
顧華容一何綺揮手如振索怨彼河無梁悲此年
歲暮跂彼無良緣晼焉不得度引領望大川雙涕
如沾露

擬青青河畔草

靡靡江離草熠燿生河側皎皎彼姝女阿那當軒
織粲粲妖容姿灼灼華美色良人遊不歸偏栖獨
隻翼空房來悲風中夜起歎息

擬庭中有奇樹

歡友蘭時往茗苕匿音徽虞淵引絶景四節遊若飛芳草久已茂佳人竟不歸躑躅遵林渚惠風入我懷感物戀所歡採此欲貽誰

擬涉江採芙蓉

上山採瓊蘂穹谷饒芳蘭採採不盈掬悠悠懷所歡故鄉一何曠山川阻且難沈思鍾萬里躑躅獨吟歎

爲顧彦先贈婦二首

辭家遠行遊悠悠三千里京洛多風塵素衣化爲

緇脩身悼憂苦感念同懷子隆思亂心曲沈歡滯
不起歡沈難克興心亂誰爲理願假歸鴻翼飜飛
浙江汜
東南有思婦長歎充幽闥借問歎何爲佳人眇天
末遊宦久不歸山川脩且闊形影叅商乖音息曠
不達離合非有常譬彼絃與筈願保金石志慰妾
長飢渴

周夫人贈車騎一首

碎碎織細練當爲君作褠襦君行豈有顧憶君是

妾夫昔者得君書聞君在高平今時得君書聞君
在京城京城華麗所璀粲多異端男兒多遠志豈
知妾念君昔者與君別歲聿薄將暮日月一何速
素秋墜湛露湛露何冉冉思君隨歲晚對食不能
飡臨觴不能飯

艷歌行

扶桑升朝暉照此高臺端高臺多妖麗洞房出清
顔淑貌耀皎日惠心清且閑美目揚玉澤蛾眉象
翠翰鮮膚一何潤采色若可飡窕窈多容儀婉媚

巧笑言暮春春服成粲粲綺與紈金雀垂藻翹瓊
珮結瑶璠方駕揚清塵濯足洛水瀾藹藹風雲會
佳人一何繁南崖充羅幕北渚盈軿軒清川含藻
影高岸被華丹馥馥芳袖揮泠泠纖指彈悲歌吐
清音雅舞播幽蘭丹脣含九秋妍迹凌七盤赴曲
迅驚鴻蹈節如集鸞綺態隨顔變沈姿無定源俯
仰紛阿那顧步咸可歡遺芳結飛飇浮景映清湍
冶容不足詠春遊良可歎

前緩聲歌

遊仙聚靈族高會曾山阿長風萬里舉慶雲鬱嵯
峩宓妃與洛浦王韓起泰華北徵瑤臺女南要湘
川娥肅肅宵駕動翩翩翠蓋羅羽旗栖瑣鸞玉衡
吐鳴和太容揮高絃洪崖發清歌獻酬旣已周輕
軒垂紫霞摠轡扶桑枝濯足湯谷波清輝溢天門
垂慶惠皇家

塘上行

江籬生幽渚微芳不足宣被蒙風雨會移君華池
邊發藻玉臺下垂影滄浪淵沾潤旣已渥結根與

且堅四節遊不處華繁難久鮮淑氣與時殞餘芳
隨風指天道有遷易人理無常全南權智傾愚女
愛衰避妍不惜微軀退但歡蒼蠅前顧君廣末光
照妾薄暮年

爲顧彥先贈婦往反四首

我在三川陽子居五湖陰山海一何曠譬彼飛與
沈目想清惠姿耳存淑媚音獨寐多遠念寤言撫
空衿彼美同懷子非尔誰爲心
悠〻君行邁煢〻妾獨止山河安可踰永隔路萬

里京室多妖冶粲粲都人子雅步嫋纖腰巧笑發皓齒佳麗良可羨衰賤焉足紀遠蒙眷顧言銜恩非望始

翩翩飛蓬征郁郁寒木榮遊止固殊性浮沈豈一清隆愛結在昔信誓貫三靈秉心金石固豈從時俗傾美目逝不顧纖腰徒盈〻何用結中欵仰指北辰星

浮海難爲水遊林難爲觀容色貴及時朝華忘日晏皎皎彼姝子灼〻懷春粲西城善雅舞總章饒

清彈鳴簧發丹脣朱紡繞素腕輕裾猶電揮雙袂
如霞散華容溢藻幄哀響入雲漢知音世所希非
君誰能讚棄置北辰星問此玄龍煥時暮勿復言
華落理必賤

雜詩一首

秋夜涼風起清氣蕩暄濁蜻蛚吟階下飛蛾拂明
燭君子從遠役佳人守煢獨離居幾何時鑽燧忽
改木房櫳無行迹庭草萋已綠青苔依空墻蜘蛛
網四屋感物多所懷沈憂結心曲

合歡詩五首

虎嘯谷風起，龍躍景雲浮，同聲好相應，同氣自相求，我情與子親，譬如影追軀，食共並根穗，飲共連理杯，衣用雙絲絹，寢共無縫綢，居願接膝坐，行願攜手趨，子靖我不動，子遊我無留，齊彼同心鳥，譬此比目魚，情至斷金石，膠膝未爲牢，但願長無別，合形作一軀，生爲併身物，死爲同棺灰，秦氏自言至，我情不可儔，磁石招長針，陽燧下炎煙，宮商聲相和，心同自相親，我情與子合，亦如影追身，寢共

織成被絮用同功綿著搖比翼扇寒坐併肩氈子
笑我必哂子感我無懽來與子共迹去與子同塵
齊彼蛩蛩獸舉動不相捐唯願長無別合刑作一
身生有同室好死成併棺民徐氏自言至我情不
可陳
獨坐空室中愁有數千端悲響荅愁歎哀涕應苦
言彷徨四顧望白日入西山不覩佳人來但見飛
鳥還飛鳥亦何樂夕宿自作群
飛黃銜長轡翼翼迴輕輪俯涉淥水澗仰過九層

山脩途曲且險秋草生兩邊黄華如沓金白華如
散銀青敷羅翠采絳葩象赤雲爰有承露枝紫榮
合素芬扶路重清藻布翹芳且鮮目爲艷采迴心
爲竒色旋撫心悼孤客俯仰還自憐踟躕向壁歎
攬筆作此文
南隣有竒樹承春挺素華豐翹被長條緑葉蔽朱
柯因風吐徽音芳霞我心羡紫氣入紫顯從着余
家夕得遊其下朝得弄其葩尓根深且堅余宅淺
且汚移植良無期歎息將如何

七夕觀織女一首　王鑒

牽牛悲殊館織女悼離家一稔期一宵此期良可嘉赫奔玄門開飛閣鬱嵳峩隱隱驅千乘闐闐越星河六龍奮瑶轡文螭負瓊車火丹秉瑰燭素女執瓊華絳旗若出吐失蓋如振霞雲韶何嘈嗷靈鼓鳴相亭軒紆高盻眷予在岌峩澤芳露沾恩附蘭風加明發相從遊翩翩鸞鷟羅同遊不同觀念子憂怨多敬因三祝末以尒屬皇娥

嘲友人一首　李充

同好齊歡愛纏綿一何深子既識我情我亦知子心嬿婉歷年歲和樂如瑟琴良辰不我俱中闊似商參尒隔北山陽我分南川陰嘉會罔克從積思安可任目想妍麗姿耳存清媚音脩晝興永念遂夜獨悲吟逝將尋行役言别涕沾衿願尒降玉趾一顧重千金

夜聽擣衣一首　　曹毗

寒興御紈素佳人理衣襟冬夜清且永皓月照堂陰纖手疊輕素朗杵叩鳴砧清風流繁節迴飆灑

微吟嗟此往運速悼彼幽滯心二物感余懷豈但
聲與音

明擬古一首　　　　　　　　　　　陶潛

日暮天無雲春風扇微和佳人美清夜達曙酣且
歌歌竟長歎息持此感人多明明雲閒月灼灼葉
中花豈無一時好不久當如何

擬相逢狹路間　　　　荀昶樂府二首

朝發邯鄲邑暮宿井陘閒井陘一何狹車馬不得
旋邂逅相逢值崎嶇交一言一言不容多伏軾問

君家君家誠難知難知復易愽南面平原居北趣
相如閣飛樓臨夕都通門枕樓臨夕都通門枕華
廓八門無所見但見雙栖鶴栖鶴數十雙鴛鴦群
相追大兄珥金鐺中兄振纓緌伏臘二來歸隣里
生光輝小弟無所作鬭鷄東陌逵大婦織紈綺中
婦縫羅衣小婦無所作挾瑟弄音徽丈人且却坐
梁塵將欲飛

擬青青河邊草

熒熒山上火苕苕隔隴左隴左不可至精爽通寤

寐寤寐衾幬同忽覺在他邦他邦各異邑相逐不
相及迷墟在望烟木落知冰堅升朝各自進誰肯
相攀牽客從北方來遺我端弋綈命僕開弋綈中
有隱起珪長跪讀隱珪辭苦聲亦悽上言各努力
下言長相懷

雜詩三首　　王微

桑妾獨何懷傾筐未盈把自言悲苦多排却不肯
捨妾悲巨陳訴填憂不消治寒鴈歸所從半塗失
憑假壯情抃駈馳猛氣捍朝社常懷雪漢慙常欲

復周雖重名好銘勒輕軀願圖寫萬里度沙漠懸
師蹈朔野傳聞兵失利不見來歸者奚處埋旍麾
何處喪車馬拊心悼恭人零淚覆面下徒謂久別
離不見長孤寡寂寂掩高門寥寥空廣厦待君竟
不歸收顏今就檟
思婦臨高臺長想憑華軒弄絃不成曲哀歌若送
言箕帚留江介[illegible]人處鴈門詎憶無衣苦但知狐
白溫日暗牛羊下野雀滿空園孟冬寒風起東壁
正中昏朱火獨燄人抱景自愁怨誰知心曲亂所

思不可論

七月七日詠牛女　謝惠連三首

落日隱櫩楹升月曒房櫳團團滿葉露析析振條風蹀足循廣塗瞬目矖曾穹雲漢有靈匹彌年闕相從遐川阻暱愛脩渚曠清容弄杼不成采聳轡騖前蹤昔離秋已兩今聚夕無雙傾河易迴斡欸顏難久悰沃若靈駕旋寂寥雲幄空留情顧華寢遥心逐奔龍沈吟爲尒感情深意彌重

擣衣

衡紀無淹度晷運倏如催白露滋園菊秋風落庭槐肅肅沙鷄羽烈烈寒螿啼夕陰結空幙霄月皓中閨美人戒常服端餝相招攜簪玉出北房鳴金步南階欄高砧響發楹長杵聲哀微芳起兩袖輕汗染雙題紈素既已成君子行不歸裁用笥中刀縫爲萬里衣盈篋自予手幽緘俟君開腰帶准疇昔不知今是非

代古

客從遠方來贈我鵠文綾貯以相思篋緘以同心

纔裁爲親身服着以偶寢興别來經年歲歡心不
可凌寫酒置井中誰能辯斗升合如杯中水誰能
判淄澠

雜詩五首

代行行重行行　　　　　　　　　劉鑠

眇眇凌長道遥遥行遠之迴車背京里揮手於此
辭堂上流塵生庭中緑草滋寒螿翔水曲秋兔依
山基芳年有華月佳人無還期日夕凉風起對酒
長相思悲發江南調憂委子衿詩卧看明燈晦坐

見輕紈緇淚容曠不妨幽鏡難復治願垂薄暮景
照妾桑榆時

代明月何皎皎

落宿半遥城浮雲藹曾闕玉宇來清風羅帳延秋
月結思想伊人沈憂懷明發誰謂行客遊屢見流
芳歇河廣川無梁山高路難越

代孟冬寒風至

白露秋風始秋風明月初明月照高樓白露皎玄
除迨及涼雲起行見寒林疎客從遠方至贈我千

里書先叙懷舊愛未陳久離居一章意不盡三復
情有餘顧遂平生眷無使甘言虛

代青青河畔草

淒〻含露臺肅〻迎風館思女御櫺軒哀心徹雲
漢端撫悲絃泣獨對明燈歎良人久傜役耿介終
昏旦楚〻秋木歌依〻採菱彈

詠牛女

秋動清氛扇火移炎氣歇廣欄含夜陰高軒通夕
月安步巡芳林傾望極雲闕組幕縈漢陳龍駕凌

霄發誰云長河遥頗劇促筵越沈情未申寫飛光
已飄忽来對眇難期今歡自滋没

玉臺新詠卷第三

玉臺新詠卷第四

七夕月下　王僧達一首

遠山斂雰祲廣庭揚月波氣往風集隟秋還露泫
柯節期旣已孱中宵振綺羅來歡詎終夕收淚泣
分河

爲織女贈牽牛　　顔延之二首

婺女儷經星常娥棲飛月慙無二媛靈託身侍天
闕閶闔殊未暉成池豈沐髮漢陰不夕張長河爲
誰越雖有促讌期方須涼風發虛計雙曜周空遅
三星没非怨杼軸勞但念芳菲歇

秋胡

椅梧傾高鳳，寒谷待鳴律。影響豈不懷，自遠每相匹。婉彼幽閑女，作嬪君子室。峻節貫秋霜，明艷侔朝日。嘉運既我從，欣願自此畢。其一

燕居未及良人顧有違脫巾千里外結綬登王畿戒徒在昧旦左右來相依驅車出郊郭行路正威遲存爲久離別沒爲長不歸其二

嗟余怨行役三陟窮晨暮嚴駕越風寒解鞍犯霜露原隰多悲涼迴飈卷高樹離獸起荒蹊驚鳥縱横去悲哉遊宦子勞此山川路其三

迢遞行人遠婉轉年運徂良時爲此別日月方

向除孰知寒暑積僶俛見榮枯歲暮臨空房涼風
起坐隅寢興日已寒白露生庭蕪其四勤役從歸願
反路遵山河昔辭秋未素今也歲載華蠶月歡時
暇桑野多經過佳人從所務窈窕援高柯傾城誰
不顧弭節停中阿其五年往誠思勞事遠闊音形雖
爲五載別相與昧平生捨車遵往路鳧藻馳目誠
南金豈不重聊自意所輕義心多苦調密此金玉
聲其六高節難久淹朅來空復辭遲遲前塗盡依依
造門基上堂拜嘉慶入室問何之日暮行採歸物

色桑榆時美人望昏至慙歎前相持其七有懷誰能
巳聊用申苦難離居殊年歲一別阻河關春來無
時豫秋至應早寒明發動愁心閨中起長歎慘悽
歲方晏日落遊子顏其八高張生絕絃聲急由調起
自昔枉光塵結言固終始如何久爲別百行愆諸
巳君子失時義誰與偕沒齒愧彼行露詩甘之長
川汜其九

翫月城西門　鮑昭九首

始見西南樓纖纖如玉鉤末映東北墀娟娟似娥

眉蔽珠籠玉鉤隔綺窗三五二八時千里與君同
夜移衡漢落徘徊帷幌中歸華先委露别葉早辭
風客遊倦辛苦仕子倦飄塵沐澣自公日宴慰及
私辰蜀琴抽白雪郢曲繞陽春肴乾酒未缺金壺
啓夕輪迴軒駐輕蓋留酌待情人

代京雒篇

鳳樓十二重四户八綺窻繡桷金蓮花桂柱玉盤
龍珠簾無隔露羅幌不勝風寶帳三千萬爲尓一
朝容楊芬紫煙上垂絲緑雲中春吹迴白日霜歌

落塞鴻但懼秋塵起盛愛逐衰蓬坐視青苔滿卧
對錦筵空琴筑縱横散舞衣不復縫古來皆歇薄
君意豈獨濃唯見雙黄鵠千里一相從

擬樂府白頭吟

直如朱絲繩清如玉壺氷何慙宿昔意猜恨坐相
仍人情賤恩舊世義逐衰興毫髮一爲瑕丘山不
可勝食苗實碩鼠點白信蒼蠅鳧鵠遠成美薪芻
前見凌申黜褒女進班去趙姬昇周王日淪惑漢
帝益嗟稱心賞猶難恃貌恭豈易憑古來共如此

非君獨撫膺

採桑詩

季春梅始落女工事蠶作採桑淇洧閒還戲上宮
閣早蒲時結陰晚篁初解籜藹〻霧滿閨融〻京
盈幕乳鷰逐草蟲巢蜂拾花蘂是節最暄妍佳服
又新爍欽歎對迴塗陽歌弄場藿抽琴試佇思鷹
珮果誠託承君郢中美服義久心諾衛風古愉艷
鄭俗舊浮薄虛顧悲渡湘空賦笑瀍洛盛明難重
來淵意爲誰洄君其且調絃桂酒妾行□

夢還詩

銜淚出郭門，撫劍無人達。沙風闇塞起，離心眷鄉畿。夜分就孤枕，夢想暫言歸。孀婦當戶笑，撥絲復鳴機。慊款論久別，相將還綺幃。靡〻幨下涼，朧〻窗裏暉。刈蘭爭芬芳，採菊競葳蕤。開奩集香蘇，探袖解纓微。寐中長路近，覺後大江違。驚起空歎息，恍惚目神魂。飛白水漫浩浩，高山壯巍〻。波潮異往復，風霜改榮衰。此土非吾土，慷慨當訴誰。

擬古

河畔草未黄胡雁已矯翼秋蛩扶户吟寒婦晨夜
織去歲征人還流傳舊相識聞君上隴時東望久
歎息宿昔衣帶改旦暮異容色念此憂如何夜長
憂向身人金塵匣中寶琴生網羅

詠鸞

雙鸞戲雲崖羽翮始差池出入南閨裏經過北堂
垂意欲巢居幕層盈不可窺沈吟芳歲晚徘徊韶
景移悲歌辭舊愛銜泥覓新知

贈故人

寒灰滅更然夕華晨更鮮春氷雖暫解冬冰復還
堅佳人捨我去賞愛長絶緣歡至不留時每感輒
傷年
雙劒將別離先在匣中鳴煙雨交將夕從此遂分
形雌沈吳江水雄飛入楚城吳江深無底楚城有
崇扃一爲天地別豈直且幽明神物終不隔千祀
儻還并
學阮步兵體　王素
沈情發遐慮紆鬱懷所思髣髴管鳴鳳棲嬴

姬聯錦共雲翼嬿婉相攜持寄言芳華士寵利不常期涇渭分清濁視彼谷風詩

飛來雙白鵠　吴邁遠擬樂府四首

可憐雙白鶴雙〻絕塵氛連翩弄光景交頸遊青雲逢羅復逢繳雌雄一旦分哀聲流海曲孤叫出江濆豈不慕前侶爲尔不及群步步一零淚千里猶待君樂哉新相知悲矣生別離持此百年命共逐寸陰移辟如空山草零落心自知

陽春曲

百里望咸陽知是帝京域綠樹搖雲光春城起風色佳人愛景華流靡園塘側妍姿艷月映羅衣飄蟬翼宋玉歌陽春巴人長歎息雅鄭不同賞那令君愴惻生平重愛惠私自怜何極

長別離

生離不可聞況復長相思如何與君別當我盛年時蕙華每搖蕩妾心空自持榮之草木歡悴極霜露悲富貴身難老貧賤年易衰持此斷君腸君亦宜自疑淮陰有逸將折翮謝飜飛楚亦扛鼎士出

門不得歸正爲隆準公杖釼入紫微君才定何如
白日下爭暉

長相思

晨有行路客依依造門端人馬風塵色知從河塞
還時我有同栖結宦遊邯鄲將不異客子分飢復
共寒煩君尺帛書寸心從此單遣妾長憔悴豈復
歌笑顔簷隱千霜樹庭枯十載蘭經春不舉袖秋
落寧復看一見願道意君門已九關虞卿棄相印
擔簦爲同歡閨陰欲早霜何事空盤桓

擬青青河畔草　　鮑令暉六首

裊裊臨窻竹藹藹垂門桐灼灼青軒女泠泠高臺中明志逸秋霜玉顏艷春紅人生誰不別恨君早從戎鳴絃慙夜月紺黛羞春風

擬客從遠方來

客從遠方來贈我漆鳴琴木有相思文絃有別離音終身執此調歲寒不改心願作陽春曲宮商長相尋

題書後寄行人

自君之出矣臨軒不解顏砧杵夜不發高門晝常關帳中流燿熠庭前華紫蘭物枯謝節異鴻來知客寒遊用暮冬盡除春待君還

古意贈今人

寒鄉無異服衣氈代文練月月望君歸年〻不解縫荆揚早春和幽冀猶霜霰北寒妾已知南心君不見誰爲道辛苦寄情雙飛鷰形迫杼前絲顏落風催電容華一朝盡唯餘心不變

代葛沙門妻郭小玉詩

明月何皎皎垂幌照羅茵若共相思夜知同憂怨
晨芳華豈矜皀霜露不怜人君非青雲逝飄迹事
咸秦妾持一生淚經秋復度春
君子將儒役遺我雙題錦臨當欲去時復留相思
枕頭用常著心枕以憶同寢行行日已遠轉覺思
彌甚

詠七寶扇　　丘巨源二首

妙縞貴東夏巧媛出吴闉裁狀白玉璧縫似明輪
表裏鏤七寶中銜駭鷄珍畫作景山樹圖爲河洛

神來延揮握玩入與鐶釧親生風長袖際晞華紅
粉津拂眄迎嬌意隱映含歌入時移務忘故節改
競存新巻情隨象簟舒心謝錦茵歷歇何足道敬
哉先後晨

聽隣妓

披衽乏遊術憑軾寡文才蓬門長自寂虛席視生
埃貴里臨粧館東隣歌吹臺雲閒嬌響徹風末艷
聲來飛華瑶翠幄楊芬金碧杯久絕中州美從念
尸鄉友遺情悲近世中山安在哉

古意　王長元五首

遊禽暮知返行人獨不歸坐銷芳草氣空度明月
輝嚬容入朝鏡思淚點春衣巫山綵雲没淇上綠
條稀待君竟不至秋鴈雙〻飛

霜氣下孟津秋風度函谷念君凄已寒當軒卷羅
縠纖手廢裁縫曲鬢罷膏沐千里不相聞寸心鬱
氛氳況復飛螢夜木葉亂紛〻

詠琵琶

抱月如可明懷風殊復清絲中傳意緒花裏寄春

情掩抑有奇態悽鏘多好聲芳袖幸時拂龍門空
自生

詠幔

幸得與珠綴羃歷君之楹月映不辭卷風來輒自
輕每聚金鑪氣時駐玉琴聲俱願致鐏酒蘭釭當
夜明

巫山高

響像巫山高薄暮陽臺曲煙霞乍舒卷行芳時斷
續彼美如可期寤言紛在屬憮然坐相思秋風下

庭綠

贈王主簿　謝朓一十二首

日落窻中坐紅粧好顔色舞衣襞未縫流黄覆不織蜻蛉草際飛遊蜂花上食一遇長相思願寄連翮翼

清吹要碧玉調絃命綠珠輕歌急綺帶含笑解羅襦餘曲巨幾許高駕且踟躕徘徊韶景暮唯有洛城隅

同王主簿怨情

掖庭娉絕國長門失歡讌相逢詠蘪蕪辞寵悲團
扇花叢亂數蝶風簾入雙鶯徒使春帶賒坐惜紅
顏變平生一顧重夙昔千金賤故人心尚永故心
人不見

夜聽妓

瓊閨釧響聞瑤席芳塵滿要取洛陽人共命江南
管情多舞態遲意傾歌弄緩知君密見親寸心傳
玉鋺
上客光四座佳麗直千金挂釵服纓絕墮珥答琴

心蛾眉已共笑清香復入衿夜樂夜方靜翠帳垂
沈〻

詠邯鄲故才人嫁爲厮養卒婦

生平宮閣裏出入侍丹墀開筥方羅縠窺鏡比蛾
眉初別意未解去久日生悲顦顇不自識嬌羞餘
故姿夢中忽髣髴猶言承讌私

秋夜

秋夜促織鳴南隣擣衣急思君隔九重夜夜空佇
立北窻輕幔垂西戶月光入何知白露下坐視前

堦濕誰能長分居秋盡冬復及

雜詠五首　鐙

發翠斜漢裏蓄寶宕山峯抽莖類仙掌銜光似燭龍飛蛾再三繞輕花四五重孤對相思夕空照儛衣縫

燭

杏梁賓未散桂宮明欲沈曖色輕帷裏低光照寶琴徘徊雲髻影灼爍綺疎金恨君秋月夜遺我洞房陰

席

本生朝夕池落景照參差汀洲蔽杜若幽渚奪江

離遇君時採擷玉座奉金巵但願羅衣拂無使素塵彌

鏡臺

玲瓏類丹檻苕亭似玄闕對鳳懸清冰垂龍挂明月照粉拂紅糚插花埋雲髮玉顏徒自見常畏君情歇

落梅

新葉初冉冉初蘂新霏霏逢君後園讌相隨巧笑歸親勞君玉指擿以贈南威用持插雲髻翡翠比光輝日暮長零落君恩不可追

中山王孺子妾歌　　陸厥

如姬寢卧内班妾坐同車洪波陪飲帳林光宴秦
餘歲暮寒飈及秋水落芙蕖子瑕矯後駕陵安泣
前魚賤妾終已矣君子定焉如

雜詩　施榮泰

趙女脩麗姿燕姬正容飾糚成桃毀紅黛起草慙
色羅裙數十重猶輕一蟬翼不言縠袖輕專歎風
多力鏘珮玉池邊弄笑銀臺側折柳貽目成摘蒲
贈心識來時嬌未盡還去媚何極

玉臺新詠卷第四

玉臺新詠卷第五

古體　江淹四首

遠與君別者乃至鴈門關黃雲蔽千里遊子何時還送君如昨日簷前露已團不惜蕙草晚所悲道

里寒君子在天涯妾心久別離願一見顏色不異
瓊樹枝兔絲不水萍所寄終不移
班婕妤
綾扇如團月出自機中素畫作秦王女乘鸞向煙
霧彩色世所重雖新不代故竊悲涼風至吹我玉
堦樹君子恩未畢零落在中路
張司空離情
秋月映簾櫳懸光入丹墀佳人撫鳴琴清夜守空
帷蘭徑少行迹玉臺生網絲夜樹發紅彩閨草含

碧滋羅綺爲君整萬里贈所思願垂湛露惠信我
皎日期

休上人怨別

西北秋風至楚客心悠哉日暮碧雲合佳人殊未
來露彩方泛艷月華始徘徊寶書金名捧瑶琴詎
能開相思巫山渚悵望陽雲臺金鑪絕沈燎綺席
徧浮埃桂水日千里因之平生懷

敬詶柳僕射征怨　丘遲二首

清歌自言妍雅舞空僊僊耳中解明月頭上落金

鈿雀飛且近遠暮八綺窗前魚戲雖南北終還荷葉邊唯見君行久新年非故年

荅徐侍中爲人贈婦

丈夫吐然諾受命本遺家糟糠且棄置蓬首亂如麻側聞洛陽客金蓋翼高車謁帝時來下光景不可奢幽房一洞啓二八盡芬華羅裾有長短翠鬢無低斜長眉横玉臉皓腕卷輕紗俱看依井蝶共取落簷花何言征戍苦抱膝空咨嗟

登高望春　　沈約二十四首

登高眺京洛，街巷紛漠漠。廻首望長安，城闕鬱盤
桓。日出照鈿黛，風過動羅紈。齊童躡朱履，趙女揚
翠翰。春風搖雜樹，葳蕤綠且丹。寶瑟玫瑰柱，金羈
玳瑁鞍。淹留宿下蔡，置酒過上蘭。解眉還復斂，方
知巧笑難。佳期空靡靡，含睇未成歡。嘉客不可見，
因君寄長歎。

、昭君辭

朝發披香殿，夕濟汾陰河。於茲懷九逝，自此斂雙
蛾。沾莊疑湛露，繞臆狀流波。日見奔沙起，稍覺轉

蓬多胡風犯肌骨非直傷綺羅銜涕試南望關山
鬱嵯峩始作陽春曲終成苦寒歌唯有三五夜明
月蹔經過

少年新婚爲之詠

山陰柳家女莫言出田墅丰容好姿顔便僻工言
語腰肢旣軟弱衣服亦華顯紅輪映早寒畫扇迎
初暑錦履並花紋繡帶同心苣羅襦金薄廁雲鬢
花釵擧我情已鬱紆何用表崎嶇託〻眉間黛申
心口上朱莫爭三春價坐喪千金軀盈尺青銅鏡

徑寸合浦珠無因達往意欲寄雙飛鳧裾開見玉
趾衫薄映疑膚羞言趙飛鷰笑殺秦羅敷自顧雖
悴薄冠蓋曜城隅高門列騶駕廣路從驪駒何慚
鹿盧劍詎減府中趨還家問鄉里詎堪持作夫

雜曲三首

擕手曲

捨轡下彫輅更衣奉玉牀斜簪映秋水開鏡比春
粧所畏紅顏促君恩不可長鷄冠且容裔豈吝桂
枝亡

有所思

西征登隴首東望不見家關樹抽紫葉塞草發青

乎昆明當欲滿蒲萄應作花流淚對漢使因書寄
狹邪　　夜夜曲
河漢縱且橫北斗橫復直星漢空如此寧知心有
憶孤燈曖不明寒機曉猶織零淚向誰道鷄鳴徒
歎息
雜詠五首　春詠
楊柳亂如絲綺羅不自持春草青復綠客心傷此
時翠苕已結消碧水復盈淇日華照趙瑟風心動
燕姬衿中萬行淚故是一相思　詠桃

風來吹葉動，風去畏花傷。紅英已照灼，況復含日

光。歌童暗理曲，游女夜縫裳。詎減當春淚，能斷思

人腸。

詠月

月華臨靜夜，〻靜滅氛埃。方暉竟戶入，圓影隙中

來。高樓切思婦，西園游上才。網軒映珠綴，應門照

綠苔。洞房殊未曉，清光信悠哉。

詠柳

輕陰拂建章，夾道連未央。因風結復解，沾露柔且

長。楚妃思欲絕，班女淚成行。流人未應去，為此歸

故鄉。

詠篪

江南簫管地妙響發孫枝殷懃寄玉指含情舉復垂彫梁再三繞輕塵四五移曲中有深意丹誠君詎知

六憶詩四首 三言五言

憶來時的的上堦墀勤勤叙離別慊慊道相思相看常不足相見乃忘飢

憶坐時點點羅帳前或歌四五曲或弄兩三絃笑時應無比嗔時更可憐

憶食時臨盤動容色欲坐復羞坐欲食復羞食含

唯如不飢擎甌似無力

憶眠時人眠彊未眠解羅不待勸就枕更須牽復

恐傍人見嬌羞在燭前

十詠二首　　　領邊繡

纖手製新奇刺作可憐儀縈絲飛鳳子結縷坐花

兒不聲如動吹無風自裊移麗色儻未歇聊承雲

鬢垂

腳下履

丹墀上颯沓玉殿下趨鏘逆轉珠珮響先表繡袿

香裾開臨舞席拂袖繞歌堂所歎忘懷妾見委入

羅牀

擬青青河邊草

漠〻牀上塵中心憶故人故人不可憶中夜長歎
息歎息想容儀不欲長別離別離稍已久空牀寄
杯酒

擬三婦

大婦掃玉墀中婦結羅帷小婦獨無事對鏡畫蛾
眉良人且安卧夜長方自私

古意

挾瑟叢臺下徙倚愛容光佇立日已暮戚〻苦人
腸露葵已堪摘淇水未沾裳錦衾無獨煖羅衣空

自香明月雖外照寧知心内傷

夢見美人

夜聞長歎息知君心有憶果自閶闔開魂交覿容色既薦巫山枕又奉齊眉食立望復横陳忽覺非在側那惡神傷者潺湲淚沾臆

效古

可憐桂樹枝單雄憶故雌歲暮異栖宿春至猶别離山河隔長路〻遠絶容儀豈云無我匹寸心終不移

初春

扶道覔陽春佳人共攜手草色獨自非林中都未有無事逐梅花空中信楊柳且復歸去來含情寄

盃酒　悼亡

去秋三五月今秋還照房今春蘭蕙草來春復吐芳悲哉人道異一謝永銷亡屏筵空有設帷席更施張遊塵掩虛座孤帳覆空牀萬事無不盡徒今存者傷

擣衣詩　柳惲

孤衾引思緒獨枕愴憂端深庭秋草綠高門白露寒思君起清夜促柱奏幽蘭不怨飛蓬苦徒傷蕙草殘其一行役滯風波游人淹不歸亭皐木葉下隴

首秋雲飛寒園夕鳥集思牖草蟲悲嗟矣當春服
安見禦冬衣其二鶴鳴勞永歎采菉傷時暮念君方
遠傜望妾理紈素秋風吹綠潭明月懸高樹佳人
飾淨容招攜從所務其三步欄杳不極離家肅已扃
軒高夕杵散氣爽夜砧鳴瑶華隨步響幽蘭逐袂
生踟躕理金翠容與納宵清其四泛艷廻煙綵旋龜
鶴文淒淒合歡袖苒苒蘭麝芬不怨杼軸苦所悲
千里分垂泣送行李傾首遲歸雲其五淵

鼓吹曲二首　獨不見

別島望風臺天淵臨水殿芳草生未積春花落如
霰出從張公子還過趙飛鷰奉箒長信宮誰知獨
不見

度關山

少長倡家女出入燕南垂唯持德自美本以容見
知舊聞關山遠何事揔金羈妾心日已亂秋風鳴
細枝

雜詩

雲輕色轉暖草緑晨芳歸山墟罷寒晦園澤潤朝
暉春心多感動覩物情復悲自君之出矣蘭堂罷
鳴機徒知游宦是不念別離非

長門怨

玉壺夜愔愔，應門重且深。秋風動桂樹，流月搖輕陰。綺窻清露滯，網户思蟲吟。歎息下蘭閣，含愁奏雅琴。何由鳴曉珮，復得抱宵衾。無復金屋念，豈照長門心。

江南曲

汀洲採白蘋，日落江南春。洞庭有歸客，瀟湘逢故人。故人何不返，春華復應晚。不道新知樂，且言行路遠。

起夜來

城南斷車騎，閣道覆清埃。露華光翠網，月影入蘭臺。洞房且莫掩，應門或復開。颸

秋桂響非君起

夜來

七夕穿針

黛馬秋不歸緇紈無復緒迎寒理夜縫映月抽纖縷的皪愁睇光連娟思眉聚清露下羅衣秋風吹玉柱流陰稍已多餘光欲難取

詠席

照日汀洲際搖風綠潭側雖無獨蠒輕幸有青袍色羅袖少輕塵象牀多麗飾願君蘭夜飲佳人時宴息

詠歌姬　江洪四首

寶鑷間珠花分明靚莊點薄鬢約徽黃輕紅澹鈆

臉發言芳已馳復加蘭蕙染浮聲易傷歎沈唱安
而險孤轉忽徘徊雙蛾作舒斂不持全示人半用
輕紗掩

舞女

腰纖篾楚媛體輕非趙姬映襟闐寶粟緣肘挂珠
絲發袖已成態動足復含姿斜精若不眄當轉復
遲疑何慙雲鶴起詎減鳳鸞時

詠紅牋

雜采何足奇唯紅偏作可灼爍類蕖開輕明似霞
破鏤質卷芳脂裁花承百和且傳別離心復是相
思裏不值情幸人豈識風流座

詠薔薇

當戸種薔薇枝葉太葳蕤不搖香已亂無風花自
飛春閨不能靜開匣對明妃曲池浮采〻斜岸列
依依或聞好音度時見銜泥歸且對清觴湛其餘
任是非

詠鏡　高爽

初上鳳皇墀此鏡照蛾眉言照長相守不照長相
思虚心會不採貞明空自欺無言故此物更復對
新期

詠畫扇　鮑子卿

細絲本自輕弱絲何足眄直爲發紅顏謬成握中
扇乍奉長門泣時承栢梁宴思莊開已掩歌容隱
而見但畫雙黃鶴莫作孤飛鸞　詠玉堦
玉堦已夸麗復得臨紫微北戶接翠幄南路低金
扉重疊通日影參差藏月輝輕苔染珠履微殿弗
羅衣獨笑崑山曲空見青鳧飛
學　何子朗
桂臺清露拂銅陛落花沾美人紅糚罷攀鉤卷細
簾思君擊促柱玉指何纖纖未應爲此別無故坐

相嫌

和虞記室騫古意

美人弄白日灼灼當春牖清鏡對蛾眉新花映玉手鶯下拾池泥風來吹細柳君子何時歸與我酌罇酒

和繆郎視月

清夜未云疲細簾聊可發玲玲玉潭水映見蛾眉月靡靡露方垂輝、光稍沒佳人復千里餘影徒揮忽

詠步搖花　范靖婦

珠華縈翡翠寶葉間金瓊剪荷不似製爲花如自

生低枝拂繡領微步動瑤瑛但令雲髻插蛾眉本
易成
戲蕭娘
明珠翠羽帳金薄綠綃帷因風時蹔舉想象見芳
姿清晨插步搖向晚解羅衣託意風流子佳情詎
肯私
詠五綵竹火籠
可怜潤霜質纖剖復毫分織作廻風苣製爲縈糸
又含芳出珠被曜彩接緗囊徒嗟金麗飾豈念昔
凌雲
詠燈
綺筵日已暮羅帷月未歸開花散鵲彩含光出九

微風軒動丹焰，冰宇澹清暉。不吝輕蛾繞，唯恐曉蠅飛。

日夕望江贈魚司馬　何遜

湓城帶湓水，湓水縈如帶。日夕望高城，耿耿青雲外。城中多宴賞，絲竹常繁會。管聲已流悦，絃聲復悽切。歌黛慘如愁，舞蹔疑欲絶。仲秋黄葉下，長風正騷屑。早鴈出雲歸，故鷰辭簷別。晝悲在異縣，夜夢還洛汭。洛汭何悠悠，起望登西樓。的的向浦團，團日隱洲。誰能一羽化，輕舉逐飛浮（帆）。

擬輕薄篇

城東美少年，重身輕萬億。柘彈隨珠丸，白馬黃金飾。長安九逵上，青槐蔭道植。轂擊晨已喧，肩排暗不息。走狗通西望，牽牛亘南直。相期百戲傍，去來三市側。象牀沓繡被，玉盤傳綺食。倡女掩扇歌，小婦開簾織。相看獨隱笑，見人還斂色。黃鶴悲故郡，山枝詠初識。烏飛過客盡，雀聚行龍匿。酌羽前厭厭，此時歡未極。

詠照鏡

珠簾旦初卷綺機朝未織玉匣開鑒形寶臺臨淨
飾對影獨含笑看花空轉側聊為出繭眉試染花
天色羽釵如可間金鈿畏相逼蕩子行未歸啼糚
坐沾臆

閨怨

曉河沒高棟斜月半空庭窻中度落葉簾外隔飛
螢含情下翠帳掩泪閉金屛昔期今未反春草寒
復青思君無轉易何異北辰星

詠七夕

仙車駐七襄鳳駕出天潢月映九微火風吹百和
香來歡蹔巧笑還淚已啼糚依俙猶洛汭倏忽似

高唐别離不得見河漢漸湯〻　詠舞

管清羅薦合絃驚雪袖遅逐唱迴纖手聽曲動蛾

眉凝情盼墮珂徵睇託含辭日暮留嘉客相看愛

此時　看新婦

霧夕蓮出水霞朝日照梁何如花燭夜輕扇掩紅

粧良人復灼灼席上自生光所悲高駕動環珮出

長廊　詠倡家

皎〻高樓暮華燭帳前明羅帷雀釵影寶瑟鳳雛

聲夜花枝上發新月霧中生誰念當窻牖相望獨

盈盈

詠白鷗嘲別者

可憐雙白鷗朝夕水上游何言異棲息雌住雄不留孤飛出嶼浦獨宿下滄洲東西從此去影響絶無由

學青青河邊草

春園日應好折花望遠道秋夜苦復長抱枕向空牀吹樓下促節不言於此別歌筵掩團扇何時一相見絃絶猶依軫葉落裁下枝即此雖云別方我未成離

嘲劉李綽

房櫳滅夜火窻戶映朝光妖女褰帷出蹀躞初下

牀雀釵橫曉鬟蛾眉艷宿糚稍聞玉釧遠猶怜翠
被香寧知早朝客差池已鴈行

古意應蕭信武教

朝取飢蠶食夜縫千里衣復聞南陌上日暮採蓮
歸青苔覆寒井紅藥間青徵人生樂自極良時徒
見違何由及新鸞雙〻還共飛

至烏林村見採桑者聊以贈之

遥見提筐下翩妍實端妙將去復迴身欲語先爲
笑閨中初別離不許覓新知空結茱萸帶敢報木

蘭枝

徐尚書座賦得可怜

紅蓮披早露玉皃映朝霞飛鸞啼糚罷顧步插餘花溘帀金鈿滿絫差繡領斜暮還垂瑶帳香燈照九華

秋閨有望 庾丹

耿耿横天漢飄〻出袖雲月斜樹倒影風至水迴文已泣機中婦復悲牀上君羅襦曉長襞翠被夜徙薰空汲銀牀井誰縫金縷裙所思竟不至空持

清夜分
夜夢還家
歸飛夢所憶共子汲寒漿銅瓶素絲綆綺井白銀牀雀出丰茸樹虫飛玳瑁梁離人不相見難忍對春光

玉臺新詠卷第五

八月十八夜重勘

玉臺新詠　第三冊

玉臺新詠卷第六

陳尚書左僕射太子少傅東海徐陵字孝穆撰

吳均二十首　張率擬樂府三首

徐悱詩二首　費昶一十首

姚翻同郭侍郎採桑一首

孔翁歸和湘東王班姬一首

徐悱妻劉氏婦荅外二首　何思澄三首

徐悱荅唐娘七夕所穿針一首

和蕭洗馬子顯古意六首　吳均

賤妾思不堪採桑渭城南帶減連枝繡髮亂鳳皇
簪花舞衣裳薄蛾飛愛綠潭無由報君此流淚向
春蠶其一妾本倡家女出入魏王宮既得承琱輦亦
在更衣中蓮花銜青雀寶粟鈿金蟲猶言不得意
流涕憶遼東其二春草櫳可結妾心正斷絶綠鬢愁
中改紅顔啼裏減非獨淚成珠亦見珠成血願爲
飛鵲鏡翩翩照離別其三何處報君書隴右五歧路
淚研兔枝墨筆染鵝毛素碧浮孟渚水香下洞庭
路應歸遂不歸芳春空擲度其四妾家橫塘北發豔

小長千花釵玉腕轉珠繩金絡九冪壓懸青鳳透
迤搖白團誰堪久見此含恨不相看其五匈奴數欲
盡僕在玉門關蓮花穿劍鍔秋月掩刀環春機鳴
窈窕夏鳥思緜蠻中人坐相望狂夫終未還
與柳惲相贈答六首
黃鸝飛上苑綠芷出汀洲日映昆明水春生鳷鵲
樓飄颻白花舞瀾漫紫萍流書織迴文錦無因寄
瓏頭思君甚瓊樹不見方離憂
鳴鞭適大阿聯翩渡漳河燕姬及趙女挾瑟夜經

過纖腰曳廣袖半額畫長蛾客本倦游者箕箒在
江沱故人不可棄新知空復何
離君苦無樂向暮心悽〻要途訪趙使聞君仕執
珪杜蘅色已發菖蒲葉未齊羃歷蠶餌蟁差池鷰
吐泥願逐春風去飄蕩至遼西
白日隱城樓勁風掃寒木離析陽西東執手異涼
燠相思咽不言洞房清且肅歲去甚流煙年來如
轉軸別鶴千里飛孤雌夜未宿
閨房宿已靜落月有餘暉寒蟲隱壁思秋蛾繞燭

飛絶雲斷更合離禽去復歸佳人今何在迢遞江之沂一爲别鶴棄千里淚沾衣

秋雲静晚天寒夜方綿綿聞君吹急管相思雜採蓮别離未幾日高月三成弦蹀疊黄河浪嘶唱隴頭蟬寄君蘼蕪葉插着叢臺邊

擬古四首

陌上桑

嫋嫋陌上桑蔭陌復垂塘長條映白日細葉隱鸝黄蠶飽妾復思拭淚且提筐故人寧知此離恨煎人腸

秦王卷衣

咸陽春草芳秦帝卷衣裳玉檢茱萸匣金泥蘇合香初芳熏複帳餘輝曜玉牀當須宴朝罷持此贈華陽

採蓮

錦帶雜花鈿羅衣垂綠川問子今何在出採江南蓮遼西三千里欲寄無因緣願君早旋反及此荷花鮮

攜手

豔襄陽之春攜手清洛濱雞鳴上林苑薄暮小平津長裾藻白日廣袖帶芳塵故交一如此新知詎

憶人　　贈杜容成一首

一鶯海上來一鶯高臺息一朝所逢遇依然舊所識問我來何遲關山幾迢直荅言海路長風多飛無力昔別縫羅衣春風初入帷今來夏欲晚桑蛾薄樹飛

春詠

春從何處來拂衣復驚梅雲障青瑣闥風吹承露臺美人隔千里羅帷閑不開無由得共語空對相思杯

去妾贈前夫

棄妾在河橋相思復相遼鳳皇簪落鬢蓮花帶緩

腰腸從别處斷㒵在淚中消願君憶疇昔片言時
見饒
詠少年
董生唯巧笑子都信美目百萬市一言千金買相
逐不道參差菜誰論窈窕淑願君捧繡被來就越
人宿
春怨
四時如湍水飛奔競迴復夜烏響嚶嚶朝光照煜
煜獻見花成子多看笋為竹萬里斷音書十載異
栖宿積愁落芳鬢長啼壞美目君去在榆關妾留
住函谷唯對昔耶房如見蜘蛛屋獨與響相訓還

將影自逐象床易氈簟羅衣變單複幾過度風霜猶能保煢獨

月夜詠陳南康新有所納

二八人如花三五月如鏡開簾一種色當戶兩相映重價出秦韓高名入燕鄭十城屢請易千金幾爭娉君意自能專妾心本無競

見貴者初迎盛姬聊爲之詠

久想專房麗未見傾城者千金訪繁華一朝遇容治家本薊門外來戲叢臺下長卿幸未匹文君復新寡

與司馬治書同聞隣婦夜織

洞房風已激長廊月復清藹〻夜庭廣飄〻曉帳
輕雜聞百蟲思偏傷一息聲烏聲長不息妾心復
何極猶恐君無衣夜〻當窻織

夜愁

欄露滴爲珠池冰合成璧萬行朝淚瀉千里夜愁
極孤帳閑不開寒膏盡復益誰知心眼亂看朱忽
成碧

春閨有怨

愁來不理鬢春至更攢眉悲看蛺蝶粉泣望蜘蛛
絲月映寒蛩褥風吹翡翠帷飛鱗難託意駃翼不
銜辞

擣衣

足傷金管處多愴緹光促下機驚西眺鳴砧遽東
旭芳汗似蘭湯雕金辟龍燭散度廣陵音絲寫漁
陽曲別鶴悲不已離鸞斷更續尺素在魚腸寸心
憑鴈足　爲人述夢
工知想成夢未信夢如此皎皎無片非的的一皆
是以親芙蓉褥方開合歡被雅步極嫣妍含辭恣
委靡如言非倏忽不意成俄尔及寤盡空無方知
悉虛詭　爲人傷近不見
嬴女鳳皇樓漢姬柏梁殿　勝仙將死音容猶可

見我有一心人同鄉不異縣異縣不成隔同鄉更
脉、脉脉如牛女○○○一語
爲何庫部舊姬　蕪之句
出戶望蘭薰褰簾　君纔一訪新知詎可聞新人
含笑近故人含淚隱妾意在寒松君心逐朝槿
在王晉安酒席數韻
窈窕宋華容但歌有清曲轉眄非無以斜扇還相
矚詎減許飛瓊多勝劉碧玉何因送款、伴飲杯
中酥　爲人有贈

碧玉與緑珠張盧復雙女曼聲古難匹長袂世無
侶似出鳳皇樓言發瀟湘渚幸有褰裳便含情寄
一語
何生姬人有怨
寒樹栖鸝雌月映風復吹逐臣與棄妾零落心可
知寶琴徒七絃蘭燈空百枝顰容不足效啼粧拭
復垂同衾成楚越異國非此離
鼓瑟曲有所思
夜風吹熠燿朝光照昔耶幾銷靡蕪葉空落蒲桃
花不堪長織素誰能獨浣紗光陰復何極望促反

成睽知君自蕩子柰妾亦倡家

爲人寵姬有怨

可憐獨立樹枝輕根易搖已爲露所挹復爲風所
飄錦衾襞不卧端坐夜及朝是妾愁成瘦非君重
細腰

爲人自傷

自知心裏恨還向影中羞迴持昔慊〻變作今悠
悠還君與妾珥歸妾奉君裘絲斷猶可續心去最
難留

愁閨怨

斜光隱西壁暮雀上南枝風來秋扇屛月出夜燈

吹深心起百際遲淚非一垂從勞妾辛苦終言君
不知
相逢行　　　　　　　　張率
相逢夕陰階獨趨尚冠里高門既如一甲第復相
似憑軾日欲昏何處訪公子公子之所在所在良
易知青樓出上路漸臺臨曲池堂上撫流徵雷罇
朝夕施橘柚芬華實朱火燎金枝兄弟兩三人君
珮紛陸離朝從禁中出車騎並驅馳金鞍馬腦勒
聚觀路傍兒入門一顧望鳧鵠有雄雌雄雌各數

千相鳴戲羽儀並在東西立群次何離離大婦刺
方領中婦才嬰兒小婦尚嬌稚端坐吹參差丈人
無遽起神鳳且來儀　對酒
對酒誠可樂此酒復能醇如華良可貴如乳更非
珍何以留上客爲寄掌中人金罇清復滿玉椀亟
來親誰能共遲暮對酒及芳晨君歌當未罷却坐
避梁塵　遠期
遠期終不歸節物坐將變白露愴單栖秋風息團
扇誰能久離別他鄉且異縣浮雲蔽重山相望何

時見寄言遠行者空閨淚如霰

贈内　徐悱

日暮想清陽躡履出椒房網蟲生錦薦遊塵掩玉床不見可憐影空餘黼帳香彼美情多樂挾瑟坐高堂豈忘離憂者向隅心獨傷聊因一書札以代九廻腸

對房前桃樹詠佳期贈内

相思上北閣徙倚望東家忽有當軒樹兼含映日花方鮮類紅粉比素若鉛華更使增心憶彌令相

狹斜無如一路阻脉脉似雲霞嚴城不可越言折

代踈麻

華觀省中夜聞城外擣衣　費昶

閶闔下重關丹墀吐明月秋氣城中冷秋砧城外
發浮聲繞雀臺飄響度龍闕婉轉何藏攉當從上
路來藏攉意未已定自乘軒裏乘軒盡世家佳麗
似朝霞圓璫耳上照方繡領間斜衣薰百和屑鬢
搖九枝花昨暮庭槐落今朝羅綺薄拂席卷鴛鴦
開縵舒龜鶴金波正容與玉步依砧杵紅袖往還

縈素腕叅差舉徒聞不得見獨夜空愁佇獨夜何
窮極懷之在心側階垂玉衡露庭舞相風翼瀝滴
流星輝粲爛長河色三冬誠足用五日無糧食揚
雲已寂寥今君復紘直

和蕭記室春旦有所思

芳樹發春輝蔡子望青衣水逐桃花去春隨楊柳
歸楊柳何時歸裊〻復依依已蔭章臺陌復掃長
門扉獨知離心者坐惜春光違洛陽遠如日何由
見宛妃

春郊望美人

芳郊拾翠人迴袖掩芳春金輝起步揺紅釆發吹
綸湯〻蓋頂日飄〻馬足塵薄暮高樓下當知妾
姓秦

詠照鏡

晨輝照杏梁飛鸞起朝糚留心散廣黛輕手約花
黄正釵時念影拂絮且憐香方嫌翠色故作道玉
無光城中皆半額非妾畫眉長

和蕭洗馬畫屏風二首

陽春發和氣
日淨班姬門風輕董賢舘卷耳緑階出反舌登墻
唤蚕女桂枝鉤遊童蘇合彈拂袖當留客相逢莫

相難　秋夜涼風起
佳人在河內征夫鎮馬邑零露一朝團中夜雨垂
泣氣爽床帳冷天寒針縷澁紅顏本暫時君還詎
相及　采菱
妾家五湖口采菱五湖側玉面不關粧雙眉本翠
色日斜天欲暮風生浪未息宛在水中央空作兩
相憶　長門后怨
向夕千愁起自悔何嗟及愁思且歸床羅襦方掩
泣絳樹搖風軟黃鳥弄聲急金屋貯嬌時不言君

不入

鼓吹曲二首　巫山高

巫山光欲晚，陽臺色依依。彼美巖之曲，寧知心是
非。朝雲觸石起，暮雨潤羅衣。願解千金珮，請逐大
王歸。

有所思

上林烏欲棲，長安日行暮。所思鬱不見，空想丹墀
步。簾動憶君來，雷聲似車度。北方佳麗子，窈窕能
迴顧。夫君自迷惑，非爲妾心妬。

同郭侍郎采桑　姚翻一首

鷹還高柳北春歸洛水南日照茱萸領風搖翡翠簷桑間視欲暮閨裏遽飢蠶相思君助取相望妾那堪

奉和湘東王班婕妤　孔翁歸一首

長門與長信日暮九重空雷聲聽隱隱車響絕龍籠恩光隨妙舞團扇逐秋風鉛華誰不慕人意自難終

徐悱劉令嫺詩二首　荅外

花庭麗景斜蘭牖輕風度落日更新粧開簾對春

樹鳴鸝葉中響戲蝶枝邊鶩謌瑟本要歡心愁不成趣良會誠非遠佳期今不遇欲知幽怨多春閨深且暮

東家挺奇麗南國擅容輝夜月方神女朝霞喻洛妃還看鏡中色比豔自知非摛辭徒妙好連類頓乖違智夫雖已麗傾城未敢希

奉和湘東王教班婕妤　　何思澄三首

寂寂長信晚雀聲哦洞房蜘蛛網高閣駁蘚被長廊虛殿簾帷靜閑堦花藥香悠悠視日暮還復拂

空床　擬古

故交不可忘，猶如蘭桂芳

故交不可忘猶如蘭桂芳新知雖可悅不異茱萸香妾有鳳鸞曲非爲陌上桑薦君〻不御抱瑟自悲涼

南苑逢美人

洛浦疑迴雪巫山似旦雲傾城今始見傾國昔曾聞媚眼隨嬌合丹脣逐笑分風卷蒲萄帶日照石榴裙自有狂夫在空持勞使君

徐悱答唐娘七夕所穿針

倡人助漢女靚糚臨月華連針學並帶縈縷作開

花孀闈絶綺羅攬贈自傷嗟雖言未相識聞道出
良家曾停霍君騎經過柳惠車無由一共語暫看
日昇霞

玉臺新詠卷第六

玉臺新詠卷第七

梁武帝一十四首　皇太子聖製四十三首

邵陵王綸詩三首　湘東王繹詩七首

武陵王詩三首

梁武帝一十四首

擣衣

駕言易水北送别河之陽沈思慘行鑣結夢在空

床既寤丹緑謬始知紈素傷中洲木葉下邊城應

早霜陰蟲日慘烈庭草復云黄泠風但清夜明月

懸洞房嫋嫋同宫女助我理衣裳參差夕杵引哀

怨秋砧揚輕羅飛玉腕弱翠低紅糚朱顏色已興
緜睇日增光擣以一匪石文武雙鴛鴦制握斷金
刀薰用如蘭房佳期久不歸持此寄寒鄉妾身誰
爲容思君苦人腸

擬長安有狹斜十韻

洛陽有曲陌陌曲不通驛忽逢二少童扶轡問君
宅君宅邯鄲右易憶復可知大息組細緼中息珮
陸離小息尚青綺總丱遊南皮三息俱入門家臣
拜門垂三息俱升堂百酒盈千卮三息俱入戶戶
内有光儀大婦理金翠中婦事幺觴小婦獨閑暇

謌笙遊曲池文人步徘徊鳳吹方參差

擬明月照高樓

圓魄當虛闥清光流思筵筵思照孤影悽怨還自憐臺鏡早生塵匣琴又無絃悲慕屢傷節離憂亟華年君如東扶景妾似西柳煙相去既路迥明晦亦殊懸願爲銅鐵轡以感長樂前

擬青青河邊草

幕幕繡戶絲悠悠懷昔期久不歸鄉國曠音輝音輝空結遲半寢覺如至既寤了無形與君隔平生

月以雲掩光葉似霜摧老當途競自容莫肯爲妾
道
代蘇屬國婦
良人與我期不謂當過時秋風忽送節白露凝前
基愴愴獨涼枕搔搔孤月帷或聽西北鴈似從寒
海湄果銜萬里書中有生離詞惟言長别矣不復
道相思胡羊久剽奪漢節故支持帛上看未終臉
下淚如絲空懷之死誓遠勞同穴詩
古意
飛鳥起離離驚散忽差池嗷嘈遶樹上翩翾集寒

枝既彼征役久徧傷隴上兒寄言閨中愛此心詎能知不見松上蘿葉落根不移

芳樹

綠樹始搖芳芳生非一葉一葉度春風芳芳自相接色雜亂參差眾花紛重疊重疊不可思思此誰能愜

臨高臺

高臺半行雲望望高不極草樹無參差山河同一色髣髴雜陽道道遠難別識玉階故情人情來共相憶

有所思

誰言生離久適意與君別衣上芳猶在握裏書未

減腰中雙綺帶夢為同心結常恐所思露瑤花未
忍折　古意
當春有一草綠花復重枝云是忘憂物生在北堂
垂飛飛雙蛺蝶低低兩差池差池低復起此芳性
不移飛蝶雙復隻此心人莫知
紫蘭始萌
種蘭玉臺下氣暖蘭始萌芬芳與時發婉轉迎節
生獨使金翠嬌偏動紅綺情二遊何足壞一顧非
傾城羞將苓芝侶豈畏鶗鴂鳴　織婦

送別出南軒離思沈幽室調梭輟寒夜鳴機罷秋日良人在萬里誰與共成匹願得一廻光照此憂与疾君情儻未忘妾心長自畢

七夕

白露月下圓秋風枝上鮮瑶臺含碧霧瓊幕生紫煙妙會非綺節佳期乃良年玉壺承夜急蘭膏依曉煎昔時悲難越今傷何易旋怨咽雙念斷悽草兩情懸

戲作

宓妃生雒浦遊女出漢陽妖閑逾下蔡神妙絶高唐縣駒且變俗王豹復移鄉況茲集靈異豈得無

方將長袂必留客清哇咸遶梁燕趙羞容止西妲
慙芬芳徒聞殊可弄定自乏明璫

皇太子聖製四十三首　　簡文

樂府三首　　艷謌篇十八韻

凌晨光景麗倡女鳳樓中前瞻削成小傍望卷旌
空分糚閒淺靨繞臉傳斜紅張琴未調軫飲吹不
全終自知心所愛出入仕秦宮誰言連伊屈更是
莫敖通輕軺綴皁蓋飛轡轢雲驄金鞍隨繫尾銜
瑮映纏騣戈鏤荊山玉劍飾丹陽銅左把蘇合彈

傍持大屈弓控弦因鶻血挽強用牛螉戈獵多登隴酣歌每入豐暉ゝ隱落日冉ゝ還房櫳燈生陽燧火塵散鯉魚風流蘇時下帳象簟復韜筒霧暗窗前柳寒疎井上桐女蘿託松際甘瓜蔓井東拳拳特君寵歲暮望無窮

蜀國絃歌篇十韻

銅梁指斜谷劒道望中區通星上分野作固爲下都雅歌因良守妙舞自巴渝陽城嬉樂所劒騎鬱相趨五婦行難至百兩好游娱牲祈望帝祀酒酹

蜀侯誅江妃納重娉皁女受將鶵停絃時繫爪息
吹更治朱春衫濺錦浪迴扇避陽烏聞君握節返
賤妾下城隅

妾薄命篇十韻

名都多麗質本自恃容姿蕩子行未至秋胡無定
期玉貌歇紅臉長顰串翠眉奩鏡迷朝色縫針脆
故絲本異搖舟咎何關竊席疑生離誰撫背溘死
詎成遲毛嬙貌本絕踉蹌入氊帷盧姬嫁日晚非
復好年時傳山猶可逐烏白望難期妾心徒自苦

傍人會見嗤

代樂府三首　　新城安樂宮

遥看雲霧中刻桷映丹紅珠簾通晚日金花拂夜風欲知聲管處來過安樂宮

雙桐生空井

季月雙桐井新枝雜舊株晚葉藏栖鳳朝花拂曙烏還看西子照銀床牽鹿盧

楚妃歎

閨閣漏永永漏長宵寂寂草螢飛夜戶絲蟲繞秋壁薄笑未爲欣微歎還成慼金簪鬢下垂玉箸衣

前滴

和湘東王橫吹曲三首　洛陽道

雒陽佳麗所大道滿春光遊童初挾彈蠶妾始提筐金鞍照龍馬羅袂拂春桑玉車爭晚入潘果溢高箱

折楊柳

楊柳亂成絲攀折上春時葉密鳥飛礙風輕花落遲城高短簫發林空盡角悲曲中無別意併爲久相思

紫騮馬

賤妾朝下機正值良人歸青絲懸玉鐙朱汗染香

衣驟急珍珂響蹣多塵亂飛雌胡辛可薦故心君莫違

雍州十曲抄三首　是襄州　南湖

南湖荇葉浮復有佳期遊銀綸翡翠釣玉舳芙蓉舟荷香亂衣麝橈聲隨急流

北渚

岸陰垂柳葉平江含粉蝶好值城傍人多逢蕩舟妾淥水濺長神浮菩染輕檝

大堤

宜城斷中道行旅亟流連出妻工織素妖姬慣數

錢吹彫留吐客貰酒逐神仙

同庾肩吾四詠二首　蓮舟買荷度

采蓮前岸隈舟子屢徘徊荷披衣可識風疎香不來欲知船度處當看荷葉開　照流看落釵

相隨照淥水意欲重涼風流搖粧影壞釵落鬢花空佳期在何許徒傷心不同

和湘東王三韻二首　春宵

花樹含春叢羅幃夜長空風聲隨篠韻月色與池同綵牋徒自襞無信往雲中　冬曉

冬朝日照梁含怨下前床帳褰竹葉帶鏡轉菱花
光會是無人見何用早紅粧

戲作謝惠連體十三韻

雜蘂映南庭〻中光景媚可怜枝上花早得春風
意春風復有情拂幔且開楹開楹開碧煙拂幔拂
垂蓮徧使紅花散飄颺落眼前眼亦多無況參差
鬱可望珠繩翡翠帷綺幕芙蓉帳香烟出窻裏落
日斜階上日影去遲遲節華感在茲桃花紅若點
柳葉亂如絲〻條轉暮光影落暮陰長春鶯雙〻

舞春心處處場酒滿心聊足萱枝愁不忘

倡婦怨情十二韻

綺窗臨畫閣飛閣繞長廊風散同心草月送可怜光髣髴簾中出妖麗特非常恥學秦羅髻羞爲樓上糚散誕披紅帔生情新約黃斜燈入錦帳微烟出玉床六安雙玳瑁八幅兩鴛鴦猶是別時許留致解心傷含涕坐度日俄頃變炎涼玉關驅夜雪金氣落嚴霜飛狐驛使斷交河川路長蕩子無消息朱脣徒自香

和徐録事見内人作卧具

密房寒日晚落照度窻邊紅簾遥不隔輕帷半卷懸方知纖手製詎減縫裳妍龍刀横脉上畫尺墮衣前熨斗金塗色簪管白手纏裁衣合歡襵文作鴛鴦連縫用雙針縷縈是八蠶綿香和麗丘蜜麝吐中臺烟已入琉璃張蕐雜太華氊具共彫鑪暖非同團扇捐更恐從軍别空床徒自憐

戲贈麗人

麗姐與妖嬙共拂可憐粧同安鬟裏撥異作額間

黃羅裙宜細簡畫屧重高墻含著未上砌微笑出
長廊取花爭閒鑷攀枝念蘂香但歌聊一曲鳴絃
未息張自矜心所愛三十侍中郎

秋閨夜思

非關長信別詎是良人征九重忽不見萬恨滿心
生夕門掩魚鑰宵床悲畫屏迴月臨窻度吟虫遶
砌鳴初霜霣細葉秋風驅亂螢故糚猶累日新衣
襞未成欲知妾不寐城外擣衣聲

和湘東王名士悅傾城

美人稱絶世麗色譬花叢雖居李城北住在宋家東敎歌公主第學舞漢成宮多遊淇水上好在鳳樓中履高疑上砌裾開特畏風衫輕見跳脱珠概雜青蟲垂縣遶帷幔落日度房櫳糚窻隔柳色井水照桃紅非憐江浦珮羞使春閨空

從頓蹔還城

漢渚水初淥江南草復黃日照蒲心暖風吹梅蘂香征艫艤湯塹歸驕息金隍舞觀衣裳襞歌臺絃未張持此橫行去誰念守空床

詠人棄妾

昔時嬌玉步含羞花燭邊豈言心愛斷銜啼私自憐常見歡成怨非關醜易妍獨鵠罷中路孤鸞死鏡前

執筆戲書

舞女及燕姬倡樓復蕩婦參差大戾發搖曳小垂手釣竿蜀國彈新城折楊柳玉案西王桃蠡杯石榴酒甲乙羅帳異辛壬房戶暉夜夜有明月時時憐更衣

艷歌曲

雲楣桂成戶飛棟杏為梁斜窗通蕊氣細隟引塵

光裁衣魏后尺汲水淮南床青驪暮當返預使羅裾香

怨

秋風與白團本自不相安新人及故愛意氣豈能寬黄金肘後鈴白玉案前盤誰堪空對此還成無歲寒

擬沈隱侯夜夜曲

藹藹夜中霜何關向曉光枕啼常帶粉身眠不着床蘭膏盡更益薰鑪滅復香但問愁多少便知夜短長

七夕

秋期此時浹長夜從河靈紫煙凌鳳羽奔光隨玉

軿雒陽疑劒氣成都怪客星天梭織來久方逢今
夜停

同劉諮議詠春雪

晚霰飛銀礫浮雲暗未開入池消不積因風墮復
來思婦流黃素溫姬玉鏡臺看花言可插定自非
春梅

晚景出行

細樹含殘影春閨散晚香輕花鬢邊墮微汗粉中
光飛鳧初罷曲啼烏忽度行羞令白日暮車馬鬱
相望

賦樂府得大垂手

垂手忽苕苕飛鸞掌中嬌羅衣恣風引輕帶任情

搖詎似長沙地促舞不迴腰

賦樂器名得箜篌

捩遲初挑吹弄急時催舞釧響逐絃鳴私迴半障柱欲知心不平君看黛眉聚

詠舞

可怜初二八逐節似飛鴻懸勝河陽妓闇与淮南同八行看履進轉面望鬟空腕動苕華玉袖隨如意風上客何須起啼烏曲未終

春閨情

楊柳葉纖纖佳人嬾織縑正衣還向鏡迎春試舉簾摘梅多遶樹覓鸞好窺簷只言逐花草計校應

非嫌　又三韻

珠簾向暮下妖姿不可追花風暗裏覺蘭燭帳中飛何時玉窻裏夜夜更縫衣

率尒爲詠

借問仙將畫詎有此佳人傾城且傾國如雨復如神漢后怜名鸞周王重姓申挾瑟曾遊趙吹蕭屢入秦玉階偏望樹長廊每逐春約黄出意巧纏絃用法新迎風時引袖避日暫披巾踈花映鬟插細珮遶衫身誰知日欲暮含羞不自陳

美人晨糚

北窻向朝鏡錦帳復斜縈嬌羞不肯出猶言粧未
成散黛隨眉廣燕脂逐臉生試將持出衆定得可
憐名　賦得詠當鑪
十五正團〻流光滿　酒宿客解
金鞍迎來挾瑟易送別但歌難詎知心恨急翻令
衣帶寬　林下妓
炎光向夕斂促宴臨前池泉深影相得花与面相
宜篪聲如鳥哢舞袂寫風枝歡樂不知醉千秋長
若斯　擬落日窻中坐

杏梁斜日照餘暉映美人開函脫寶釧向鏡理紈
巾游魚動池葉舞鶴散階塵空嗟千歲久願得及
陽春

美人觀畫

殿上圖神女宮裏出佳人可憐俱是畫誰能辨僞
眞分明淨眉眼一種細腰身所可持爲異長有好
精神

□童

□童嬌麗質賤董復超瑕羽帳晨香滿珠簾夕漏
賒翠被含鴛色雕床鏤象牙妙年同小史姝皃比
朝霞袖裁連璧錦牋織細橦花攬袴輕紅出迴頭

雙鬟斜嬾眼時含笑玉手乍攀花懷猜非後釣密愛似前車足使燕姬妬彌令鄭女嗟

邵陵王綸詩三首

代秋胡婦閨怨

蕩子從遊宦思妾守房櫳塵鏡朝朝掩寒床夜夜空若非新有悅何事久西東知人相憶否淚盡夢啼中

車中見美人

關情出眉眼軟媚着腰支語笑能嬌媄行步絶逶迤空中自迷惑渠傍會不知懸念猶如此得時應若爲

代舊姬有怨

寧爲萬里别乍此死生離那堪眼前見故愛逐新
移未展春光落遽被秋風吹怨黛舒還斂啼糚拭
更垂誰能巧爲賦黄金妾自貲

湘東王繹詩七首　登顔園故閣

高樓三五夜流影入丹墀先時留上客夫聓美容
姿糚成理蟬鬢笑罷斂蛾眉衣香知步近釧動覺
行遲如何舞館樂翻見歌梁悲猶懸北窻幌未卷
南軒帷寂寂空郊暮非復少年時

戲作艷詩

入堂值小婦出門逢故夫含辭未吐及絞袖且踟
躕搖茲扇似月掩此淚如珠今懷固無已故情今
有餘

夜遊栢齋

燭暗行人靜簾開雲影入風細雨聲遲夜短更籌
急能下班姬淚復使倡樓泣況此客遊人中宵空
佇立

和劉上黄

新鸎隱葉囀新鷰向窻飛柳絮時依酒梅花乍入
衣玉珂逐風度金鞍映日暉無令春色晚獨望行
人歸

詠晚棲烏

日暮連翩翼俱向上林栖風多前鳥駛雲暗後群
迷路遠聲難徹飛斜行未齊應從故鄉返幾過入
蘭閨借問倡樓妾何如蕩子妻

寒宵三韻

烏鵲夜南飛良人行未歸池水浮明月寒風送擣
衣顧織迴文錦因君寄武威

詠秋夜

秋夜九重空蕩子怨房櫳燈光入綺帷簾影進屏
風金徽調玉軫茲夜撫離鴻

武陵王詩四首　　同蕭長史看妓

燕姬奏妙舞鄭女發清歌迴羞出慢臉送態入嚬蛾寧殊值行雨詎減見凌波想君愁日暮應羨魯陽戈

和湘東王夜夢　　應令

昨夜夢君歸賊妾下鳴機懸知君意薄不着去時衣故言如夢裏賴得雁書飛

曉思

晨禽爭學囀朝花亂欲開鑪煙入斗帳屏風隱鏡

臺紅糚隨淚盡蕩子何時廻

閨妾寄征人

歛色金星聚縈悲玉筋流顧君看海氣憶妾上高樓

玉臺新詠卷第七

玉臺新詠卷第八

雜詩四首 徐孝穆　雜詩一首 吳孜

雜詩一首 湯僧濟　雜詩一首 徐悱妻

雜詩一首 王叔英妻

蕭子顯樂府二首

大明上苕苕陽城射凌霄光照窻中婦絶世同阿嬌明鏡盤龍刻簪羽鳳皇雕逶迤梁家髻冉弱楚宮腰輕紈雜重錦薄穀間飛綃三六前年暮四五今年朝蠶園拾芳繭桑陌採桑條出入東城里上下洛西橋忽逢車馬客飛蓋動襜軺單衣鼠毛織

寶劍羊頭銷丈夫疲應對御者轂衝鑣柱間徒脉
脉垣上幾翾翾女本西家宿君自上宫要漢馬三
萬匹夫壻仕飄飖鞶囊虎頭綬左珥鳬盧貂横吹
龍鍾管奏鼓象牙簫十五張内侍十八賈登朝皆
笑顔郎老盡許董公超

代樂府美女篇

邯鄲鬉轂舞巴姬請罷絲佳人淇洧上豔趙復傾
燕繁穠既爲李照水亦成蓮朝沽城都酒暝數何
間錢餘光幸未借蘭膏空自煎

和吴主簿六首　王筠

春月二首

日照鴛鴦殿萍生鳫鶩池遊塵隨影入弱柳帶風
垂青骹逐黄口獨鶴慘羈雌同衾遠遊説結愛久
生離於今方溘死寧須萱草枝
卷葹心未發蘼蕪葉欲齊春蠶方曳緒新鷰正銜
泥野雉呼雌雊庭禽挾子棲從君客梁後方晝掩
春閨山川隔道理芳草徒萋萋

秋夜二首

九重依夜管四壁慘無暉招揺顧西落烏鵲向東

飛流螢漸收火絡緯欲催機尒時思錦字持製行
人衣所望丹心達嘉客儻能歸
露華初泥泥桂枝行棣〻煞氣下重軒輕陰滿四
屋別寵增脩夜遠征悲獨宿愁縈翠羽眉淚滿横
波目長門絶往來含情空杼軸

遊望二首

落日照紅糚挾瑟當窻牖寧復歌蘼蕪唯聞歎楊
柳結好在同心離別由衆口徒設露葵羹誰酙蘭
英酒會日杳無期蕣華安得久

相思不安席聊至狹邪東愁眉傚戚里高髻學城
中雙眉偏照日獨藥好縈風自陳心所想獻賦甘
泉宮傳聞方鼎食詎憶春閨中
遥見隣舟主人投一物衆姬爭之有客請余
爲詠　　　　　　　　　　　　劉孝綽
河流既浼浼河鳥復關關落花浮浦出飛雉度洲
還此日倡家女競嬌桃李顔良人惜美珥欲以代
芳菅新縑疑故素盛趙籤衰班曳綃事掩縠搓珮
奪鳴環客心空振蕩高枝不可攀

淇上人戲蕩子婦示行事一首

桑中始弈弈，淇上未湯湯。美人要雜珮，上客誘明璫。日闇人聲靜，微步出蘭房。露葵不待勸，鳴琴無暇張。翠釵挂已落，羅衣拂更香。如何嫁蕩子，春夜守空牀。不見青絲騎，徒勞紅粉糚。

賦詠得照棊燭刻五分成

南皮絃吹罷，終弈且留賓。日下房櫳闇，華燭命佳人。側光全照局，迴花半隱身。不辭纖手卷，羞令夜向晨。

夜聽妓賦得烏夜啼

鵾絃且輟弄鶴操暫停徽別有啼烏曲東西相背
飛倡人怨獨守蕩子遊未歸若逢生離曲長夜泣
羅衣

賦得遺所思

遺簪雕玳瑁贈綺織鴛鴦未若華滋樹交枝蕩子
房別前秋已落別後春更芳所思不可寄唯怜盈
袖香

繁華應令　劉遵

可怜周小童微笑摘蘭叢鮮膚勝粉白慢臉若桃
紅挾彈雕陵下垂鉤蓮葉東腕動飄香麝衣輕任
好風幸承拂枕選得奉畫堂中金屏障翠被藍帊

覆薰籠本欲傷輕薄含辝羞自通剪袖恩雖重殘
桃愛未終蛾眉詎須嫉新莊遂入宮

從頓還城應令

漢水深難渡深潭見底清錦笮繫鳧舸珠竿懸翠
旍鳴笳芳樹曲流唱採蓮聲神遊不停駕日暮返
連營寧顧空房重階上綠苔生

奉和率尔有詠　王訓

殿内多仙女從來難比方別有當窻艷復是可怜
糚學舞勝飛鸞染粉薄南陽散黄分黛色薰衣雜

棗香簡釵新輾翠試復逆填墻一朝恃容色非復
守空房君恩若可恃願作雙鴛鴦

詠得有所思　庾肩吾七首

佳期竟不歸春物坐芳菲拂匣看離扇開箱見別
衣井桐生未合宮槐卷復稀不及銜泥鷰從來相
逐飛

詠美人自看畫應令

欲知畫能巧喚取真來映並出似分身相看如照
鏡安釵等疎密着領俱周正不解平城圖誰與丹
青競

賦得橫吹曲長安道

桂宫連複道黄山開廣路遠聽平陵鍾遥識新豐樹合殿生光采離宫起煙霧日落歌吹還塵飛車馬度

南苑還看人

春花競玉顔俱折復俱攀細腰宜窄衣長釵巧挾鬟洛陽初度燭青門欲上關中人應有望上客莫前還

送别於建興苑相逢

相逢小苑北停車問苑中梅新雜柳故粉白映綸紅去影背斜日香衣臨上風雪流堦漸黒冰開池半通去馬船難駐啼鳥曲未終春然從此别車西

馬復東

和湘東王　應令春宵

征人別未久年芳復臨牖燭下夜縫衣春寒偏着手願及歸飛鴈因書寄高柳

應令冬曉

隣鷄聲已傳愁人竟不眠月光侵曙後霜明落曉前縈鬟起照鏡誰忍插花鈿

侍宴賦得龍沙宵月明　劉孝威

鵲飛空繞樹月輪殊未圓常娥望不出桂枝猶殘

落照移樓影浮光動塹瀾櫪馬悲羌吹城烏啼塞
寒傳聞機杼妾愁余衣服单當秋終已脆銜啼織
復難歛眉雖不樂舞劔強爲歡請謝函關吏行當
泥一丸隱

奉和湘東王　應令冬曉

妾家邊洛城慣識曉鍾聲鍾聲猶未盡漢使報應
行天寒硯水凍心悲書不成

鄀縣遇見人織率尔寄婦

妖姬含怨情織素起秋聲度梭環玉動踏躡珮珠

鳴經稀疑杼澀緯斷恨絲輕蒲桃始欲罷鴛鴦猶
未成雲棟共徘徊紗窻相向開窻疎眉語度紗輕
眼笑來曨〻隔淺紗的的見莊華鏤玉同心藕列
寶連枝花紅衫向後結金簪臨鬢斜機頂挂流蘇
機傍垂結珠青絲引伏兔黃金繞鹿盧艷彩裾邊
出芳脂口上渝百城交問道五馬共踟躕直爲閨
中人守故不要新夢啼清花枕覺淚濕羅巾獨眠
眞自難重衾猶覺寒逾憶凝脂暖彌想橫陳歡行
駈金絡騎歸就城南端城南稍有期想子亦勞思

羅襦久應罷花鈿堪更治新莊莫點黛余還自畫
眉

共内人夜坐守歲　徐君蒨

歡多情未極賞至莫停杯酒中挑喜子粽裏覓楊
梅簾開風入帳燭盡炭成灰勿疑鬢釵重爲待曉
光來

初春攜内人行戲

梳飾多今世衣着一時新草短猶通屣梅香漸着
人樹斜牽錦帔風横入紅綸滿酌蘭英酒對此得
娱神

南苑看　　鮑泉

洛陽小苑地車馬盛經過緣溝駐行幰傍柳轉鳴珂復高含響珮莞輕半隱羅浮雲無處所何用轉横波

落日看還

妖姬競早春上苑逐名辰苔輕變水色霞濃掩日輪雕莞斜落影畫扇拂遊塵衣香遥已度衫紅遠更新誰家蕩舟妾何處織縑人

敬詶劉長史詠名士悦傾城　劉緩

不信巫山女不信洛川神何關別有物還是傾城

入經共陳王戲曾與宋家隣未嫁先名玉來時本姓秦粉光猶似面朱色不勝脣遥見疑花發聞香知異春釵長逐鬟髮袜小稱腰身夜夜言嬌盡日日態還新工傾荀奉蒨能迷石季倫上客徒留目不見正橫陳

雜詠　湘東王

別後春池異荷盡欲生冰箱中剪刀冷臺上面脂凝纖腰轉無力寒衣恐不勝　寒閨

樓上起秋風絶望秋閨中燭溜花行滿香燃奩欲空徒交兩行淚

俱浮糚上紅　秋來　不堪寒夜久夜夜守空床衣裾
逐坐襵釵影近燈長無怜四幅錦何須辟惡香　冬宵

和陰梁州雜怨　鄧鏗

別離雖未久遂如長別離叢桂頻銷葉庭樹幾攀
枝君言妾皃改妾畏君心移終須一相見併得兩
相知

奉和夜聽妓聲

燭華似明月鬟影勝飛橋妓兒齊鄭舞爭妍學楚
腰新歌自作曲舊瑟不須調衆中俱不笑座上莫
相撩

奉和世子春情　甄固

昨晚褰簾望初逢雙鷰歸今朝見桃李不啻數花飛以愁春欲度無復寄芳菲

奉和詠舞　庾信

洞房花燭明燕餘雙舞輕頻覆隨跡節低鬟逐上聲半轉行初進飄衫曲未成迴鸞鏡欲滿鶴顧市應傾已曾天上學詎似世中生

七夕

牽牛遥映水織女正登車星橋通漢使機石逐仙槎隔河相望近經秋離别賒愁將今夕恨復著明

年花

仰和何僕射還宅懷故

紫閣旦朝罷中臺文奏稀無復千金笑徒勞五日歸步簷朝未掃蘭房晝掩扉苔生理曲處網積迴文機故瑟餘絃斷歌梁秋鷰飛朝雲雖可望夜帳定難依頽憑甘露入方假慧燈輝寧知洛城晚還淚獨沾衣

萬山見採桑人　劉邈

倡妾不勝愁結束下青樓逐伴西蠶路相攜東陌頭葉盡時移樹枝高乍易鉤絲繩挂且脱金籠寫

復收蠶飢日已暮詎爲使君留

見人織聊爲之詠

纖〻運玉指脈〻正蛾眉振躡開交縷停梭續斷絲簷花照初月洞戶未垂帷弄機行掩淚翻令織素遲

秋閨

螢飛綺窗外妾思霍將軍燈前量獸錦簷下織花紋墜露如輕雨長河似薄雲秋還百種事衣成未暇薰

鼓吹曲折楊柳

高樓十載別楊柳擢絲枝摘葉驚開駛攀條恨久

離年年阻音信月月減容儀春來誰不望相思君
自知

建興苑　紀少瑜

丹陵抱天邑紫淵更上林銀臺懸百仞玉樹起千
尋水流冠蓋影風揚歌吹音踟躕憐拾翠顧步惜
遺簪日落庭花轉方幰屢移陰終言樂未極不道
愛黄金

擬吳均體應教

庭樹發春輝遊人競下機却匣擎歌扇開箱擇舞

衣桑萎不復惜看光遽將夕自有專城居空持迷上客

春日

愁人試出歸春色定無窮參差依網日潭蕩入簾風落花還繞樹輕飛去隱空徒令玉筯迹雙垂明鏡中

春日　聞人蒨

高臺動春色清池照日華緑葵向光轉翠柳逐風斜林有驚心鳥園多奪目花相與咸知節歎子獨離家行人今不返何勞空折麻

走筆戲書應令　徐孝穆

此日作殷勤相嫌不如春今宵花燭淚非是夜迎
人舞席秋來卷歌筵無數塵曾經新代故那惡故
迎新月月窺花簟輕寒入帔巾秋來應瘦盡偏自
着腰身

奉和詠舞

十五屬平陽因來入建章主家能教舞城中巧旦
糚低鬟向綺席舉袖拂花黄燭送窻邊影衫傳鈴
裛香當關好留客故作舞衣長

和王舍人送客未還閨中有望

倡人歌吹罷對鏡覽紅顏拭粉留花稱除釵作小鬟綺燈停不滅高扉掩未關良人在何處唯見月光還

爲羊兖州家人荅餉鏡

信來贈寶鏡亭亭似圓月鏡久自踰明人久情踰歇取鏡挂空臺於今莫復開不見孤鸞鳥亡䰟何處來

春閨怨　　吴孜

玉關信使斷借問不相諳春光太無意窺窻來見

絫久與光音絕忽值日東南柳枝皆嬲鸞桑葉復
催蠶物色頓如此孀居自不堪

詠渫井得金釵　湯僧濟

昔日倡家女摘花露井邊摘花還自插照井還自
怜窺、終不罷笑、自成妍寶釵於此落從來不
憶年翠羽成泥去金色尚如先此人今不在此物
今空傳

和婕妤怨　徐悱妻劉氏

日落應門閉愁思百端生況復朝陽近風傳歌吹

聲寵移終不恨讒枉太無情只言爭分理非妬舞
腰輕

和昭君怨　　　　　　王叔英妻劉氏

一生竟何定萬事良難保丹青失舊圖玉匣成秋
草相接辞關淚至今猶未燥漢使汝南還殷勤爲
人道

玉臺新詠卷第八

上鄂馮氏精鈔宋本
常熟翁同書重裝

玉臺新詠 第四冊

玉臺新詠卷第九

歌辭二首

東飛伯勞西飛鷰黄姑織女時相見誰家女兒對

門居開華發色照里閭南窻北牖挂明光羅帷綺

帳脂粉香女兒年幾十五六窈窕無雙顔如玉三

春已暮花從風空留可怜與誰同

河中之水向東流洛陽女兒名莫愁莫愁十三能

織綺十四採桑南陌頭十五嫁爲盧家婦十六生

兒字阿侯盧家蘭室桂爲梁中有鬱金蘇合香頭

上金釵十二行足下絲履五文章珊瑚挂鏡爛生

光乎頭奴子提履箱人生富貴何所望恨不嫁與
東家王

越人歌一首

楚鄂君子晳者乘青翰之舟張翠羽之蓋榜枻越
人悅之櫂檝而越歌以感鄂君歡然舉繡被而覆
之其辭曰
今夕何夕搴洲中流今日何日與王子同舟山有
木兮木有枝心悅君兮君不知

琴歌二首并序　　司馬相如

司馬相如遊臨邛富人卓王孫有女文君新寡竊

於壁間窺之相如鼓琴歌挑之曰

鳳兮鳳兮歸故鄉遊遨四海求其皇時未通遇無

所將何悟今夕昇斯堂有艷淑女在此方室迩人

遐獨我膓何緣交頸爲鴛鴦

皇兮皇兮從我栖得託字尾永爲妃交情通體心

和諧中夜相從知者誰雙興俱起翻高飛無感我

心使予悲

歌詩一首并序　　烏孫公主

漢武元封中以江都王女細君爲公主嫁與烏孫昆彌至國而自治室宮歲時一再會言語不通公主悲愁自作歌曰

吾家之嫁我兮天一方遠託異國兮烏孫王穹廬爲室兮氊爲墻肉爲食兮酪爲漿常思漢土兮心内傷願爲飛黄鵠兮還故鄉

漢武帝時童謡歌二首并序

漢成帝趙皇后名飛鷰寵幸冠於後宮常從帝出入時富平侯張放亦稱倖幸爲期門之遊故歌云

張公子時相見也飛鷰嬌妬成帝無子故云啄皇孫華而不實王莽自云代漢者德土色尚黃故云黃雀飛鷰竟以廢死故爲人所憐者也

鷰鷰尾殿殿張公子時相見木門蒼狼根鷰飛來啄皇孫

桂樹華不實黃雀巢其顛昔爲人所羡今爲人所憐

漢桓帝時童謠歌二首

大麥青青小麥枯誰當穫者婦與姑丈夫何在西

擊胡吏買馬君具車請爲諸君鼓嚨胡城上烏尾畢逋公爲吏兒爲徒一徒死百乘車車班班至至河河間間姹女能數錢錢爲室金爲堂戶上春嘸梁嘸春梁之下有懸鼓我欲擊之丞相怒

四愁詩四首　張衡

一思曰我所思兮在太山欲往從之梁甫艱側身東望涕沾翰美人贈我金錯刀何以報之英瓊瑤路遠莫致倚逍遙何爲懷憂心煩勞

二思曰我所思兮在桂林欲往從之湘水深側身

南望涕沾襟美人贈我琴琅玕何以報之雙玉盤
路遠莫致倚惆悵何爲懷憂心傷煩怏
三思曰我所思兮在漢陽欲往從之隴坂長側身
西望涕沾裳美人贈我貂襜褕何以報之明月珠
路遠莫致倚踟躕何爲懷憂心煩紆
四思曰我所思兮在鴈門欲往從之雪紛紛側身
北望涕沾巾美人贈我錦繡段何以報之青玉案
路遠莫致倚增歎何爲懷憂心煩惋

贈婦詩一首 四言　　秦嘉

曖曖白日引曜西傾啾啾鷄雀群飛赴楹皎皎明
月煌煌列星嚴霜悽愴飛雪霰庭寂寂獨居寥寥
空室飄飄帷帳熒熒華燭尔不是居帷帳焉施尔
不是照華燭何爲

樂府燕歌行二首　魏文帝

秋風蕭瑟天氣涼草木搖落露爲霜群鷰辭歸鴈
南翔念君客遊多思腸慊慊思歸戀故鄉君爲淹
留寄他方賤妾煢煢守空房憂來思君不可忘不
覺淚下沾衣裳援琴鳴絃發清商短歌微吟不能

長明月皎皎照我床星漢西流夜未央牽牛織女遥相望尔獨何辜限河梁别日何易會日難山川悠遠路漫漫鬱陶思君未敢言寄聲浮雲往不還涕零雨面毁容顔誰能懷憂獨不歎展詩清歌聊自寬樂往哀來摧肺肝耿耿伏沈不能眠披衣出戶步東西仰看星月觀雲間飛鶬晨鳴聲可憐留連顧懷不能存

樂府妾薄命行一首 六言　曹植

日月既是西藏更會蘭室洞房華燈步障舒光皎

若日出扶桑促樽合坐行觴主人起舞泛盤能者
冗觸别端騰觚飛爵瀾干同量等色齊顔任意交
屬所歡朱顔發外形蘭袖隨禮容極情妙舞仙仙
體輕裳解履遺絶纓俛仰笑喧無呈覽持佳人玉
顔齊接金爵翠盤手形羅袖良難腕弱不勝珠環
坐者歎息舒顔御巾裛粉君傍中有霍納都梁雞
古五味雜香進者何人齊姜恩重愛深難忘召延
親好宴私但歌杯來何遲客賦既醉言歸主人稱
露未晞

擬北樂府三首　　歷九秋篇　　傅玄

董桃行歷九秋兮三春分遣貴客兮遠賓顧多君心所親乃命妙妓才人炳若日月星辰其一序金罍兮玉觴賓主遮起鴈行杯若飛電絶光交觴接卮結裳慷慨歡笑萬方其二奏新詩兮夫君爛然虎變龍文渾如天地未分齊謳楚舞紛紛歌聲上激青雲其三窮八音兮異倫奇聲靡靡每新微笑素齒丹脣逸響飛薄梁塵精爽眇眇入神其四坐咸醉兮沾歡引樽促席臨軒進爵獻壽翻翻千秋胥君一言

願愛不移若山其五君恩愛兮不竭譬若朝日夕月此景萬里不絕長保初醮結髮何夏坐生胡越其六攜弱手兮金鐶上遊飛閣雲間穆若鴛鳳雙鸞還幸蘭房自安娛心極樂難原其七樂既極兮多懷盛時忽逝若頹寒暑革御景迴春榮隨風飄摧感物動心增哀其八妾受命兮孤虛男兒墮地稱姝女弱難存若無骨肉至親更疏奉事他人託軀其九君如影兮隨形賤妾如水浮萍明月不能常盈誰能無根保榮良時冉冉代征其十顧繡領兮含暉皎日迴

光側微朱華忽尒漸衰影欲捨形高飛誰言往恩可追其十一

蘼與麥兮夏零蘭桂踐霜逾馨祿命懸天難明妾心結意丹青何憂君心中傾其十二

車遥遥篇

車遥遥兮馬洋洋追思君兮不可忘君安遊兮西入秦願爲影兮隨君身君在陰兮影不見君依光兮妾所願

燕人美篇

燕人美兮趙女佳其室則遠兮限層崖雲爲車兮風爲馬玉在山兮蘭在野雲無期兮風有止思心

多端兮誰能理

擬四愁詩四首 并序

昔張平子作四愁詩體小而俗七言類也聊擬而作之名曰擬四愁詩其辭曰

我所思兮在瀛洲願爲雙鵠戲中流牽牛織女期在秋山高水深路無由愍余不遘嬰殷憂佳人貽我明月珠何以要之比目魚海廣無舟悵勞劬寄言飛龍天馬駒風起雲披飛龍逝驚波滔天馬不厲何爲多念心憂世其一

我所思兮在珠崖願爲比

翼浮清池剛柔合德配二儀形影一絕長別離愍余不遘情如攜佳人貽我蘭蕙草何以要之同心鳥火熱水深憂盈抱申以琬琰夜光寶卞和既没玉不察存若流光忽電滅何爲多念獨蘊結其二

我所思兮在崑山願爲鹿麐闚虞淵日月迴曜照景天叅辰曠隔會無緣愍余不遘罹百艱佳人貽我蘇合香何以要之翠鴛鴦懸度弱水川無梁申以錦衣文繡裳三光騁邁景不留鮮矣民生忽如浮何爲多念祇自愁其三

我所思兮在朔方願爲飛鷹

原本無蘇伯玉妻四字蓋此詩本休奕擬作錢跋云俗子改塗失真此處亦當是俗子妄增也穎

俱南翔煥乎人道著三光胡越殊心生異鄉愍余不遘羅百殃佳人貽我羽葆纓何以要之影與形增冰憂結繁華零申以日月指明星星辰有翳日月移駑馬哀鳴慙不馳何爲多念徒自虧其四

盤中詩一首　蘇伯玉妻

山樹高鳥鳴悲泉水深鯉魚肥空倉雀常苦飢吏人婦會夫希出門望見白衣謂當是而更非還入門中心悲北上堂西入階急機絞杼聲催長歎息當語誰君有行妾念之出有日還無期結中帶長

相思君忘妾天知之妾忘君罪當治妾有行宜知之黃者金白者玉高者山下者谷姓爲蘇字伯玉作人才多智謀足家居長安身在蜀何惜馬蹄歸不數羊肉千斤酒百斛令君馬肥麥與粟今時人智不足與其書不能讀當從中央周四角

擬四愁詩四首　張載

我所思兮在南巢欲往從之巫山高登崖遠望涕泗交我之懷矣心傷勞佳人遺我筒中布何以贈之流黃素顏因飄風超遠路終然莫致增想慕其一

我所思兮在朔湄欲往從之白雪霏登崖永眺涕泗頽我之懷矣心傷悲佳人遺我雲中翮何以贈之連城璧頋因歸鴻起遐隔終然莫致增永積其二

我所思兮在隴原欲往從之隔泰山登崖遠望涕泗連我之懷矣心傷煩佳人遺我雙角端何以贈之雕玉環頋因行雲超重巒終然莫致增永歎其三

我所思兮在營州欲往從之路阻脩登崖遠望涕泗流我之懷矣心傷憂佳人遺我緑綺琴何以贈之雙南金頋因流波超重深終然莫致增永吟其四

晉惠帝時童謠歌一首

鄴中女子莫千妖前至三月抱胡胥

樂府燕歌行一首　陸機

四時代序逝不追寒風習習落葉飛蟋蟀在堂露盈階念君遠遊常苦悲君何緬然久不歸賤妾悠悠心無遠白日既没明燈輝寒禽赴林匹鳥棲雙鳩□□宿河湄憂來感物涕不晞非君之念思爲誰别日何早會何遲

代淮南王二首　鮑昭

淮南王好長生服食鍊氣讀仙經琉璃藥椀牙作
盤金鼎玉匕合神丹合神丹戲紫房紫房綵女弄
明璫鸞歌鳳舞斷君腸
朱城九門門九開願逐明月入君懷入君懷結君
珮怨君恨君恃君愛築城思堅劒思利同盛同衰
莫相棄

代白紵歌辭二首

朱脣動素腕舉洛陽少童邯鄲女古稱淥水今白
紵催絃急管爲君舞窮秋九月荷葉黄北風驅鴈
天雨霜夜長酒多樂未央

春風澹蕩使思多天色淨渌氣妍和桃含紅萼蘭
紫牙朝日灼爍發園花卷幌結帷羅玉筵齊謳秦
吹盧女絃千金雇笑買芳年

行路難四首

中庭五株桃一株先作花陽春妖冶二三月從風
簸蕩落西家西家思婦見之惋零淚沾衣撫心歎
初送我君出戶時何言淹留節迴換床席生塵明
鏡垢纖腰瘦削髮蓬亂人生不得常稱意惆悵徙
倚至夜半

剉蘗染黃絲黃絲歷亂不可治昔我與君始相值
尒時自謂可君意結帶與我言死生好惡不相置
今日見我顏色衰意中錯漠與先異還君玉釵玳
瑁簪不忍見之益悲思
奉君金卮之酒椀瑇瑁玉匣之雕琴七綵芙蓉之
羽帳九華蒲陶之錦衾紅顏零落歲將暮寒花宛
轉時欲沈願君裁悲且減思聽我抵節行路吟不
見栢梁銅雀上寧聞古時清吹音
璿閨玉墀上椒閣文窻繡戶垂綺幕中有一人字

金蘭被服纖羅蘊芳藿春鶯差池風散梅開帷對影弄禽雀含歌覽淚不能言人生幾時得爲樂寧作野中雙飛鳧不願雲間別翅鶴

行路難一首　釋寶月

君不見孤鴈關外發酸嘶度楊越空城客子心腸斷幽閨思婦氣欲絶凝霜夜下拂羅衣浮雲中斷開明月夜夜遥遥徒相思年望年望情不歇寄我匣中情銅鏡情人爲君除白髮行路難行路難夜聞南城漢使度使我流淚憶長安

李夫人及貴人歌一首　陸厥

屬車桂席塵豹尾香煙滅彤殿向蘼蕪青蒲復委絶對蘪蕪臨丹階泣椒塗寡鶴羈雌飛且上雕梁翠壁網蜘蛛洞房明月夜對此淚如珠

望秋月

望秋月秋月光如練照曜三爵臺徘徊九華殿九華玳瑁梁華榱與璧璫以茲雕麗色持照明月光凝華入黼帳清暉懸洞房先過飛鸞戶却照班姬床桂宮裹裛落桂枝露寒淒淒凝白露上林晚葉

颯颯鳴鴈門早鴻離離度湛秀質兮似規委清光
兮如素照愁軒之蓬映影金階之輕步居人臨此
笑以歌别客對之傷旦慕經裹圃映寒叢凝清夜
帶秋風隨庭雲以偕素與池荷而共紅臨玉墀之
皎皎含霜靄之濛濛轥天衢而徒步轢長漢而飛
空隱巖崖而半出隔帷幌而纔通散朱庭之奕奕
入青璅而零籠閑階悲寡鵠沙洲怨别鴻昭姬泣
胡殿明君思漢宫余亦何爲者淹留此山東

臨春風

臨春風春風起春樹遊絲曖如網落花雰似霧先
泛天淵池還過細柳枝蝶逢飛搖颺鶯值羽差地
楊桂旆動芝蓋開燕裾吹趙帶趙帶飛參差燕裾
合且離迴簪復轉黛顧步惜容儀容儀已炤灼春
風復迴薄氳氳桃李花青附含素萼既爲風所開
復爲風所落搖綠帶杌紫莖舞春雪雜流鶯曲房
開兮金鋪響金鋪響兮思妾驚梧桐未陰淇川如
碧迎行雨於高堂送歸鴻於碣石經洞房響紈素
感幽閨思帷弈想芳園可以遊念蘭翹兮漸堪摘

拂明鏡之冬塵解羅衣之秋霙既鏗鏘以動珮文
氳氳而流麝始搖蕩以入閨終徘徊而緣隟鳴珠
簾於繡戶散芳塵於綺席是時悵思婦安能久行
役佳人不在兹春風爲誰惜

春日白紵曲一首

蘭葉參差桃半紅飛芳舞縠戲春風翡翠群飛飛〻
不息願在雲間長比翼

秋日白紵曲一首

白露欲凝草已黃金瑲玉柱響洞房雙心一影俱

迴翔吐情寄君君莫忘

行路難二首　吳均

君不見上林苑中客冰羅霧縠象牙席盡是得意忘言者探腸見膽無所惜白酒甜鹽甘如乳綠觴皎鏡華如碧少年持名不肯嘗安知白駒應過隙博山鑪中百和香鬱金蘇合及都梁逶迤好氣佳容皃經過青瑣歷紫房已入中山陰后帳復上皇帝班姬床班姬失寵顏不開奉帚供養長信臺日暮耿耿不能寐秋風切切四面來玉階行路生細

草金鑪香炭變成灰得意失意須臾頃非君方寸
逆所裁洞庭水上一株桐經霜觸浪困嚴風昔時
抽心曜白日今旦卧死黄沙中洛陽名工見咨嗟
一剪一刻作琵琶白璧規心學明月珊瑚映面作
風花帝王見賞不見忘提攜把握登建章掩抑摧
藏張女彈殷勤促柱楚明光年年月月對君子遥
遥夜夜宿未央未央綵女棄鳴篪爭見拂拭生光
儀茱萸錦衣玉作匣安念昔日枯樹枝不學衡山
南嶺桂至今千年猶未知

擬樂府長相思二首　張率

長相思久離別美人之遠如雨絶獨延佇心中結
望雲雲去遠望鳥飛飛滅空望終若斯珠淚不能
雪

長相思久別離所思何在若天垂鬱陶相望不得
知玉階月夕映羅帷羅帷風夜吹長思不能寢坐
望天河移

白紵歌辭二首

歌兒流唱聲欲清舞女趂節體自輕歌舞並妙會

人情依絃度曲婉盈盈揚蛾爲態誰目誠
妙聲屢唱輕體飛流津染面散芳菲俱動齊息不
相違令彼嘉客澹忘歸時久翫夜明星稀

行路難二首　　費昶

君不見長安客舍門倡家少女名桃根貧窮夜紡
無燈燭何言一朝奉至尊至尊離宮百餘處千門
萬户不知曙唯聞啞啞城上烏玉欄金井牽鹿盧
丹梁翠柱飛屠蘇香薪桂火炊彫胡當年翻覆無
常定薄命爲女何必麄

君不見人生百年如流電心中㴍壈君不見我昔
初入椒房時詎減班姬與飛鷰朝踰金梯上鳳樓
暮下瓊鉤息鸞殿柏臺晝夜香錦帳自飄颻笙歌
膝上吹琵琶陌上桑過蒙恩所賜餘光曲沾被既
逢陰后不自專復值程姬有所避黄河千年始一
清微軀再逢永無議蛾眉偃月徒自妍賦粉施朱
欲誰爲不如天淵水中鳥雙去雙歸長比翅

聖製一十五首皇太子 烏栖曲四首

芙蓉作船絲作紼北斗横天月將落採蓮渡頭礙

黄河郎今欲渡畏風波浮雲似帳月成鉤那能夜
夜南陌頭宜城醖酒今行熟停鞍繫馬暫栖宿青
牛丹轂七香車可怜今夜宿倡家高樹烏欲栖羅
帷翠帳向君低織成屏風銀屈膝朱脣玉面燈前
出相看氣息望君怜誰能含羞不自前

雜句從軍行一首

雲中亭嶂羽檄驚甘泉烽火通夜明貳師將軍新
築營嫖姚校尉初出征復有山西將絶世受雄名
三門應遁甲五壘學神兵白雲隨陣色蒼山答鼓

聲邐迤觀鵝翼參差觀鸛行先平小月陣却滅大宛城善馬還長樂黃金付水衡小婦趙人能鼓瑟侍婢初笄解鄭聲庭前桃花飛已合必應紅糚起見迎

和蕭侍中子顯春別四首 七言

別觀蒲萄帶實垂江南荳蔲生連枝無情無意猶如此有心有恨徒別離

蜘蛛作絲滿帳中芳草結葉當行路紅臉脉脉一生啼黃鳥飛飛有時度故人雖故昔經新新人雖

新復應故

可憐淮水去來潮春堤楊柳覆河橋淚跡未燥詎

終朝行聞玉珮已相要

桃紅李白若朝莊羞持憔悴比新楊不惜暫住君

前死愁無西國更生香

雜句春情一首

蝶黄花紫鷰相追楊低柳合路塵飛已見垂鉤挂

緑樹誠知淇水沾羅衣兩童夾車問不已五馬城

南猶未歸鸎啼春欲駛無爲空掩扉

擬古一首

窺紅對鏡斂雙眉含愁拭淚坐相思念人一去許多時眼語笑靨近來情心懷心想甚分明憶人不忍語銜恨獨吞聲

倡樓怨節一首六言

朝日斜來照户春烏爭飛出林片光片影皆麗一聲一囀煎心上林紛紛花落淇水漠漠苔浮年馳節流易盡何爲忍憶含羞

湘東王春別應令四首七言

昆明夜月光如練上林朝花色如霞花朝月夜動
春心誰忍相思不相見
試看機上交龍錦還瞻庭裏合歡枝映日通風影
朱慢飄花拂葉度金池不聞離人當重合唯悲合
罷會成離
門前楊柳亂如絲直置佳人不自持適言新作裂
紈詩誰悟今成織素辭
日暮徙倚渭橋西正見涼月與雲齊若使月光無
近遠應照離人令在啼

蕭子顯六首　春別四首

飜鴛度鷺雙比翼楊柳千條共一色但看陌上攜
手歸誰能對此空中憶

幽宮積草自芳菲黃鳥芳樹情相依爭風競日常
聞響重花疊葉不通飛當知此時動妾思慙使羅
袂拂君衣

江東大道日華春垂楊挂柳掃輕塵淇水昨送淚
沾巾紅粧宿昔已應新

銜悲覽涕別心知桃花李色任風吹本知人心不

似樹可意人別似花離

樂府棲烏曲應令二首

握中酒杯馬腦鍾裾邊雜珮琥珀龍欲持寄君心

不惜共指三星今何夕

淚黛紅輕點花色還欲令人不相識金壺夜水誰

能多莫持賒用比懸河

燕歌行

風光遲舞出青蘋蘭條翠鳥鳴發春洛陽梨花落

如雪河邊細草細如茵桐生井底葉交枝今看無

端雙鷟離五重飛樓入河漢九華閣道暗清池遥
看白馬津上吏傳道黃龍征戍兒明月金光徒照
妾浮雲玉葉君不知思君昔去柳依〻至今八月
避暑歸明珠蠶繭登勉機鬱金香嫣特香衣洛陽
城頭雞欲曙丞相府中烏未飛夜夢征人縫狐狢
私怜織婦裁錦緋吳刀鄭綿絡寒閨夜被薄芳年
海上水中鳧　暮寒夜空城雀

行路難一首　王筠

千門皆閉夜何央百憂俱集斷人腸探揣箱中取

刀尺佛拭機上斷流黄情人逐情雖可恨傷畏邊遠之衣裳已纏一璽催衣縷復擣百和裛衣香猶憶去時胥大小不知今日身短長裲襠雙心共一袜袹複兩邊作八襵襻帶雖安不忍縫開孔裁穿猶未達胃前却月兩相連本照君心不照天願君分明得此意勿復流蕩不如先含悲含怨判不死封情忍思待明年

劉孝綽元廣州景仲座見故姬一首

留故夫不踟躕別待春山上相看採蘼蕪

劉孝威詩擬古應教一首

雙栖翡翠兩鴛鴦巫雲落月作相望誰家妖冶折
花枝娥眉曼睇使情移青鋪綠瑣琉璃扉瓊筵玉
笥金縷衣美人年幾可十餘含羞轉笑斂風裾珠
丸出彈不可追空留可憐持與誰

徐君蒨別義陽郡二首

翔鳳樓遥望與雲浮歌聲臨樹出舞影入江流葉
落看村近天高應向秋

餝面亭莊成莊成更點星頰上紅疑淺眉心黛不

青故留殘粉絮掛看箔簾釘

王叔英婦贈荅一首

糚鈆點黛拂輕紅鳴環動珮出房籠看梅復看柳
淚滿春衫中

歲暮愍衰草

愍衰草衰草無容色憔悴荒徑中寒荄不可識昔
時兮春日昔日兮春風含華兮佩實垂綠兮散紅
氳氳鳷鵲右照耀望仙東送歸顧慕泣淇水嘉客
淹留懷上宮巖陬兮海岸冰多兮霰積爛漫兮客

根攢　幽兮寓隟布綿密於寒皐
吐纖疎於危石既惆悵於君子信傷心於行役露
高枝於初旦霜紅天於始夕彫芳卉之九衢霣靈
茅之三脊風急崤道難秋至客衣单既傷簷下菊
復悲池上蘭飄落逐風盡方知歲早寒流螢暗明
燭鴈聲斷纔續萎絶長信宫蕪穢丹墀曲霜奪莖
上紫風銷葉中緑山變兮青薇水折兮平蔕秋鴻
兮踈引寒烏兮聚飛輕遥荒寒草合桐長舊巖圍
夜漸蘩蕪沒霜露日沾衣願逐晨征鳥薄暮共西

歸

霜來悲落桐

悲落桐落桐早霜露驚至葉未抽鴻來被已素本出龍門山長枝仰刺天上峯百丈絶下趾萬尋懸幽根已盤結孤株復爲絶初不照光景終年負霜雪自顧無羽儀不願生曲池芬芳本自乏華實無可施匠者特留眄王孫少見之分取生孤枿從置北堂垂宿莖抽晚幹新葉生故枝故枝雖遼遠新葉頗離離春風一朝至榮戶坐如斯自惟良菲薄君恩徒照灼顧已非嘉樹空用憑阿閣願作清廟

琴爲舞雙玄鶴薜荔可爲裳文杏堪作梁勿言草
木賤徒照君末光末光不徒照爲君含噉眺陽柯
緑水絃陰枝苦寒調厚德非可任敢不虚其心若
逢陽春至吐緑照清潯

夕行聞夜鶴

聞夜鶴夜鶴叫南池對此孤明月臨風振羽儀伊
吾人之菲薄無賦命之天爵抱地跼促之短長懷
隨春冬而哀樂懸海上之驚鳧傷雲間之離鶴離
鶴昔未離近發天北垂忽值疾風起暫下昆明池

復值冬冰合水宿非所宜欲留不可住欲去飛已疲勢逐疾風舉求温何衡楚復值南飛鴻參差共成侶海上多雲霧蒼茫失洲嶼自此别故群獨向瀟湘渚故群不離散相依滄海畔夜止羽相切晝飛影相亂刷羽共浮沉湛澹泛清漾既不得離别安知慕侶心九冬霜雪苦六翮飛不任且養凌雲翅俛仰弄清音所望浮丘子旦夕來見尋

晨征聽曉鴻

聽曉鴻曉鴻度將旦跨弱水之徼瀾發成山之遠

岸怵春歸之未幾驚此歲之云半出海漲之蒼忙
入雲塗之杳漫無東西之可辯孰遐邇之能筭徵
昔見於洲渚赴秋期於江漢集勁風於弱軀負重
雪於輕翰寒溪可以飲荒皐可以竄溪水徒自清
徼容豈之翫秋蓬飛兮未極寒草萎兮無色楚山
高兮杳難度越水深兮不可測美明月之馳光顧
征禽之騁翼伊余馬之羈懷知吾行之未極自夜
綿綿而難曉愁緒差而盈臆望山川悉無以唯星
河猶可識聞鴈夜南飛客淚夜沾衣春鴻思暮友

客子方未歸歲去驩娛盡年來容皃非攬袵形雖是撫臆事多違青蒲雖長復易解白雲城遠詎難依

解珮去朝市

去朝市朝市深歸暮辟北纓而浮東川而西顧逢天地之降祥值日月之重光伊當仁之菲薄非余情之信芳充待詔於金馬春齋宴於柏梁觀鬬獸於虎圈望宵窕於披香遊西園兮登銅爵擧青瑣兮眺重陽講金華兮議宫室晝武惟兮夕文昌佩

甘泉兮覆五柞賫枍詣兮紋承光託後車兮待華
幄遊敷海兮泛清漳天道有盈缺寒暑遞炎涼一
朝賣玉椀眷眷惜餘香曲池無復處桂枝亦銷々
清廟徒肅々西陵久芒々薄暮余多幸嘉運重來
昌忝稽之南尉曲千里之光貴別北荒於濁河戀
横橋於清渭望前軒之早桐對南階之初卉非余
情之屢傷寄茲兮能慰昔日兮懷哉日將暮兮歸
去來

被褐守山東一首

咆

守山東山東萬嶺鬱青葱兩溪共一寫水潔望如空岸側青莎披巖閒丹桂叢上瞻既隱〻下睇亦溟濛遠林響咆獸近樹聒鳴虫路帶若溪右澗吐金華東萬仞倒危石百丈注懸叢製曳瀉流電奔飛似白虹洞井含清氣漏穴吐飛風玉竇膏滴瀝石乳室空籠峭崿途弥險崖岨步纔通余拾平生之所愛欸暮年而逢此願一去而不還恨邦衣之未褫捐林壑之清曠事諠俗之紛詭幸帝德之方升值天網之未毀既除舊而布新故化民而徙

播趙俗以南徂扇齊風以東靡亂雄方可馴流螅
庚能弭清心矯濁儉政革民侈秩滿撫白雲淹
留事芝

玉臺新詠卷第九

玉臺新詠卷第十

古絶四首　賈充與妻李夫人連句三首

孫綽情人碧玉歌二首　王獻之詩二首

桃葉荅王團扇歌三首　謝靈運溪中贈荅二首

宋孝武詩三首　許瑤之詩二首

鮑令輝寄行人一首　近代雜歌五首

吴歌九首　雜歌四首　雜詩一首

丹陽孟珠歌一首　錢唐蘇小歌一首

王元長詩四首　謝朓詩四首

王叔英婦暮寒絶句一首

戴暠詠欲眠詩一首　劉孝威古體雜意一首

詠佳麗一首

古絶句四首

藁砧今何在山上復有山何當大刀頭破鏡飛上天

日暮秋雲陰江水清且深何用通音信連花玳瑁簪

菟絲從長風根莖無斷絶無情尚不離有情安可

别
南山一樹桂，上有雙鴛鴦。千年長交頸，歡愛不相忘。

賈充與妻李夫人連句詩

室中是阿誰，歎息聲正悲。賈公 歎息亦何爲，但恐大義虧。夫人

大義同膠膝，匪石心不移。賈公 人誰不慮終，日月有合離。夫人

我心子所達，子心我亦知。賈公 若能不食言，與君同

所宜夫人

孫綽情人碧玉歌二首

碧玉小家女不敢攀貴德感郎千金意慙無傾城
色

碧玉破瓜時相爲情顛倒感郎不羞難迴身就郎
抱

王獻之情人桃葉歌二首

桃葉復桃葉渡江不用檝但渡無所苦我自迎接
汝

桃葉復桃葉，桃葉連蒞根。相憐兩樂事，獨使我殷勤。

桃葉荅王團扇歌三首

七寶畫團扇，粲爛明月光。與郎却暄暑，相憶莫相忘。

青青林中竹，可作白團扇。動摇郎玉手，因風託方便。

團扇復團扇，持許自鄣面。顦顇無復理，羞與郎相見。

謝靈運詩東陽溪中贈荅二首

可憐誰家婦緣流洒素足明月在雲間苕苕不可得

可憐誰家郎緣流乘素舸但問情若爲月就雲中墮

宋孝武詩三首　丁督護歌二首

督護上征去儂亦思聞許願作石尤風四面斷行旅

黄河流無極洛陽數千里坎坷戎途間何由見歡

子

擬徐幹詩一首

自君之出矣金翠闇無精思君如日月迴還晝夜生

許瑤詩二首

詠柟榴枕

端木生河側因病遂成妍朝將雲髻別夜與蛾眉連

閨婦荅隣人

昔如影與形今如胡與越不知行遠近忘去離年

月

鮑令暉寄行人一首

桂吐兩三枝蘭開四五葉是時君不歸春風徒笑
妾

近代西曲歌五首　石城樂

生長石城下開門對城樓城中美年少出入見依
投

估客樂

有客數寄書無信心相憶莫作瓶落井一去無消
息

烏夜啼

歌舞諸年少娉婷無種跡菖蒲花可憐聞名不曾識

襄陽樂

朝發襄陽城暮至大堤宿大堤諸女兒花艷驚郎目

陽叛兒

暫出白門前楊柳可藏烏郎作沈水香儂作博山爐

近代吳歌九首

春歌

朝日照北林初花錦繡色誰能春不思獨在機中織

夏歌

鬱蒸仲暑月長嘯北湖邊芙蓉如結葉拋艷未成蓮

秋歌

秋風入窻裏羅帳起飄颺仰頭看明月寄情千里光

冬歌

淵冰厚三尺素雪覆千里我心如松栢君心復何似

前溪

黄鳥結蒙籠生在洛溪邊花落逐流去何見逐流還

上聲

留衫繡裲襠迮置羅裳裏微步動輕塵羅衣隨風

起

歡聞

遥遥天無柱，流漂萍無根。單身如螢火，持底報郎恩。

長樂作

紅羅複斗帳，四角垂朱璫。玉枕龍鬚席，郎眠何處床。

獨曲

柳樹得春風，一低復一昂。誰能空相憶，獨眠度三陽。

近代雜歌三首

尋陽樂

稽亭故人去，九里新人還。送一便迎兩，無有暫時

閑

青陽歌曲

青荷蓋淥水芙蓉發紅鮮下有並根藕上生同心

蓮

蠶絲歌

春蠶不應老晝夜長懷思何惜微軀盡纏綿自有

時

近代雜詩一首

玉釧色未分衫輕似露腕擧袖欲鄣羞迴持理髮

亂

丹陽孟珠歌一首

陽春二三月草與水同色道逢遊冶郎恨不早相識

錢唐蘇小歌一首

妾乘油壁車郎騎青驄馬何處結同心西陵松柏下

王元長詩四首　擬古

花帶今何在示是林下生何當垂兩髻團扇雲間明

代徐幹

自君之出矣金爐香不燃思君如明燭中宵空自

煎

秋夜

秋夜長復長夜長樂未央舞袖拂明燭歌聲繞鳳梁

詠火

氷容慙遠鑒水質謝明輝是照相思夕早望行人歸

合賦物為詠

謝朓詩四首

玉階怨

夕殿下珠簾流螢飛復息長夜縫羅衣思君此何極

金谷聚

渠椀送佳人玉杯要上客車馬一東西别後思今

夕　王孫游

淥草蔓如絲雜樹紅英發無論君不歸君歸芳已歇

同王主簿有所思

佳期〻未歸望〻下鳴機徘徊東陌上月出行人稀

虞炎詩一首　有所思

紫藤拂花樹黄鳥間青枝思君一歎息苦淚應言垂

沈約詩三首　襄陽白銅鞮

分首桃林岸送別峴山頭若欲寄音息漢水向東流

早行逢故人車中爲贈

殘朱猶曖〻餘粉上霏〻昨宵何處宿今晨拂露歸

爲隣人有懷不至

影逐斜月来香隨遠風入言是定知非欲笑翻成泣

施榮泰詠王昭君

垂羅下椒閣舉袖拂胡塵唧唧撫心歎蛾眉誤殺人

高爽詩一首

詠酌酒人

長筵廣未同上客嬌難逼還杯了不顧迴身正顏色

吳興妖神贈謝府君覽一首

玉釵空中墮金鈿色行歇獨泣謝春風孤夜傷明月

江洪詩七首　採菱二首 和巴陵王四詠

風生緑葉聚波動紫莖開含花復含實正待佳人来

白日和清風輕雲雜高樹忽然當此時採菱復相

遇

淥水曲二首

潺湲復皎潔輕鮮自可悦横使有情禽照影遂孤絶

塵容不忍餝臨池思客歸誰能取淥水無厭浣羅衣

秋風二首

孀君憎四時況在秋閨内凄葉流晩暉虚庭吐寒菜

北牖風催樹，南籬寒蛩吟。庭中無限月，思婦夜鳴砧。

詠美人治粧

上車畏不妍，顧眄更斜轉。太恨畫眉長，猶言顏色淺。

范靜婦詩三首

王昭君嘆二首

早信丹青巧，重貨洛陽師。千金買蟬鬢，百萬寫蛾眉。

今朝猶漢地，明旦入胡關。高堂歌吹遠，游子夢中還。一本云情寄南雲反，思逐北風還。

映水曲

輕鬟學浮雲，雙蛾擬初月。水澄正落釵，萍開理垂髮。

何遜詩五首

南苑

苑門闢千扇，苑戶開萬扉。樓殿開珠履，竹樹隔羅衣。

閨怨

閨閣行人斷，房櫳月影斜。誰能北窗下，獨對後園花。

爲人妾思

燕子戲還簷，花飛落枕前。寸心君不見，拭淚坐調弦。

詠春風

可聞不可見能重復能輕鏡前飄落粉琴上響餘聲

秋閨怨

竹葉響南窻月光照東壁誰知夜獨覺枕前雙淚滴

吳均雜絶句四首

畫蟬已傷念夜露復沾衣昔别昔何道今令螢火飛

錦腰連枝滴繡領合歡斜夢中難言見終成亂眼花

蜘蛛簷下挂絡緯井邊啼何當得見子照鏡窻東西
泣聽離夕歌悲嘶別時酒自從今日去當復相思否

王僧孺詩二首　春思

雪罷枝即青氷開水便綠復聞黄鳥思令作相思曲

爲徐僕射妓作

日晚應歸去上客強盤桓稍知玉釵重漸覺羅襦寒

徐悱婦詩三首　　光宅寺

長廊欣目送廣殿悅逢迎何當曲房裡幽隱無人聲

題甘蕉葉示人

夕泣似非疎夢啼真太數唯當夜枕知過此無人覺

摘同心支子贈謝娘因附此詩

兩葉雖爲贈交情永未因同心處何限支子最關人

姚翻詩三首　　代陳慶之美人爲詠

臨粧欲含涕羞畏家人知還持粉中絮擁淚不聽

垂

夢見故人

覺罷方知恨人心定不同誰能對角枕長夜一邊空

有期不至

黄昏信使斷銜怨心悽悽迴燈向下榻轉面闇中啼

王環詩代西豐侯美人一首

於今辭宴語方念泣離違無因從朔雁一向黄河飛

梁武帝邊戍詩

秋月出中天遠近無偏異共照一光輝各懷離別思　詠燭
堂中綺羅人席上歌舞兒待我光泛艷爲君照參差　詠筆
昔聞蘭蕙月獨是桃李年春心尚未寫爲君照情筵　詠笛
柯亭有奇竹含情復柳楊𥁞聲叢五指龍音響鳳凰　詠舞
腕弱復低舉身輕由迴縱可謂寫自歡方與心期

共

連句詩

傾城非人美千載難里逢雛懷軒中意愧無髯髮

容

春歌三首

階上歌入懷庭中花照眼春心一如此情来不可

限

蘭葉始滿地梅花已落枝持此可憐意摘以寄心

知

待

朱日光素氷黄花映白雪折梅寄佳人共道陽春月

夏歌四首

江南蓮花開紅光復碧水色同心復同藕異心無異

閨中花如繡簾上露如珠欲知有所思停織復踟蹰

玉盤着朱李金杯盛白酒雖欲持自新復恐不甘口

含桃落花日黄鳥營飛時君住馬已疲妾去蠶欲
飢

秋歌四首

綉帶合歡炬錦衣連理文情懷入夜月含笑出朝
雲
七采紫金柱九華白玉梁但歌雲不去含吐有餘
香
吹蒲未可停絃斷當更續俱作雙絲引共奏同心
曲

當信抱梁期莫聽迴風音鏡上兩入髻分明無兩
心
子夜歌二首
恃愛如欲進含羞未肯前口朱發豔歌玉指弄嬌
絃
朝日照綺錢先風動紈素巧笑蒨兩犀美目揚雙
蛾
上聲歌一首
花色過桃杏名稱重金瓊名歌非下里含笑作上

聲

歡聞歌二首

艷艷金樓女心如玉池蓮持底報郎恩俱期遊梵
天
南有相思木含情復同心遊女不可求誰能息空
陰

團扇歌一首

手中白團扇淨如秋團月清風任動生嬌香承意
發

碧玉歌一首

杏梁日始照，蕙席歡未極。碧玉奉金杯，淥酒助花色。

襄陽白銅堤歌三首

陌頭征人去，閨中女下機。含情不能言，送别沾羅衣。

草樹非一香，花葉百種色。寄語古情人，知我心相憶。

龍馬紫金鞍，翠毦白玉羈。照耀雙闕下，知是襄陽

兒

雜題二十一首 皇太子

雜詠四首 寒閨

被空眠數覺寒重夜風吹羅幃非海水那得度前

知

行雨

本自巫山來無人覩容色唯有楚王臣曾言夢相

識

梁塵

依帷濛重翠帶日聚輕紅定爲歌聲起非關團扇

風

華月

兎絲生雲夜蛾形出漢時欲傳千里意不照十年

悲

夜夜曲

北斗闌干去夜夜心獨傷月輝橫射枕燈光半隱床

從頓還城南

蹔別兩成疑開簾生舊憶都如未有情更似新相識

春江曲

客行支念路相将度江口誰知堤上人拭淚空搖手

新鶯

新禽應節啼俱向吹樓飛入簾驚釧響來窻礙舞衣

彈箏

彈筝北窻下夜響清音愁張高絃易斷心傷曲不
適
夜遣内人還後舟
錦幔扶船烈蘭橈拂浪浮去燭猶文水餘香尚滿
舟
詠武陵王左右伍暠傳杯
頂分如兩髻簪長驗上頭捉杯如欲轉疑殘已復
留
有所傷三首
可歎不可思可思不可見餘絃斷瑟柱殘朱染歌
扇

寂寂暮檐響黯黯垂簾色唯有瓴甋苦如見蜘蛛
織
八林看碚礧春至定無睮何時一可見更得似梅
花　遊人
遊戲長楊苑攜手雲臺間歡樂未窮已白日下西
山　絶句賜麗人
腰肢本獨絶眉眼特驚人判自無相比還來有洛
神　遥望
散誕垂紅帔斜柯插玉簪可憐無有比恐許直千

金

愁閨照鏡

別來顦顇久地人怪容色只有匣中鏡還持自相識

浮雲

可怜片雲生暫重復還輕欲使荆王夢應過白帝城

寒閨

緑葉朝〻黄紅顏日日異譬喻持相比那堪不愁思

和人渡水

婉娩新上頭煎裙出樂遊帯前結香草鬟邊揷石榴

春閨思

金羈遊俠子綺機離思妾春度人不歸望花盡成葉

詠苑中遊人

二月春心動遊望桃花初廻身隱日扇却步斂風裾

劉孝綽詩二首

遥見美人採荷

菱莖時繞釧棹水或沾糚不辞紅袖濕唯憐綠葉香

詠小兒採菱

採菱非採菉日暮且盈舠踟躕未敢進畏欲比殘桃

庾肩吾詩四首　詠舞曲應令

歌聲臨畫閣，舞袖出芳林。石城定若遠，前溪應幾深。

詠主人少姬應教

故年齊驄角，今春半上頭。那知夫壻好，能降使君留。

詠長信宮中草

委翠似知節，含芳如有情。全由履跡少，併欲上階生。

石崇金谷妓

蘭堂上客至，綺席清絃撫。自作明君辭，還教綠珠舞。

王臺卿詩同蕭治中十詠二首

蕩婦高樓月　空度高樓月非復五三年何須照牀裏終是一人眠　南浦別佳人　斂容送君別一歛無開時只應待相見還將笑解眉

劉孝儀詩二首　詠織女

金鈿已照曜白日未蹉跎欲待黄昏後含嬌度淺河　詠石蓮

蓮名堪百萬石性重千金不解無情物那得似人

心

劉孝威和定襄侯八絶初笄一首

合鬟仍昔髮略鬢即前絲從今一梳罷無復更縈

時

江伯搖和定襄侯八絶楚越衫一首

裁縫在箧笥薰鬢帶餘香開看不忍着一見落千

行

劉泓詩詠繁華

可憐宜出衆的的最分明秀媚開雙眼風流着語

聲

何曼才爲徐陵傷妾詩一首

遲〻衫掩淚憫憫恨縈匈無復專房日猶望下山逢

蕭驎詠袙複

的的金絃淨離離寶襵分纖腰非學楚寬帶爲思君

紀少瑜詠殘燈

殘燈猶未滅將盡更揚輝唯餘一兩燄纔得解羅

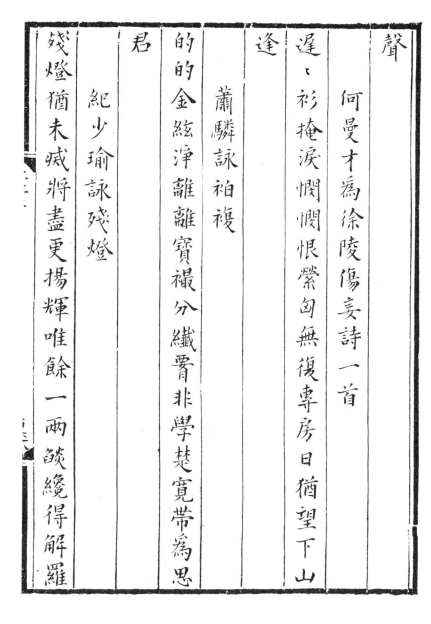

衣

王叔英婦暮寒

梅花自爛發百舌早迎春逾寒衣逾薄未肯懷腰

身

戴暠詠欲眠詩

拂枕熏紅帊迴燈復解衣傍邊知夜久不唤定應

歸

劉孝威古體雜意

朝日大風霜寄事是交傷葉落枝柯淨常自起基

張　詠佳麗

可憐將可念可念直千金唯言有一恨恨不逐人心

壬申二月初七日馮偉節勘于胥門客舍

玉臺新詠卷第十終

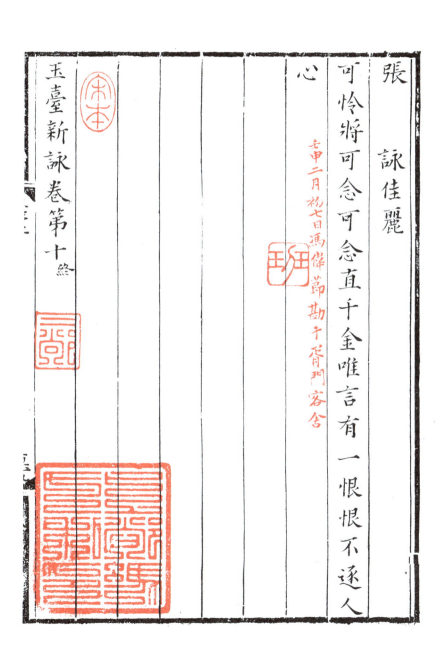

壬辰仲秋校於南軒碧

梧陰下　五湖漁郎

甲午如月晦日挍指生讀一過時爲院試被黜

同友人趙甲共勘

己巳之冬獲宋本於平原趙靈均因重録之如右是書近世凡有三本

一爲華亭楊玄鑰本一爲歸安茅氏本一爲袁宏道評本歸茅袁皆出于楊書

乃後人所刪益也是本則其舊書後人有得此者其寶之公常

熟馮班若也壬申春日識此

巳巳冬方甚寒燃燭錄此不能無亥豕壬申春重假原本士龍与余共勘二日而畢凡正定若干字其宋板有誤則仍之云

馮班再記于確菴之北窗

余十六歲時嘗見五雲溪館活字本于孫氏後有宋人一序甚雅質今年又見華氏活字本于趙靈均華本視五雲溪館頗有改易爲稍下矣然較之揚本則尚爲舊書也聞湖廣李氏有別本宋板甚精交臂失之殊爲悵恨也　班又識

定遠此本甚善較之葛袁兩刻之謬可謂頓還舊觀矣但索借頗多遂爲俗子塗改中間差誤已失抄時本來面目又不能不爲定遠惜亦不能不爲俗子悲也書此以戒世之借人典籍而擅以無知之識爲盲瞎識字者崇禎十七年七月晦箋後人容菴識

眘進士文林郎長洲縣令太原趙瑾壹恣侯觀於
葉氏歲寒堂之左廂庚寅夏日記

宋本重録

明寒山趙宧光嘗得嘉定乙亥永嘉陳玉父本影寫授梓亞以亂眞令之書賈以宋刻欺人者皆是物也二馮先生曾就靈均手鈔世有行本默庵一跋定遠一跋定遠跋与此不同而可以互證蓋當時所鈔非一本又有錢後人一跋并錢孫艾印豈即錢孫愛歟藏書家最重常熟派定遠与陸勑先尤喜手鈔二百年來典刑具在兵燹之餘復歸吾邑楚弓楚得豈非幸事也哉咸豐九年五月二十四日常熟翁同書志於皖北定遠縣軍營

卷首有二癡印二癡即定遠又記

己未五月二十四日手跋此書閱兩日而賊至衣裝書冊盡爲劫灰獨此書得脫於厄異哉豈二馮先生之靈實式憑之歟是歲九月六日同書復志於壽春試賓先是左臂風痹幾不能舉偶得醇酒飲之遂小愈